Farming life
in another world.

Presented by
Kinosuke Naito
Illustrated by Yasumo

Farming life
in another world.

Presented by
Kinosuke Naito
Illustrated by Yasumo

「これを基準にしておこうと思う」

『また古い物を』
『どこにあったのです??』
Farming life in another world. Volume 17

——天使族、

参ります」

「勝利を宣言する！」
Farming life in another world. Volume 17

「はい、
いいですよー、
あ、村長、
すみません、
もう一歩
下がっていただけると」
イレ
（マーキュリー種）
Ire/Mercury

異世界のんびり農家

Farming life in another world.
Presented by Kinosuke Naito
Illustrated by Yasumo

異世界のんびり農家

著　内藤騎之介
イラスト　やすも

*Farming life
in another world.*

異世界のんびり農家

Farming life in another world.

Prologue

Presented by
Kinosuke Naito
Illustrated by
Yasumo

〔 序章 〕

我は誰だ？

我《われ》は誰だ？　何者だ？

記憶が曖昧《あいまい》だ。意識はしっかりしているが、なぜここにいるかわからん。

少し前まで、我は地中にいた。身動きができなかった。地崩《じくず》れで外に出ることができ、動けるようになったのだが……。


我は自分の身を確かめる。

……骨だな。

手足が骨になっている。いや、手足だけではない。体もだ。

これはどういうことだ？　骨とは動くものであったか？　いや、骨になっているということは死んでおるということだから動くのがおかしいというか、思考できておるのがおかしい。

見えぬが、触った感じから我の頭も骨なのだろう。

頭だけ肉体があるのは、誰がどう考えても不気味だ。それなら全身骨のほうが嬉しい。いや、嬉しくない。全身肉体があるほうがいい。

ん？　肉体？　肉体？　肉……？　肉？

……そうだ！　思い出した！

我は肉を求めていた！　この骨を覆《おお》う肉を！　そうだそうだ！　肉を求めていた！　求めていたのだが……なにか違うなぁと不意に思ったのだ。そして、なにが違うのかと考えながら眠ってしまった。

そうそう、そうだったそうだった。我は眠っていて、気づいたら地面の中だった。そういうことだ。

まあ、眠る前のことは、まったく思い出せんが、一つすっきりした。

一つだ。

実は、まだまだすっきりしないことがある。

たとえば我の腕の数。

六本あるのだけど、これで合っているのかな？　いや、二本が普通とか、八本ないと駄目とかそういう話ではなく。六本腕の存在って聞いたことある？　我の記憶にはちょっとない。まあ、それ以外の記憶もほとんどないのだけど。

六本足なら、昆虫になるのだろうけど……我の足はちゃんと……あれ？　四本ある？

…………………………。

我の腕が六本で、我の足が四本？

お、落ち着け。落ち着くんだ。冷静に考えてみろ。こ、これは朗報《ろうほう》だ。そう、朗報。いい報らせ。なにせ、昆虫でないことが確実になったのだからな。ははは。我は強がってみた。

でも、三日ほど落ち込んだ。そして、その最中に気づいた。我、顔が三つある。どうりで周囲がよく見えると思ったんだ。

なんとか気を取り直し、我は現在地を確かめるべく歩いた。

足が四本でも歩けるものだ。いや、犬や馬のように、全て同じ方向を向いている足なら不安にならないのだが、我の足はそれぞれ四方を向いている。ちゃんと歩けるか不安に思うものだろう。まあ、杞憂《きゆう》だったが。

そして周囲は……森だ。木々しかない。木々の向こうは……高い山が連なっている。

ここはどこだ？　なぜ我はここにいる？

わからん。わからんから……考えるのは止めよう。なに、歩いていればなにかが見つかるさ。見つかる。そう、きっと見つかる。見つかってほしいなぁ。

何年歩いたかな？

わからん？　すごく広い森なのか？　それとも、まさかとは思うが我は同じ場所をぐるぐる回っているだけなのか？　森の中は目印がないからなぁ。山も連なっているから、どれも同じように見えるし……。

幸いなことに我は食べなくても腹は減らず、喉《のど》も渇《かわ》かん。とても助かるが…………まあ骨だからな。ははは。

腹は減らんが、食べることはできる。襲ってきた魔物を倒したあと、食べてみようと試したのだ。普通に考えれば、食べ物が口を通ったあと下に落ちるはずなのだが、なぜか口を通った食べ物は消えた。そして、我は味を感じた。つまり、食べた感覚はあった。腹が膨《ふく》れた感じはなかったが。

これは嬉しい発見だった。まあ、不味《まず》かったからもう一回、食べようとは思わんが。

なんにせよ、このままでは駄目だと思う。現状を打開したい。

ぐるぐる回っていると仮定して……目印をつければいいのでは？

我、天才。さっそく実行だ。そしてわかった。

我、同じ場所を短い期間で回ってた。ははは。

十日ほど、ふて寝した。


十日で精神を回復できる我ってすごくない？　などと思いながら、我は森の中を歩く。回らないように。真っ直ぐ。注意しながら。

すると、出会いがあった。

骨だ。骨の戦士！

死体ではないぞ。我と同じように動いておる！　おおっ、手足の数は違うが我の同族か？

と、と、と、と、とりあえずコミュニケーションだ！　敵意はないぞ！

…………………声が出ん。

えー、我って喋《しゃべ》れないの？　骨が動くのだから、骨が喋るぐらいの融通《ゆうずう》は利かしてほしいなぁ。

しかし、喋れないのは相手も同じらしい。

となると……ジェスチャーしかあるまい。

ちょっと恥ずかしいが、ここは度胸《どきょう》を出すところだ！　だって我、寂《さび》しかったんだもん！　逃さん！　絶対に逃さん！　あ、待って！　ごめん、逃げないで！　泣いちゃうよ！

この骨の戦士との出会いは、我の大きな転機であった。

え？　戦士じゃなくて騎士《きし》？　馬に乗ってないのに？

ごめんごめんごめんごめん！　怒らないで！　騎士って呼ぶから許して！

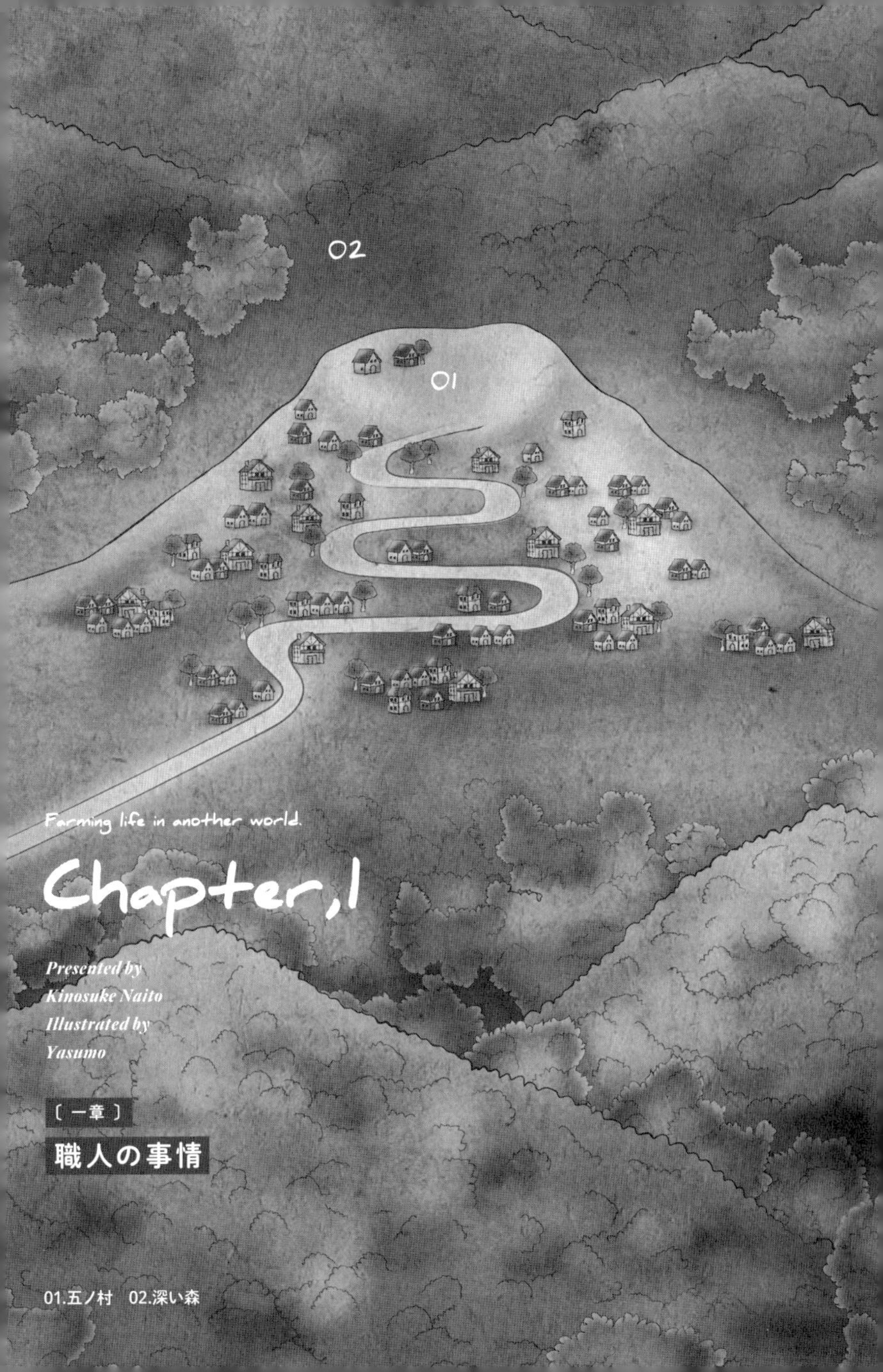

Farming life in another world.

Chapter,1

Presented by
Kinosuke Naito
Illustrated by
Yasumo

〔一章〕

職人の事情

01.五ノ村　02.深い森

1 宝クジ

俺の彫った東洋竜《とうようりゅう》のご神体の前に御簾《みす》が取り付けられた。直接、見るのは恐れ多いというのが表向きの理由。裏向きの理由は、一部の竜族《ドラゴン》が怖がるから。

まあ、希望者が見たいと言えばもったいぶらずに御簾を取って見せるようにしているらしい。

それはそれとして、驚いたことがあった。

ドースは「昔はいた」と言っていたが、クォンとクォルンが東洋竜の姿になれた。すごい。思わず、拝《おが》みたくなる。

「あの？　急にどうしました？」

気にしないでくれ。それで、どうして普段はその姿じゃないんだ？

これまでクォンやクォルンが竜姿になるのを何度か見たが、西洋竜の姿だった。

「義父《ドース》さまに怖がられるので……」

そ、そうか。

「血統的に、ライメイレンさまやグラッファルーンさまも、この姿になれると思いますよ」

そうなの？

「はい。得手不得手《えてふえて》はあると思いますけど。東のほうではこちらの姿のほうが畏《おそ》れてもらえるので、父も母もこの姿で生活しています。こちらではドースさまの姿のほうが畏れられます」

へー。

「ちなみにですが、どちらの姿が優れているかで激しく争った愚《おろ》かな過去がありまして、争いを繰り返さないためにも決して比べてはいけません」

了解した。

それじゃあ、すまないが人の姿になってもらってもいいかな？　うん、ご神体が本物になったと銀狐族《シルバー・フォックス》が驚いているから。

いや、見たいと言ったのは俺だけどな。神社で見る必要はなかった。反省。

さてさて、俺が神社にやってきたのは、神社の経営をどうするかという本格的な話し合いをするため。

銀狐族がこの神社にやってきて二十日ほどが経過している。そろそろ本格的に動いてもいいぐらいには生活に慣《な》れただろう。掃除《そうじ》ばかりさせていても悪いしな。

銀狐族たちからも、新しい仕事が来ても問題ありませんとの意見をもらっている。いいことだ。

俺のほうも考えている商売がいくつかある。これらをやってもらいたい。

だが、ここで俺は自分にストップをかけた。思いつきで行動して大事《おおごと》になるのは避《さ》けたい。また、商売なら失敗してもかまわないが、今回は信仰が絡《から》む。下手な真似《まね》はできない。信仰が怖いものだと知っている。

それゆえに話し合いをする場を設《もう》けた。俺のやろうとしていることを説明し、実際に実行するかどうかの判断の場だ。

場所は拝殿《はいでん》の中。まだなにもない場所だが、そこに低い丸テーブルと座布団《ざぶとん》が用意された。

参加者は俺、ヨウコ、ニーズ、銀狐族の代表としてコンさん、記録係のキツさん、それと始祖さん。始祖さんには、コーリン教の宗主《そうしゅ》として参加してもらう。ヨウコとニーズがいるから大丈夫だとは思うのだけど、外部からの意見は欲しいからね。

あと、ここの神社がコーリン教に加わるかどうかの話もある。忙しい中、時間を作ってくれての参加だ。ありがたい。


「では、現状の報告です」

話し合いの進行役は、コンさん。

「銀狐族、赤狐族《レッド・フォックス》、黒狐族《ブラック・フォックス》、丸顔狐族《ラウンドフェイス・フォックス》の生活は順調です。いくつか問題は出ましたが、すべてヨウコさま、ニーズさまに報告しており、また対策を講じております。生活は飛躍《ひやく》的に向上しており、来年、再来年には子も生《な》すでしょう」

それはめでたい。俺は喜ぶが……。

「増えすぎれば、困るぞ。自制を忘れるな」

かわいい格好を止め、普段の格好になったヨウコは厳しい。

ちなみに、かわいい格好を止めたのは娘《ヒトエ》が真似をし始め、ザブトンの子供たちが衣装を用意したからだ。ヒトエにはまだ早いと、ヨウコは姿を改めた。ルーやティアたちも似たような格好を真似し始めていたので、俺としては英断だったと思う。ザブトンの子供たちや〝五ノ村〟の住人たちは残念がっていたけど。

「山の中に作られた畑の準備は終了し、あとは春に種を蒔《ま》くだけです。また、鶏《にわとり》の飼育場や小屋が完成したので、卵の自給自足が可能になりました」

それはなにより。

実は少し前、神社の中を神域にするのに、家畜の飼育はどうなのだろうとヨウコやニーズが悩んでいた。たしかに神社近くでの殺生は避けたい。

悩んだ結果、鶏の飼育とその鶏が産む卵を食べるのはセーフと判断し、鶏小屋が建設される運びとなった経緯がある。まあ、その鶏小屋は参拝客の目に触れないように山の中腹に隠すように建てられたけど……順調ならよかった。

「人の姿になれる者たちによる清掃《せいそう》作業も、完璧とは言えませんが見苦しくない程度には上達しました。本来であれば完璧を目指して練習を続けるべきですが、その間ずっと無収入では支援してくださる〝五ノ村〟の負担が大きくなってしまいます。神社単独での経営的自立を考え、それを話し合うためにお集まりいただいた次第です。どうぞ、よろしくお願いします」

コンさんが説明を終えて頭を下げたので、俺は拍手《はくしゅ》した。俺より進行が上手いと思う。

ニーズと始祖さんは一緒に拍手してくれたが、ヨウコはしなかった。これぐらいはできて当然ということか。それとも銀狐族は身内判定で厳しいのかな？　あとで聞くとしよう。

えーっと、俺の番か。そう思ったら、ヨウコが手を挙《あ》げて先に話を進めた。

「コンが心配した神社の経営的自立に関してだ。神社が建つという話を聞いた〝五ノ村〟の住人たちにより、〝五ノ村〟とこの神社を繋ぐ道を中心に店が建ち始めている。そこから集める税の一部を、神社の運営費にまわそうと考えて試算したのだが……運営費はそれで十分に賄《まかな》える」

そうなの？　運営費は、施設の維持修繕《いじしゅうぜん》費、銀狐族たちの給金、食費を基本として、定期的に行う儀式の費用、人を雇《やと》ったときの人件費、偉い人が来たときの接待費などが含まれてそれなりの額になる。それが賄えるのか？

「うむ。すでに営業を始めている店もあり、それなりに繁盛《はんじょう》しておる。税が取れんということはあるまい」

そうか。まあ、〝五ノ村〟の住人は自主的に税を多く納《おさ》めようとするからな。試算が大きく狂うことはないだろう。

「だからといって、神社がなにもせんのは困るがな。儀式以外にもイベントを開き、〝五ノ村〟と神社を繋ぐ道を賑《にぎ》わしてもらいたい」

その通りだな。しかし、運営費を賄えるのはありがたい。神社の営業で、儲《もう》けに執着しなくていいわけだしな。参拝客が喜ぶ方向にシフトすればいいか。

…………とりあえず、宝クジは廃案《はいあん》にしておこう。

「宝クジ？　めでたそうな名だな」

おっと、ヨウコの興味を引いてしまった。

ニーズや始祖さんも興味があるみたいなので説明した。簡単《かんたん》に。


宝クジ。

目的を掲《かか》げ……たとえば今回なら神社の運営費を集めるためとして、番号の書いた札を販売する。ある程度、札が売れたところで抽選《ちゅうせん》会を行い、札に書かれた番号で当選者を決定。当選者には賞金が出るのだけど、一人だと札の売れ行きが悪くなるから一等、二等、三等と人数と賞金額を変えて当選者を発表。当選番号の札と賞金を交換するシステムだ。


コンさんとキツさんは……楽しそうだと言ってくれたが、ヨウコとニーズ、始祖さんが頭を抱えていた。

なぜだ？

「廃案は正解だ」

と、ヨウコ。

「信仰を甘くみてはいけません」

と、ニーズ。

「私も廃案に賛成《さんせい》だ。そして、そのアイデアは他言無用でお願いする。危険すぎる」

最後に始祖さんがそう締《し》める。

わかったが……そんなに駄目か？

俺の疑問に、始祖さんが丁寧《ていねい》に説明してくれた。

「集金システムとして優秀すぎる。そこに信仰が加わると、歯止めがきかない。神に愛されている証明をするといって全財産を注ぎ込む者がでかねないよ」

な、なるほど。

「そして、宝クジの仕組みは流用しやすい。村長の監視下なら、開催《かいさい》を制限することでなんとかできても、ほかの神殿で真似されたら止めることができない」

むう、そうか。

「最大の問題は……ほかの神殿で宝クジを乱発し、クジに外れた者がどう思うかだ。信仰心が足りなかったと思うならいいが、神が自分を見ていないと思うようになると……信仰が揺らぐ。神を試すようなことになってしまう」

え？　あ、あー、そうか。こっちの世界では神がいるからな。益《えき》や加護《かご》が近いから、そういうことになるのか。なるほど、たしかに危険だな。

まあ、廃案のつもりだったから、そのまま廃案でも惜《お》しくはない。

ん？　どうしたヨウコ？

この宝クジのことは、絶対に天使族には伝えるな？　とくにティゼル？

いや、他言無用だから誰にも言うつもりはないが……了解。

しかし、そこまで心配だったら、いまのうちに宝クジのルールを作っておいたらどうだ？　ああ、宝クジは自身の運を試すことであって、神の寵愛《ちょうあい》を確かめるものじゃないとかなんとか。開催期間の制限とか、抽選方法などもしっかり決めておけば万が一の際のトラブルも減るんじゃないかな。

この発言が悪かったのか、ヨウコ、ニーズ、始祖さんは宝クジのルール作りに本腰を入れた。

そこまで急がなくてもと思うが、それだけ危険視しているのだろう。

うん、わかった。えーっと、それで神社経営の話し合いは……明日ね。

話し合いに加われず、暇《ひま》になったコンさんとキツさんが狐の姿で膝《ひざ》の上に来たので、俺はその背中と尻尾《しっぽ》を撫《な》でた。よしよし。

難しい話は三人に任せて、俺たちはまったりしよう。もう少しで春だ。

2　おみくじとお守り

昼。

俺は〝五ノ村〟に行き、神社に向かう。神社経営の話し合いをするためだ。

「ずいぶん、仲良くなりましたね」

〝五ノ村〟で合流したニーズが俺にそう言う。

たぶん、神社に到着するなり狐の姿で駆《か》け寄って俺の腕の中にいるキッさんとのことだろう。たしかに仲良くなった。

「羨《うらや》ましいです」

そうか？　ニーズも蛇《へび》の姿になってくれたら……いや、すまない。蛇を不必要に撫でるのはよくないな。

「ふふ。そうですね」

蛇は変温動物。人の体温は悪影響。蛇が人の手などに絡まるのはありでも、触られるのはよろしくないらしい。

「いえ、そういう理由ではないのですが……」

そうなの？

ちなみに上半身が人で下半身が蛇のラミア族は、触られてもまったく問題ないそうだ。恒温なのかな？　まあ、どうにかなっているんだろう。こっちの世界は不思議が多いからな。

おっと、撫で方が甘くなっていたようだ。キッさんが手の平に背中を押しつけてくる。よしよし。

少し待っているとコンさん、始祖さん、ヨウコがやってきたので、会議を再開。

キッさんも名残《なごり》惜しそうに俺から離れ、人の姿に戻って司会役をする。と、その前に、宝クジに関して、始祖さんからの追加情報。

「調べたら、過去にも村長の言っていた仕組みを考えた者はいたようだ。ただ、想像した通りに酷《ひど》いことになったので禁止。情報は封印《ふういん》されていたよ」

なるほど。始祖さんたちが危険視したのは正解ということか。

「あと、こっちで万が一に備《そな》えた対策《ルール》を考えたけど、すでにあった。クジの発売枚数の制限から販売価格の制限、募集目的の内容の制限、神の名を使うときの加減など、細かくね。苦労が見て取れるよ」

そう言って始祖さんは、極秘と大きく彫られた石板を出した。二千年前のものらしい。極秘の字の下に、宝クジに関してのルールが細かく彫られている。その細かさに、たしかに苦労が見て取れる。

「当面は、これを基準にしておこうと思う。宝クジの販売はしないけどね。似たような行為があったら、この石板を根拠に取り締まるから教えてほしい」

始祖さんはそう言ってヨウコに頼んだ。ヨウコも承知と頷いている。

その石板は根拠になるものなのかと思うけど、石板の下のほうに名前がいっぱい並んでいるから、それらが根拠かな？

……………ところで、この石板はこっちに置いておけるのか？

「封印されている情報だから、さすがにそれは困るかな」

始祖さんのその答えに、ヨウコが提案する。

「だが、この細かい字《もの》を全て覚えるのは面倒だ。写《うつ》しはもらうぞ」

写す？　ひょっとして、俺が似たような石板を彫ることになるのかなと思ったけど、違った。

石板で、文字は彫られている。つまり、インクを塗《ぬ》って、紙を押しつけたら写しが取れる。なるほど。

「こういったものは本来、泥《どろ》に押し付け、その泥を焼いて固めて写しを作るものなのだが……上手く写しを取るのに技術がいるし、手間がかかる。紙があるなら紙のほうが楽で早い」

そういった利用目的があるから、石板なのか。昔の人、賢い。

ん？　待て。それだと文字が逆になるんじゃないか？　判子《はんこ》と同じだ。写す文字は、鏡《かがみ》に映ったような文字じゃないといけない。

駄目じゃないか？　そうヨウコに視線を送ると驚かれた。

「村長、この石板を普通に読んでいたのか？　最初から写すことを前提に、文字が逆さに彫られているではないか？」

え？　そうなの？

意識したら、石板に彫られている字は逆さまの鏡文字だった。気づかなかった。

そして、インクを塗る方法での写しに問題なし。よかった。

宝クジの話が終わったので、本格的に神社の経営に関しての会議が開かれた。

まず、大きな議題だったのがコーリン教との関係をどうするかという問題。これはヨウコを含め、ニーズ、コンさんがコーリン教の教義に問題がないとしたので、コーリン教の庇護《ひご》下《か》に入ることになった。

コーリン教の教義は、宗教の広め方のルールみたいなものだからな。よほど変な宗教でない限り、コーリン教は受け入れてくれるし、受け入れられる。

次に話されたのは、俺が神社でやろうとしたこと。

税の一部を回してもらうことで経済的問題は解決したけど、独自の収入源はあっても困らないと思う。宝クジの件でかなり警戒されたけど、頑張って発表してみた。

まず、おみくじ。

大吉《だいきち》、吉《きち》、凶《きょう》などが入ったクジを引いてもらい、そのときの運勢を示す。神託とかたいしたことじゃなくて、大吉なら普通に喜んでもらえるだろうし、凶でも注意喚起《かんき》をうながせる。また、凶を引いたとしてもそれは引いた段階の運勢であり、あとは上《のぼ》り調子を示すとか言えばなんとかなるんじゃないかと思うんだけど。

そう説明したのだけど、始祖さんは思案顔。

「需要《じゅよう》はあると思います。ただ、どの神が審判《しんぱん》を下しているかが問題かと」

審判って、そんな大げさな。

ヨウコも考えている。

「犯罪者に対し、凶が出たら死刑。大吉が出たら助命するとかされると困る……か？」

ニーズは……。

「悪い結果のときに、神に悪い感情を向けかねないのが……」

心配している。

うーん、駄目か。神が近すぎる。それじゃあ、お守りも駄目だよな。健康祈願《けんこうきがん》とか、学業守《がくぎょうまもり》とか考えていたんだけど。

そう思ったけど、始祖さんからは肯定された。

「お守りなら、ほとんどの神殿で授《さず》けていますので」

なるほど。では問題なしかな？

ヨウコが急ぐなと止めた。

「注意がある。お守りのご利益《りやく》を明言してはならぬのだ」

俺は首を傾《かし》げた。ご利益を説明しないお守りって意味があるのか？

その疑問には、ニーズが答えてくれた。

「お守りを身につけることで、神を近くに感じることができます。それで十分なのです」

そういうものか。

「まあ言わぬでも神の権能《けんのう》は知られておろう。蛇の神は金運。狐の神は安産。信じる者がなにを求めるかは自由だ。ただ、ご利益があるから神を信じるという姿勢は喜ばれぬ。神を信じた結果、ご利益があるのだ」

なるほど、たしかにそうだな。

それじゃあ、お守りを授けるのは問題ないと。

となると、お守りはぜひとも作ってもらいたいが……お守りを作るのに、神ごとに専門の儀式とかあったりするのだろうか？

この質問に、始祖さんが少し困った顔をしながら答えてくれた。

「専門の儀式はありますが、その儀式の正しさを証明できる者はいません。私としては、祈りながら作れば、その祈りに応えた神が宿ると考えています」

ふむ。つまり、勝手に作ってかまわないと。

「それなりの演出はすべきかな、とは思いますけどね」

演出って、そんなことを言って大丈夫なのか？

「演出は演出ですから。でも、求める神に反する演出はよろしくありませんよ」

炎《ほのお》の神のお守りを、水で清《きよ》めたりとかか。たしかに効果が疑われそうだな。

この神社に祭《まつ》るのは動物の神になるだろうから、その動物にちなんだ演出であれば大丈夫だろう。

悩むことがあっても、ヨウコやニーズに聞けるから間違えることはないと思う。

問題は、その動物のお守りが求められるかどうかだが……蛇の神は金運、狐の神は安産。知っていれば欲しくなるお守りだと思うが、知らないと求めないだろう。

ご利益を明言できないのが厳しいな。

「いや、村長。そう難しく考えんでもよい。お守りを授けるときに、そのあたりを言って約束をしてはいかんだけだ。神の説明はしても問題ない」

そうなの？

「ご利益目当ては困るが……神とて信仰が集まらんのも困ろう」

そういうものか。

「そういうものだ」

それじゃあ、お守りは作って販売…………じゃなくて授ける方向で。演出は、無理のない範囲《はんい》で考えよう。

閑話　ミルトン＝ヘイ

こんにちは。〝五ノ村〟で古着店をやっている男、ジョンソンです。

私の年齢？　百は超えていますが、詳《くわ》しくは覚えていませんね。私の記憶は、お客さまと古着で埋まっていますので。

古いお客さまのことを思い出すと……二百年を超えてました。ふふふ。魔族なので、年齢はあまり気にしないのですよ。

さて、みなさま。

一般の人の服飾《ふくしょく》事情というものをご存じでしょうか？

一般の人の服は、基本的に古着です。着ている古着が着られなくなったら、新しい古着を求める。そんな感じです。

なので、新しい服というのは、滅多に着ることがありません。一般の人にとっての新しい服というのは、新しい古着ということです。

そして、一般の人が持つ服の数は二〜三着。その二〜三着も着まわすのではなく、季節に合わせて重ねて着たりします。数年前までは、世界のどこでもそうでした。

ですが、この〝五ノ村〟は違います。一般の人で服を十着ほど持ちます。そして、重ねて着るのではなく、夏には夏の服、冬には冬の服を着ます。気分によって着る服を変えたりもします。なので、住人はとても華やかですし、古着を取り扱《あつか》う私のお店にはいつも人が溢《あふ》れています。

これは、この〝五ノ村〟の治安がとてもよいからでしょう。服は財産です。盗まれたりする危険を考えれば、普通は余計な服を持とうとは考えません。しかし、盗まれる危険がなければ、服を持とうという気持ちにもなろうというものです。

もちろん、住人が新しい服を求められるほどに懐《ふところ》が暖かいのも理由の一つですね。ええ、この村の住人はお金を持っています。

求めれば仕事はいくらでもあり、収入を得る環境があるからなのですが、それに加えてこの村の税はとても安い。それで大丈夫なのかと住人が不安になるぐらいに。

私はこの村の村長の代行さまとお会いする機会があり、幾度か話をさせていただきましたが、税が安い理由を聞き出すことに成功しました。

その理由とは、住人を育てているからだと。


村や街にとって欲しいのは、税をしっかりと納めてくれる住人。

では、どうすれば税をしっかりと納めてくれるのでしょうか？　経済的に余裕を持たせ、税を納めることで得られる利益……つまり村や街に住み続けたいと思わせること。

だから税で住人の財産を搾《しぼ》り取ってはいけない。税を安くして、娯楽《ごらく》を提供する。そして、治安をよくする。そうすれば人が集まります。人が集まれば村や街が手にする税が増えるので、運営は問題なく進む。

娯楽は住人に楽しみを与えると同時に、住人たちがお金を使って経済が回る。経済が回れば、必要とされる物が増え、仕事も増える。治安は当然、よくなればよくなるだけ歓迎される。

「集めた税《かね》を使うのが行政の仕事。貯め込んではいかん。金は動かすものだ」

代行さまはそうおっしゃっていました。

なるほどと思います。まあ、横にいる秘書官から「非常事態に備え、貯えるのも行政の仕事です」と言われていましたけど。

なにはともあれ。

代行さまのお考えは、住人を育てること。つまり、住人を豊かにすることだと察することができました。

そして、代行さまのお考えに村長も賛同《さんどう》されている。いや、むしろ村長のお考えを代行さまが遂行《すいこう》しているというのが正しいらしいです。

ならば安心して商売ができるというもの。住人にとって、古着は手を出しやすい贅沢の一つ。食べ物のように消えることもなく、着て楽しむことができます。

ああ、私の店では古着をそのまま売るのではなく、お客さまに合わせてサイズ調整をしたり、刺繍《ししゅう》を加えて新たな個性を出したりしています。

個々の家庭でもできることですが、そういったサービスをすることでほかの古着を扱う店との差別化を狙っているのです。古着の取り扱いは、お客さまとの繋がりが大事ですからね。


ある日、代行さまから呼び出しがありました。

どういった内容かと思えば、服や布を大量に購入したいとのこと。買い叩かれるわけではなく、適価での購入とのことで店としては嬉しいことなのですが……。

「なにか問題があるのか？」

いいえ、求められている量をお売りしますと、当店の在庫が尽きてしまいます。

「ああ、商売の邪魔をする気はない。売るのは可能な量でかまわん」

ありがたい代行さまです。

では、可能な量をお売りしましょう。ある程度の質を求められておりますが、この量になると値がそれなりに張ります。支払いは分割ですか？

「金はある。一括で払う。ああ、物での支払いがよければ、そっちでもかまわんぞ」

ははは。経済を回すというお考えを聞いておりますので、お金で……。

ん？　待った。冷静になれ私。落ち着くのです。

私は村長にお会いしたことがあります。代行さまのもとを訪《おとず》れたときです。偶然ですがお会いしました。

最初は頼りなさそうな若者だと思いました。ですが、すぐにその考えを改めました。

彼の着ている服は、デーモンスパイダーの糸で作られたものです。超高級品《そんなもの》を日常使いしている村長が、頼りないわけがありません。それに、どうみてもただ者ではない代行さまが頭を下げる相手ですしね。私ごときが甘くみていい方ではないでしょう。

気を引き締めたことを思い出しました。そうです。村長の服はデーモンスパイダーの糸で作られたもの。その服は村長にぴったりのサイズでした。

デーモンスパイダーの糸は、当然ながらデーモンスパイダーからしか採取できません。災害と恐れられるデーモンスパイダーの糸を集めるのは至難の業《わざ》。現存するデーモンスパイダーの糸で作られた服は、遥《はる》か昔の時代の服を調整したもの。村長の服もそうだと推察《すいさつ》します。

当然、調整したのでしょう。つまり、端切《はぎ》れがある可能性が大！

あの服が欲しいとは無礼すぎて死んでも言えませんが、あの服の端切れなどは願えばもらえないものでしょうか？　デーモンスパイダーの糸で作られた服の端切れでも、古着を扱う私にとっては宝。私の一生に悔《く》いなしと言えますし、息子たちにも自慢できます。

村長の着ているデーモンスパイダーの糸で作られた服の端切れが欲しいです。

言うだけなら叱《しか》られたりはしないでしょう。駄目でもともとですしね。言ってみました。

断られました。ですよねー。

「端切れは存在せんのだ。布ならあるのだが……」

……………………。

え？

「布でよいのか？　なら、どれぐらい欲しい？」

え？

「とりあえず、服を一着作れるぐらいでかまわんな。すぐに用意してもらおう」

えーっと……。

「布や古着の代価が、布なのも変な話ではあるな。ふふふ」

私の店には、デーモンスパイダーの糸で紡《つむ》がれた布があります。

一着分の服を作れる量。

たぶん、これ。私のこれまでの人生で売り買いした額を遥かに超える貴重品ですよねぇ。

でもって、この布を裁断《さいだん》するには魔法のかかった特殊なナイフが必要らしく、それも貸してもらえました。

…………。

私の店は古着を取り扱っていますが、私は服を作ることだってできます。

正直に言いましょう。

服飾界で噂《うわさ》のデザイナー、ミルトン＝ヘイとは私のことです。

古着と称して私の作った服を販売していたら、噂になりました。つまり、服を作ることにはそれなりに自信があります。

ですが、まだ布に手を出せずにいます。失敗《ミス》を恐れているのではありません。誰のための服にするかを悩んでいるのです。

これだけの布で作られた服ですので、価格もすごいことになります。となると、人が限られます。

まず、最初に浮かんだのが村長。村長に着てもらう服にするのが一番でしょう。

ですが、すでに村長はデーモンスパイダーの糸で作られた服を持っています。それと比べられることに私は耐えられるのでしょうか。

無理です。服を作ることに自信はありますが、比べられるのは好きではありません。競うことが好きなら、ミルトン＝ヘイはもっと有名人です。

次に考えたのは代行さま。

しかし、代行さまが着ている服は、魔法製。代行さまの魔力で生み出された服です。それを愛用しているのですから、わざわざ私の作った服を着てくれるでしょうか？

では、自分のための服にする？

…………もったいない！

うん、駄目です。

息子や娘もかわいいですが、年齢的にはかわいいを通り越して一人前の成人ですからねー。ならば孫と考えますが……孫はそれなりにいるので、一人にというわけにはいきません。

うーむ、困った。誰のために作るべきでしょうか。


そうこう悩みながらも日が進み……。


「代行だコン！」

代行さまがデーモンスパイダーの糸で作られた、かわいい服を着ていました。

この瞬間、閃《ひらめ》きました。いや、新しい扉が開いたというべきでしょうか。

代行さまのために作る。

決めました。ええ、かわいい服がライバルになるでしょうが、かまいません。

私の閃《ひらめ》きを形にし、代行さまに着てもらいたい！　代金のことは考えない！

さっそく布の裁断に……待った。冷静に。落ち着いて。

まずは代行さまにお願いせねばなりません。ええ、お体のサイズを測《はか》らせてくださいと。

…………。

言えますか？

い、言えますよ！　当たり前じゃないですか！　聞かずに裁断などできません！

断られました。ですよね。


となると……目で測るしかない。

代行さまの周囲に基準となる物を置いて、その物との差で測る。

やれる。やれます。私なら。

待っていてください代行さま。新しい服をご用意いたします。きっと気に入ってもらえるでしょう。ふふふふふ。

閑話　小さな商会のウィルソン

私の名はウィルソン。〝五ノ村〟に居《きょ》を構えた小さな商会の会長です。

趣味はボタン収集。ええ、服についているボタンです。

ボタンはいいですよ。ボタンは一つ一つが職人の手作り。一つとして同じ物はありません。

そして、ボタンには物語があります。そのボタンのついた服を着た者の生きざまという物語が。

わかっています。理解してほしいとは言いません。ただ、ボタンは大事にしてください。


昼。


〝五ノ村〟に来るまでは一日二食が日常でしたが、〝五ノ村〟に来てからは一日三食になりました。最初はそんなに食べられないと思っていたのですが、食べようと思ったら食べられるものです。

まあ、原因はわかっています。パンです。これまで食べていたパンは石のように硬くて不味かったのですが、腹持ちだけはよかったのです。その硬いパンを、〝五ノ村〟に来てからは食べなくなりました。

同じぐらいの値段で、柔らかくて美味しいパンが売っているのですから仕方がありません。一日三食になったので食費は増えましたが、それを気にしなくていいぐらいには商売は順調です。ありがたい話です。

ただ、お腹がちょっと出てきたことは悩みですね。妻や息子たちに弄《いじ》られます。

おっと、いけない。運ばれてきたハンバーグ定食に対し、お腹が出るなどの思考は無用。いまは目の前のハンバーグ定食に集中しましょう。

ハンバーグ、つけ合わせの焼かれた野菜、野菜スープ、柔らかいパン。これだけの豪華《ごうか》な食事で、中銅貨八枚は格安です。そして、味も絶品。

ハンバーグ定食を提供しているこのお店の料理長は、料理コンテストでの上位者ですから当然ですね。いや、優勝常連である鬼人族メイドさんたちに指導を受けた料理人と言ったほうが、〝五ノ村〟では腕前をわかってもらえますね。きっと。

ああ、やはり美味しい。この美味しさを広めるために、飲食店をやってみたくなりますね。こう見えても料理にはちょっと自信があるのです。さすがにここのハンバーグ定食ほど美味しくは作れませんが。


ハンバーグ定食を食べ終わり、食後の飲み物をゆっくり楽しんでいると、私の店の従業員がやってきました。

彼の休憩《きゅうけい》時間はまだ先のはず。こちらに向かってくるということは、急いで私に知らせることでもあったのでしょうか？

「ゴロウン商会が動きました。大工を中心に人を集めています」

…………。

ゴロウン商会。この〝五ノ村〟でも無視できない大手《おおて》の商会ですが、大手というところはそれほど重要ではありません。

彼らのもっとも重要な部分は、〝五ノ村〟の村長の御用商人ということ。

ゴロウン商会が普段にない行いをしたということは、その後ろに村長の意向があるということです。代行さまの意向の可能性もありますし、もちろんそれも無視しません。ですが、あの代行さまが村長の意向を無視するとは考えられません。大規模なことをするときは、村長の許可を得ているはずです。なので、問題ありません。

ゴロウン商会が普段にない行動をした。絶対に儲け話です。私も急いで動かねば。資金が足りない可能性があります。父の店から借りることも検討しないといけませんね。

村長の意向は、〝五ノ村〟の近くにある山に神殿を建設することでした。

神殿じゃない？　神域？　神社？　似たようなものでしょう。立派な建物がありますし。

建材の調達に絡めたので、そこそこの利益になりました。ええ、そこそこです。貪《むさぼ》ったりはしません。

全ては〝五ノ村〟の発展のため！　そして、〝五ノ村〟の美食のため！

この考えに嘘《うそ》はありません。

正直、〝五ノ村〟になくなってもらうと困るのです。だから税をもっと取ってほしいと思うのですが、村長や代行さまのお考えとは違うようで……もどかしい。

いえ、小さな商会の会長である私には思いも寄らないような深いお考えがあるのでしょう。信じて、ついていくだけです。

そうそう。今回の神殿建設で、〝五ノ村〟には大きな変化がありました。

これまで、〝五ノ村〟は南側が人気で発展していました。〝シャシャートの街〟に続く道がありますからね。〝シャシャートの街〟は、〝五ノ村〟の南西方向。西側もその恩恵《おんけい》を受けていました。

転移門ができて、その道の価値は下がりましたが、変わらず〝五ノ村〟では南側が人気でした。

これには東側、そして北側は不満がありました。口にはしませんが。不満はたしかにあったのです。

その不満を汲《く》み取ってくれたのでしょう。今回建設された神殿がある山は、〝五ノ村〟の北東方向にあります。

そうです。神殿に続く道ができるのです！

すでに〝五ノ村〟の東側、北側の住人がお金を出しています。お金がない者も、労働力として道の建設に参加してくれています。

代行さまの許可が出た瞬間、すごい勢いで道ができていきます。〝五ノ村〟の東側、北側の希望の道が。これで東側、北側の人気が向上するでしょう！　村長と代行さまは、そこまで東側、北側を気にしてくださったのだ！　ははは、羨ましかろう南側、西側！

…………。

いや、神殿や道の建設に、南側や西側の住人もお金を出していますし、手伝ってくれてもいますけどね。

全ては〝五ノ村〟のために。

そうです。たとえ南側や西側でなにかする場合でも、東側や北側は惜しみなく協力するのです。

しかし、広い道になりそうですね。馬車が何台、並べられるのでしょう？　二十台以上並《ごじゅうメートルぐらいあり》びそうですね。

村長や代行さまのことですから、この道もなにかイベントに使うのでしょう。楽しみです。

そして道の両側は、杭《くい》と縄《なわ》で区切られています。ここに店ができるのです。

基本の権利は〝五ノ村〟にあり、代行さまは希望者に抽選で販売するとおっしゃっていました。ですので、区切られた場所には記号と番号が振られています。軽く情報収集をした感じでは、飲食関係が入りそうです。神殿に参拝に行く者を相手にと考えているのでしょう。なるほど。私も参加したいですね。

自分で作るのは仕事量的に無理でも、飲食店を出すのは悪くないでしょう。いくつかの場所に希望を出しておきましょうか。

そんなふうに考えていると、私の店の従業員が走ってやってきました。慌《あわ》てているようですね。

またゴロウン商会が動きましたか？

「会長のお子さんが倒れたそうです」

…………。

は？

「場所は会長のお父さまの工房です」

ど、ど、どういうことでしょうか？　父が私の息子に無茶な仕事でも振ったのでしょうか？

最近、珍しい布を手に入れたと言っていましたが……いやいや、父がそのようなことをするはずがありません。倒れるような仕事ならば、父が独占して楽しむはずです。ええ、父はそういう人なのです。

となると病《やまい》かなにかでしょうか？　それとも事故？　息子が心配です。急いで、父の店に行きましょう。

閑話　ダンサーのヘンダーソン

我が名はヘンダーソン。ヘンダーソン＝ウィルソン＝ジョンソン。

奇妙な名だという自覚はある。だが、親から授かった名だ。無下《むげ》にはできぬ。それに、ウィルソンは我が父、ジョンソンは我が祖父《そふ》の名。大事にしようというものだ。

うむ、我が一族は父方の名を連ねていく。わかりやすいからな。

おっと、だからと母方を軽んじているわけではないぞ。母方ともしっかりとした親戚《しんせき》つき合いをしておる。最後に頼れるのは血縁、それと筋肉だからな。はははははは。

我は現在、〝五ノ村〟に住んでいる。仕事もなかなか順調で、日々の生活には困っておらぬ。

ん？　ああ、失礼。我は〝五ノ村〟の誇るマスコット、ファイブくんのバックダンサー兼衣装担当をやらせてもらっている。

今日も六ステージをこなし、次の春に行う公演の衣装の発注をしたところだ。なかなかくたびれた。

衣装を選ぶことや用意することはそれほどでもないが、バックダンサーはどうしてもな。

されど、ファイブくんのバックダンサーは競争相手の多い人気職。少ない席を勝ち取り、守っていることに我は喜びを覚えている。

もちろん、ファイブくんの近くで仕事ができるということも喜ばしいぞ。

ふふふ、待て待て。慌てるでない。わかっておるであろうが、言わせてもらおう。

ファイブくんに、中の人などおらぬ。

さて、日々の仕事に翻弄《ほんろう》されているある日。祖父に呼ばれた。なんでも我に服を作る手伝いを頼みたいらしい。

意外だ。祖父は、そういった楽しいことを独占するタイプなのに。

珍しい布を手に入れたとも言っていたので、扱うのに我の筋肉を必要とする布なのだろうか？

…………ありえんな。祖父なら己《おの》が肉体を鍛え上げる。となると……我に求められるのは仕事を理解している小間使い役か。

そんなことを考えながら祖父の工房に向かった。

祖父の工房は、古着を扱う店の奥に隠されている。

そこは小さい空間ながらも、服を作るための快適な環境が整えられている。羨ましい。我もこういった工房を持ちたいものだ。

っと、祖父はどこだ？　そう思った我が目にしたのは蜘蛛《くも》だった。


我は目を覚ましたが、混乱の極みだった。

なぜ横になっている？　我は倒れていたのか？　気を失っていた？　なぜ？

考えると、蜘蛛の姿が思い浮かぶ。拳《こぶし》ほどの大きさの蜘蛛だった。ただの蜘蛛じゃない。あれは死を紡ぐ蜘蛛《デーモンスパイダー》だ。

そうだ。まだいるのか？　ここは安全なのか？　ここはどこだ？　見慣れた部屋…………祖父の工房の隣《となり》に作られた小さな寝室か？

我が寝ていたのは、祖父が泊《と》まり込みのときに使うベッドか。つまり……祖父の工房に蜘蛛がいた？　なぜ？

あ、いや、それよりも祖父は無事なのか？

我がベッドで寝ていたのだから、無事だとは思うが…………蜘蛛はまだいるのか？　いや、あれは我の見間違いか？　街中にデーモンスパイダーがいるわけがない。あれは深い森の奥や、深いダンジョンの奥にいる存在のはず。

見た者は死ぬだけとも言われている狂暴な魔物。もちろん、我だって見たことはない。だが、なぜかあの蜘蛛を見た瞬間にデーモンスパイダーという言葉が浮かんだ。だからデーモンスパイダーなのだろう。

そう思いながら、我はベッドを出て隣の工房に行くと……祖父と父がいた。


父は、我が倒れたとの連絡を受けて慌ててやってきたそうだ。

心配をかけてすまぬ。我は無事だ。うむ、無事……だと思う。ところで蜘蛛は……。

そう我が言おうとしたら、祖父に口を塞《ふさ》がれた。

「蜘蛛はいない。いいですね」

え？

祖父の言葉に驚いていると、父が続いた。

「こんな場所に蜘蛛がいるわけがない。そうだな」

は？

…………。

……………………………………………。

我は考えた。

そして、周囲を見回す。工房の机の上に、見覚えのない高級そうな布があった。これは祖父が言っていた珍しい布だろう。詳細《しょうさい》は知らないが。ただ、聞いていた話では一着分とのことだったが、どう見ても二着分ある。

…………。

あと、父の服についているボタン。

見慣れぬというか……逆に見覚えのある木製ボタン。村長の服に使われていた不倒の大木で作られたボタンだ。

素材自体が貴重だというのもあるが、それをボタンに加工する技術もすごい。我も近くで見たいとは思っていたが……なぜ、そのボタンが父の服についている？

…………。

祖父と父の不自然な行動。考えられる答えは一つ。

買収されたな！

そう叫ぶ前に、我の前に差し出されたのはサイン色紙《しきし》だった。

「お前のために用意された、代行《ヨウコ》さまのサイン色紙だ」

…………。

サイン色紙。

紙をさらに加工して作られた色紙に、インクや墨《すみ》などでサインを書いた物。ほかの地域では知らないが、この〝五ノ村〟ではファイブくんが配ったことで有名になったファングッズの一つだ。

このサイン色紙のいいところは、色紙と書く物を用意できれば手軽に求めることができる点だ。なので、ファイブくんだけでなく、ラーメン女王や《クロトユキ》のキネスタ店長代理、《酒肉ニーズ》のニーズ店長代理の色紙なんかも出回っている。いや、誰も手放さないから出回ってはいないか。認知されているとすべきだな。

そして、我の口調でわかると思うが、我は村長代行であるヨウコさまの大ファンだ。ああ、声を大にして言おう。

我はヨウコさまのファンだ！　それゆえ、ヨウコさまのサイン色紙で我を買収できると思ったのか！　愚かな！　ヨウコさまの色紙はすでに十七枚も持っておる！　いまさら、一枚程度でこの我の心が揺らぐ……。

…………あれ？　このサイン、かわいいヨウコさまのサイン！！

つい最近、凜々《りり》しいヨウコさまから、かわいいヨウコさまに変化なされた！　コンなる語尾がとてもいい！　しかし、そのかわいいヨウコさまはサイン色紙を求められても応じなかった。偉い人がどれだけ頼んでも駄目だった。

偽物対策で数枚だけ書かれたそうだが、公開されたのは村議会場に飾られた一枚のみ。その一枚を巡《めぐ》って窃盗《せっとう》騒動が数回起きたので警備が強化され、時間制限がされるようになったが、村の住人ならば見ることができる。我も何度も見た。

その飾られている物とは多少違うところがあるが、本物だ。ヨウコさまの文字の癖《くせ》があることもそうだが、本物証明として作られた判《はん》が押されている。

判の偽造は重罪。〝五ノ村〟でヨウコさまの判を偽造する愚か者などいない。

つまり、誰がどう見ても本物。しかも、通し番号が振られている。

かわいいヨウコさま専用の頭文字で、番号は……004？　004！

村議会場に飾られているのが003だった。001は村長に、002はヨウコさまの娘に渡されたとの噂がある。

004。

つまり、一般に渡される最初の色紙？　そのサイン色紙が我の目の前に……。

……………………………………。

蜘蛛はいなかった。うん、いなかった。

我の頭の中は、このサイン色紙をどこに保管しようかでいっぱいだった。

3 冬の終わりに

昼。

そろそろ暖かくなってきたが、まだ春ではない。ニュニュダフネがまだ冬だと言っているので、冬だ。なので、今晩は鍋《なべ》料理にしようと思う。暖かくなってきたが、夜はまだまだ寒いからな。問題はない。なに鍋にしようか？

ははは、実は迷っていない。カニ鍋だ。

〝シャシャートの街〟のミヨが、〝五ノ村〟経由で送ってくれたカニがさきほど届いた。もちろん、巨大なカニではなく食べやすいお手頃サイズのカニだ。ありがたい。

海の種族に頼んでいたカニは、食べ尽くしてしまっていたからな。カニは次の冬までお預けかと思っていたところに届いたカニ。ふふふ。夜が楽しみだ。


さて、まだ冬だが、春が近いのはたしか。なので村の住人はいろいろと準備をしている。

まず、見てわかるのは春のパレードの準備。文官娘衆とハイエルフたちは地図を囲みながら、パレードの順路を決めているようだ。

…………。

思うのだが、毎年、パレードの移動距離が延びている気がする。いや、気のせいではなく、確実に。延びているよな？　隠さなくていいんだぞ。

大丈夫だ。パレードを楽しみにしている住人はそれなりの人数いるので、むやみに規模《きぼ》の縮小を望んだりはしない。さすがに手に負《お》えないぐらいの規模になったら止めるけどな。

山エルフたちは工房に籠《こも》って、なにかのパーツを作っている。これもパレードの準備だそうだ。数人が工房の隅で横になって寝ているのは？　ああ、徹夜作業になった結果か。なんだか楽しくなってしまったと。文化祭の準備みたいなものかな？　気持ちはわかるけど無理は駄目だぞ。

厨房《ちゅうぼう》では、フローラと鬼人族メイドたちが、いくつかの小さな樽《たる》を取り囲んでいた。

樽の中身はフローラが作った味噌《みそ》で、フローラが研究の成果として鬼人族メイドたちに発表しているようだ。

「製造場所と製法をいろいろと変えて作っていたら、いい感じになったので」

なるほど。できた味噌で満足せず、上を目指す姿勢。素晴らしい。

「村長が求める水準が高いからなんだけど」

そうか？

「そうです」

そうだったか。だが、味噌が美味しくなるのは悪いことではない。鬼人族メイドたちも……。

「ここまで風味が変わるのであれば、お味噌を変えるだけで違う料理になりそうですね」

「しかし、好みが分かれそうで怖いです」

「たしかに。私はこの白っぽいお味噌が好きだなぁ」

「私はこっちの黒い味噌のほうが使いやすそうだけど」

「黒というより赤では？」

「私はいつものお味噌で十分だと思います。その味に慣れているでしょうし」

鬼人族メイドたちはフローラが持ってきたいくつかの味噌を味見し、軽く料理に使って試しているようだ。

「アンさまやラムリアスさまにも意見をうかがいますか？」

「ですが、妊娠中は味覚が変わると聞いていますけど、大丈夫ですか？」

「ああ、そうでしたね。ですが、まったく相談しないのも……」

「アンさま、ラムリアスさまが戻るまでは、私たちが厨房を任されているのです。胸を張って決めたものをお出ししましょう」

「そうですね」

頼もしい。アンやラムリアスが抜けても大丈夫だな。

「ふふ、お任せください」

ああ、任せた。ところで、味噌なんだが……。

「なんでしょう？」

合わせ味噌と言ってだな、多種の味噌を組み合わせることでさらなる味を求めることができる。

「…………えっと、配合は？」

組み合わせは自由だ。

「自由ですか」

味の好みは違うからな。正解はない。まあ、最初は１：１でやってみたらいいと思う。

俺がそう言うと、フローラが悪い顔をしていた。

「ふふふ。アンやラムリアスが不在でも、任せていいのよね。貴女たちの出す合わせ味噌。楽しみだわ」

こらこら、そんな追い詰《つ》めるようなことを言うんじゃない。できたらでいいんだから。無理しなくていいんだぞ。

「村長、ありがとうございます。ですが、お任せください。私たちで配合を考え、その合わせ味噌に合わせた料理をお出しします」

おおっ、やらせてくださいオーラがすごい。わかった、任せよう。頑張ってくれ。だが、絶対に時間がかかるから無理するんじゃないぞ。全員が納得する味なんてないんだからな。それを忘れないように。

俺の言葉に鬼人族メイドたちは声をそろえて返事をし、味噌に向かった。それを見送りつつ、フローラに視線をやる。

「アンとラムリアスが不在で、少し気を抜いていたようですから。ちょっと刺激を」

……なるほど。

「味噌の研究は続けますけど、しばらくは醬油《しょうゆ》に力を入れます。あそこに並べた味噌の販売は、夏からできます」

夏から？　早いな。

「この冬のあいだに仕込んでおきましたので。生産量の問題から、大々的に外に売り出すのは数年先になりますけど。仕込む時期でも味が微妙に変化するから味噌はおもしろいですね」

わかった。

味噌の製造工場は〝五ノ村〟か？〝五ノ村〟にもあるけど、〝シャシャートの街〟にもあるそうだ。

〝シャシャートの街〟の製造工場は、ミヨが用意したのかな？　ミヨが情報をリークして、マイケルさんが用意したのか。なるほど。

いや、べつにミヨを叱ったりはしないよ。こっちの行動をみて、先に準備をしてくれただけだろうしな。助かっているよ。

もちろん、いつもなら寝ている時間に起きて、鬼人族メイドたちに刺激を与えてくれたフローラにもな。

「そういうことをすらすら言うと、ルーお姉さまに叱られますよ」

それは困る。

フローラは寝なおすために研究室に。自室じゃないのは、研究室に着替えや寝具を持ち込んでいるからだ。しっかり休めているならいいんだけどな。無理はしないように。まあ、好きでやっているのだろうけど。

フローラを見送ると、怪しげな一団が目に入った。廊下でなにやら変な動きをしている文官娘衆と天使族の一団だ。なにをしているのだろう？

…………。

冬のあいだに貯め込んだ脂肪の消化ね。太っているお腹が好きなフラシアとたくましい翼が好きなアイギスのチェックが怖いと。なるほど。ここに長居するのはよろしくない。

俺は見なかったことにして、次に行く。

とある部屋から声が聞こえてきた。〝五ノ村〟での仕事を急いで終わらせ、〝大樹の村〟に戻ってきたヨウコの声だ。

様子を見ると……ヨウコはザブトンの子供たちと綿密な打ち合わせをしているようだ。セリフや場所を決めているのかな？　演劇でもするのかもしれない。見ていてもいいかな？

「村長か。緊張感を持って見るなら、かまわぬ。一世一代の勝負の場ゆえ」

ヨウコの真剣な言葉に、ザブトンの子供たちも頷く。

…………。

あ、ザブトンに挨拶《あいさつ》する練習か。これは、俺がヨウコに呼ばれて行った場で銀狐族に狙われたことが原因だ。

俺に被害はなかったけど、危ない目に遭《あ》わせたということでザブトンの子供たちが怒った。起きたらザブトンにも報告するらしい。いや、寝てても伝わっているそうだ。詳しくはわからないけど。

まあ、ザブトンが目を覚ましたときに、ヨウコがかわいい格好でおはようの挨拶をするということでまとまった話だったはず。

「もちろん、ちゃんと謝罪《しゃざい》もするぞ」

そうなのか？

「落ち度は落ち度だ。それに、銀狐族に矛先《ほこさき》が向いても困る」

なるほど。お役に立てることはあるかな？

「村長に庇《かば》ってもらうことも考えたが……その場は許されても、あとが怖い。さらなる怒りを呼び込む可能性もあるしな。気持ちはありがたいが、遠慮しておこう」

そうか。それは残念。

「おっと、早まるでない！　ほどよいタイミングでやってきて、ザブトンをなだめることを拒否してはおらんぞ！」

はっきりと頼むと言わないのは、それがバレると怒られるからか。

「だから、こう……村長の善意でいい感じに動いてくれるとありがたい」

か、考えておこう。

それで……ザブトンの子供たちは、ヨウコを怒る側じゃないのか？　見た感じ、一緒に挨拶と謝罪をするようだが？

「ははは。こやつらはこやつらで、ザブトンに叱られるようなことをしたのでな」

？

ああ、〝五ノ村〟の住人に姿を見られたというやつか。

「うむ。あれの対処で、それなりの出費があったからな」

出費というほどの出費じゃないだろ？　たしか、相手方への謝罪としてザブトンの子供たちが編んだ布と俺が作ったボタン、あとはヨウコのサインだっけ？　それらを渡して謝罪を受け入れてもらった。

「こやつらが前に出るわけにはいかぬから、我が謝りに行ったのだぞ。ならば、ここで我と一緒に謝っても悪いことはあるまい」

笑うヨウコの横で、反省のポーズをとるザブトンの子供たち。

つい、服の話ができそうな相手だったから油断したそうだ。まあ、本人たちが謝ることに納得しているならかまわない。一般人を脅《おびや》かしてしまったのはたしかだしな。

「よし、休憩は終わりだ。再開するぞ」

ヨウコはかわいい姿になり、おはようの挨拶の練習をする。うーん、かわいい。しかし、ちょっとあざといかな？

「ぬっ、それはいかぬ……ではなかった。それは問題だコン！　どうだ？　いまのは自然なかわいさではなかったか？」

ヨウコは熱心に練習を続けた。俺は邪魔をしてはいけないと、静かに部屋を出た。

うーん、ヨウコの練習には手抜きがなかった。俺も頑張らないといけないなという気分になる練習だ。俺も頑張らないとな。

おっとヒトエ。ヨウコは忙しい。うん、見てやるな。俺と一緒に、農具の手入れでもしようじゃないか。

よし、夕食まで俺は『万能農具』でも磨《みが》いておこう。クワを振るうのはもう少し先だが、手入れをして駄目ということはないだろう。ふふふ。春が楽しみだ。


夕食時。

俺の要望通り、カニ鍋が出てきた。ただ、鍋の出汁《だし》は味噌味だった。

求めていた味ではなかったが、これはこれで美味しかったのでよしとしよう。

4 もうすぐ春のはず

ニュニュダフネたちが「まだ冬」だと言っていただけあって寒さがぶり返してきた。凍《こご》えるほどではないが寒いのはたしかなので、屋敷中の暖房器具が再稼働している。俺の部屋にあるコタツも頑張っている。急いで片づけなくてよかった。

俺は自室のコタツに入りながらミカンを楽しむ。このミカンは鮮度《せんど》を保つために冷凍で保存していたものだ。もうすぐ春だから、消費しないとな。

ちなみに、イチゴも一部は冷凍して保存していたのだが、こっちは子供たちに人気があるので消費済みになっている。来年は収穫量をさらに増やすとしよう。

い、いや、ミカンの人気がないわけじゃないぞ。ミカンはなんだかんだで収穫量が多いから、この時期まで余ってしまうだけだ。クロの子供たちやザブトンの子供たちとか、ミカン好きがそれなりにいるしな。

しかし、こういったことをしているとテレビが恋しくなるな。

病室で横になっていたときは、テレビをみるぐらいしかやることがなかったが……まあ、無い物をねだっても仕方がない。テレビを作ろうと思っても、仕組みをよく知らないしな。

イレの活動が発展してテレビ放送になるのを期待しよう。何年先の話かはわからないけど。


俺がミカンを楽しんでいると、クロとユキがやってきた。俺の部屋にあるコタツに入りに来たらしい。もちろん、入っていいぞ。

俺がコタツ布団をまくって誘うと、クロとユキはお尻を向けて入っていった。後ろ移動《バックステップ》か。器用だな。

だが、前までは頭から入っていなかったか？　ツノでコタツ布団を傷つけないため？

たしかに、それで何度か鬼人族メイドたちから苦情が出ていたな。しかし、クロとユキはそんな失敗をしないだろ？　ああ、群れの上位者がやらないと、誰もやらないのか。なるほど、大変だな。

ミカン、食べるか？

…………イチゴのほうがいいと？　残念ながらイチゴは品切れだ。

じゃあ、ドライフルーツがいい？　仕方がないな。

…………。

ドライフルーツは、俺の部屋に常備されている。しかし、残念なことにコタツから出ないと取れない場所にある。

…………。

俺は倒れ込み、手を伸ばす。

………。

かなり届かない。

くっ、俺はここまでなのか。いや、諦めるのはまだ早い！　俺には『万能農具』がある！

長い棒状で……槍《やり》じゃなく……先をひっかける感じの……死神が持ってる鎌《かま》じゃなくて。刃は大きくなくていいから。えーっと、熊手《くまで》。そう熊手だ。柄《え》の長い熊手を希望！

………。

管轄違《かんかつ》い？　え？　そうなの？　潮干狩《しおひが》りとかで使うでしょって……たしかにそうだな。潮干狩りには熊手のイメージ。

………。

待て待て、農具としても熊手を使うぞ。

そうだ。えーっと、レーキとか呼ばれていた熊手。落ち葉を集めたり、土をかき混ぜたりする道具。つまり、農具だ。

落ち着け？　熊手の形の縁起物がある？　そういえば、そうだな。正月から少し経ったときに、売られていた気がする。あれの起源も、農具だと思うが？

慌てるな？　縁起物として扱われているゆえに、ややこしい立ち位置の道具？　無理を通すほどではない？

厳密に言えば、農地にいるなら熊手になれるけど、コタツに入って物を手繰《たぐ》り寄せるためのものにはなれない？　そんなことに使わないでほしい？

ぬう、正論！　すまなかった。

俺は諦めた。

クロとユキが「えっ」という顔をする。慌てるな。『万能農具』で取るのを諦めただけだ。コタツから出て取るとしよう。

天井の梁《はり》にいるザブトンの子供たちが、さっきから取りましょうかと待機しているのは知っているが、みっともない姿を見せてしまったしな。ここは自分で取らなければ。

わかっている。ザブトンの子供たちにもドライフルーツを渡すよ。一緒に食べよう。


クロとユキ、それとザブトンの子供たちと一緒にドライフルーツを楽しんでいると、キアービットがやってきた。千客万来《せんきゃくばんらい》だな。

変装姿に慣れていないから、誰だと焦《あせ》ったのは秘密だ。

どうした？　王都行きの準備で相談か？

「それもあるのだけど、これは知っていたの？」

キアービットはコタツの上のテーブルに地図を広げた。〝魔王国〟の王都から……〝シャシャートの街〟近郊の地図だな。

キアービットが指差しているのは、王都と〝シャシャートの街〟のあいだ。そこにあるのは小さ

な点。街や村か。街や村があるのは知っているぞ。

「そうじゃなくて、王都と〝シャシャートの街〟のあいだにある街や村の支配率」

？　支配率って、そのあたりの街や村は〝魔王国〟の支配下だろ？

たしか、直轄地《ちょっかつ》だと言っていたはずだ。だからこそ短距離転移門をスムーズに設置……スムーズではなかったか。ユーリが下準備を進めていたのに、急に態度を変更されて止まったりしてたな。

「さすがにそういったところがあると、短距離転移門の運用に問題があるからと支配を強めていたはずなのよ。ティゼルとミヨが」

そうなのか？

「そうなの。で、さっきティゼルから聞いたのだけど、ティゼル配下のダルフォン商会が三割、ミヨ配下のゴロウン商会が一割の支配率だったわ」

えーっと、たぶんだけどダルフォン商会はティゼルの配下じゃないぞ。

友好関係と報告を受けている。あと、ゴロウン商会はミヨの配下じゃない。

「体裁はどうでもいいのよ。いまは実情の話」

体裁って、事実だぞ。

それで、なにを気にしているんだ？

「一年ほどティゼルとミヨが手を回していて、どうして五割《はんぶん》も支配できていないのかってこと」

え？

「当然、ティゼルとミヨは魔王や〝五ノ村〟のヨウコさんの手も使っているはずよ。ユーリさんもミヨに協力していたしね。なのに、五割も支配できていない。明確な敵対勢力がいるわ。ここに」

敵対勢力？

「武力があるかどうかはわからないけど、〝魔王国〟に健全な運営をされては困る勢力ね。正体は人間の国の支援を受けた反〝魔王国〟一派……本人にその自覚があるかはわからないけどね」

そのこと、魔王たちには？

「ティゼルとミヨ、ヨウコさん、ユーリさんには伝えたわ。もう伝わっているんじゃないかな」

なるほど。魔王たちに伝わっているなら、俺のやることはないだろう。

そう思うのだけど、キアービットが俺にわざわざ話したということは、俺になにかさせたいのだろう。面倒は困るぞ。

「未来の義娘《むすめ》の頼みごとぐらい聞いてくれてもいいと思うけど？」

ははは、天使族が結婚するには試練《しれん》が必要だったよな。用意しようか？

「あははは。あれは天使族を娶《めと》る者がするもので……」

求めたほうがするべきだと思うんだ。

「ま、まったくもってその通り。当然、試練に挑む覚悟はあります！　ええ、ありますとも！　なので、手心をお願いします！　…………以前の行い？　はい、大いに反省しております！　改めて、人の恋路を邪魔してはいけないと確信している次第です！　失礼します！」

キアービットはそう言いながら部屋から出て行った。

ふふふ。この話が続くと、不利になるとみたようだ。見事な状況判断。さすがだ。

まあ、双方が求め合っていれば、俺が邪魔することはないのだけどな。アンは……どうだろう？　大丈夫と信じたい。

そう思っていると、ティゼルと魔王がやってきた。

うん、わかっている。俺になにをさせたいんだ？　ああ、大丈夫だ。

キアービットには意地悪をしてしまったが、王都と〝シャシャートの街〟のあいだでトラブルは困る。〝シャシャートの街〟には知り合いも多くいるし、〝五ノ村〟にも影響がでるだろうしな。だから、覚悟はできている。任せろ。

でも、できるだけ面倒ごとは避けてほしい。あと、血生臭《ちなまぐさ》いことも。

5 代官とは

〝魔王国〟は王位の継承が特殊だが、基本は王政だ。つまり、王様である魔王が一番偉い。

その魔王の直轄地が反抗的だというなら、その地の管理者である代官を交代させればいいと思うのだが……魔王がそうしないのには、理由があるのだろうか？

「いや、代官をどうにかしたら、解決するわけではないのでな」

魔王から、統治に関しての話を聞いた。

難しくて全てを理解できたわけではないが、今回の件で関わる部分だけはなんとか理解できた。

まず、〝魔王国〟における代官とはどういった存在か。

魔王の直轄地を管理する地方官のことだ。つまり、魔王の代理人。そしてその役割は、簡単に言えば、税金を集めること、反乱を起こさせないこと、新しい法を周知させることなどになる。

これらに付随《ふずい》して、法に従わない者を捕まえたり、裁《さば》いたりすることも加わるが、今回は横に置いておこう。

大事なのは、代官は魔王の代理人ということだ。

そして、その代官は直轄地をどう統治しているのか。たとえば住人が五十人や百人の村であれば、全員と顔見知りになって統治することは、難しいがなんとかできるだろう。しかし、五百人や千人の村になると、それは現実的ではない。万人規模の街になると、それは不可能と言える。

では、どうするか？

部下を使う。当たり前だな。部下が増えれば増えるだけ、統治が楽になる。

だが、部下を増やすにも限界はある。人材も財源も有限だからだ。

そうなると、次に求めるのは現地の協力者。つまり、地域の顔役《かおやく》と呼ばれる名士やボスと繋がり、統治している。

身近なところで顔役の例を出すと、ゴロウン商会のマイケルさんだな。彼は〝シャシャートの街〟

の顔役の一人で、〝シャシャートの街〟の代官であるイフルス代官とよく相談をしている。

でもって、今回の件。ここまでの説明でおわかりだろう。

代官の部下。もしくは顔役が、代官に隠れてなにかやってるわけだ。

「あー、代官の部下は無関係だ。代官の部下が原因なら、その代官の管理地域と怪しい地域が同じになるはずだ」

〝魔王国〟では代官になれる人材に限りがあることから、代官は大きい街に常駐させ、周囲の村も一緒に管理させている。代官の部下に問題があるなら、その代官が管理している街や村が問題になるはずだが、そうではないらしい。

となると……。

「顔役が怪しい。それゆえ、代官を交代しても意味がない。いや、有能な代官に交代できればなんとかなるのかもしれないが、そういった人材は限られているし、大事な場所を任せているから簡単には動かせない」

なるほど。それで、俺にやらせたいことは？

「難しいことではない。〝大樹の村〟でやっている春のパレード。あれを〝五ノ村〟から〝魔王国〟の王都までやってほしい。もちろん、〝大樹の村〟でのパレードが終わってからでかまわない。移動には転移門を使ってもらうから半日もかからんだろう。こちらとしては王都で歓待したいが、派手なのは好まんであろう。式典には巻き込まん。パレードが終われば、すぐに帰ってもらってかまわない」

それは助かるが……パレードをやるだけでどうにかなるのか？

「言ってしまえば、パレードは囮《おとり》だ。注目を集めてもらい、その裏で調査部隊が動く」

ん？　囮なら、パレードじゃなくてもいいのでは？　いや、パレードでもいいのだろうけど、俺たちがやる必要はないだろう？

「パレードにしたのは、各地の代官や顔役を呼ぶためだ。調査の過程で人質にされる危険があるからな」

なるほど。

「当然、各地の街長や村長にも声をかける」

ん？　ああ、そのとき、〝五ノ村〟の村長だけ参加していないのは問題なのか。

「そうなる。それに、パレードをやると言って簡単にできるものではない。事前にそれなりの準備が必要だ。しかし、〝大樹の村〟なら問題なかろう」

そうだな。直前にパレードをやっているわけだし、こちらとしては移動距離が延びたと思えばいいだけか。

「うむ。村長や村の住人には手間をかけさせて申し訳ない」

いや、さっきも言ったが俺としても王都とシャシャートのあいだで揉めごとは困る。パレードが必要なのはわかった。

しかし、それだと危なくないか？

「危なくはない！　絶対に！」

そ、そうか？

「うむ。それに、パレードには私も参加する。なにかしらの害意があるなら私に向かう」

それはそれで心配だが……。

「ありがとう。ああ、言い忘れていたが、パレードにはクロ殿の子たちや、ザブトン殿の子たちも参加してもかまわないぞ」

……………。

え？　いいの？　クロの子供たちやザブトンの子供たちは、できるだけ死の森から出さないようにって言ってたのに？

「そうだが、なんだかんだと姿を見るし、もういいかなって」

あー、申し訳ない。

「ははは。あと、パレードをするのに不参加では、かわいそうであろう」

……そうだな。クロの子供たちやザブトンの子供たちだけ不参加は、かわいそうだよな。

「うむ。しかし、全員参加は村の警備だなんだで厳しかろう。パレードの規模は村長に任せる。それに、〝魔王国〟軍と各地の者が便乗する形で行う予定だ」

わかった。まあ、村の外のパレードだと、遠慮したい村の住人もいるかもしれないしな。相談してみるよ。

「すまないが、よろしく頼む。あー、正直なことを言えば、怪しい者たちが反乱を考えているのであれば、村長のパレードを見て思いなおしてもらいたい。なにもないのが一番なのだ」

たしかに、なにもないのが一番だな。

だが、キアービットやティゼルの様子から、ほぼ確実になにかはあるのだろう。それでも、自分で言うのもなんだが、平和に暮らしている俺たちのパレードを見せて、思いなおすことを願うのか。

ううむ、魔王は立派な王だな。

夜。

〝大樹の村〟の屋敷の一室に、魔王とティゼル、それと裕福な家の娘の姿のキアービットがいた。

「とりあえず、パレードを出してもらえることになった。しかし、村長に危険はないのか？　見る者が見れば、私よりも村長を狙わんか？」

「お父さまの近くに、お母さまたちが並ぶから大丈夫よ。それに、反乱だとしてもまだまだ準備不足のはずよ。武力行使はないわ」

「でも、最悪の最悪は想定しないと。村長は隠して、身代わりを用意する？」

キアービットが、呪文を唱えて村長の姿になる。

「お父さまは、それを良しとしないと思うわ」

「うむ。村長なら自身が安全な場所にいて、ほかの者が危険な場所にいることは望まんであろう」

「だからって、危険な場所に近寄らせるのも問題だと思うのよねぇ」

そう言いながら村長の姿になったキアービットが指を鳴らすと、元の裕福な家の娘の姿に戻る。

「だから、村長に危険があったと思わせないように。危険は全て秘密裡《ひみつり》に処理しなさい」

キアービットが魔王とティゼルにそう言い、二人はしっかりと頷いた。

「あとティゼル。ティゼルの考えも理解できるけど、一つの行動で二つも三つも利益を得ようとするのはよくないわよ。結果としてそうなるのはいいけど、狙ってやるとどこかで歪《ゆが》みが出て痛い目をみるから」

「……はーい」

「魔王も、あまりティゼルを甘やかさないように。アルフレートかウルザに王位を譲りたいって気持ちがあるから、ティゼルに転がされる……違うわね。自分から転がってるのよ」

「う、うむ。注意する」

「譲ることは邪魔しないけど、面倒は潰しておきなさい。そうじゃないと、恨まれるわよ」

「しょ、承知した」

魔王の返事に、キアービットはため息を吐《つ》きながらも近くにあったコップを人数分取り、アッポのジュースを注いで配る。

「それでは、ティゼル発案の【圧倒的な戦力差を見せつけて、怪しい者の心を折りにいく作戦】の成功を願って」

「作戦の成功は願うけど、もうちょっといい作戦名を考えてほしい」

「作戦名なんてどうでもいいでしょ。あと、ルーさんとティアにはちゃんと報告するのよ」

「え？　キアービットさんから話を通しているんじゃないの？」

「話は通しているけど経過報告は大事なのよ。とくに当人からのね。わかった？」

「は、はーい」

「では、改めて。成功を願って乾杯《かんぱい》！」

「「乾杯！」」

6 村の住人の反応

村の外でパレードをすることになった。

当初、俺としては村のパレードの延長と考えていたが、別の日に開催することにした。

別の日にしたのは、村のパレードには参加したいが、外でのパレードには参加したくない。またはその逆の考えを持つ者がいるだろうから、その調整のためだ。

それに、村でのパレードは行進側と見物側が途中で交代するため、村のパレードの続きの感覚で続けるのは難しいこともある。

実際、そのあとの宴会まで含めて村のパレードはスケジュールがしっかりと組まれている。そのスケジュールを崩すのは憚《はばか》られたので、別の日になった。

実に俺らしからぬ判断。

うん、説得があったんだ。文官娘衆たちから。

俺をがっちり捕まえて椅子《いす》に座らせ、目の前のテーブルにパレードに関係する大量の書類と木板を並べて一つ一つ説明し、別の日にしてくださいと。

なので村の外でパレードはするが、別の日となった。魔王にもそれで大丈夫かと確認したので、問題はない。

ちなみに、魔王とティゼルも、王城勤めの文官たちに交通整理《パレード》を舐《な》めるなと叱られたらしい。途中の村々は人が少ないだろうけど、王都や〝シャシャートの街〟、〝五ノ村〟でパレードをするとなるとそれなりの警備や順路の安全確保が必要となる。気楽に「今度やるから」ぐらいのノリでやれるものではないそうだ。

気楽に引き受けた俺にも刺さる言葉だな。反省。


さて、村の外でパレードをすることに対して、村の住人の反応はさまざま。

文官娘衆たちが王都の文官たちと打ち合わせするために出かけたのを除《のぞ》けば、大きく動いたのは山エルフたち。

彼女たちは、いまやっている作業を中止し、馬車を作り始めた。転移門を使用する都合上、村のパレードで使っている背の高い櫓《やぐら》が使えないからだ。

俺としては普通の馬車で十分だと思うのだが、これでもかと豪華な造形にしている。金銀を装飾に使ってもいいか？　いや、かまわないけどな。俺用の馬車だよな？　どこかの国の王や貴族を運ぶみたいな馬車にしなくてもいいんじゃないかな？　あと、変形合体機能はいらないと思うぞ。

三台の馬車が合体して、一台の巨大な馬車になる必要性を感じないのだが……三台じゃない？五台が合体する？　台数の話ではなく……。

説得は無理のようだ。任せるけど、やりすぎないように。

………。

任せると言ったとたんに、山エルフたちの目の輝《かがや》きが増した。悪いほうの輝きだ。

実は七台合体だったたって、絶対に今考えただろ！　構想は以前からちゃんとあったとかそういう問題じゃない！　こら、武装は駄目だぞ！　安全性を高めるためと言えば、なんでも許すわけじゃないからな。

次に大きく動いたのはザブトンの子供たち。

外のパレードに参加してもいいと伝えたが、参加するかどうかはザブトンが起きてから決めるらしい。まあ、この場にいるのは冬眠しない組だからな。

それでも大きく動いているのは、衣装作りがあるからだ。村のパレードと同じ衣装でいいと思うのだが、村と外では違う衣装でいきたいらしい。

〝五ノ村〟の倉庫から、大量の布を運び込んでいた。

ん？　住人の衣装も作るから、外のパレードに参加する人たちのリスト作成を急いでほしい？

わかった、頑張る。


ハイエルフやドワーフ、リザードマン、獣人族たちは、普段と変わらなかった。

いつも全力でやっているので、多少の変化では動じないらしい。頼もしい。

外のパレードのあと、宴会をするのか？　魔王は王都でやるだろうけど、そっちに俺は不参加でかまわないと言われている。

参加希望者は王都の宴会に参加してもかまわないが……面倒？　まあ、知らない人が多いだろうからな。トラブルは避けたい。しかし、パレードに参加して宴会もなく解散はちょっと寂しい。

そうだな。外のパレードが終わったら、村で宴会をやろう。外のパレードに参加しない者も、参加してかまわないさ。

ああ、行進に参加した者だけが頑張るわけじゃない。準備や、参加した者がするはずだった仕事を代わってくれたりするのだろうから。鬼人族メイドたちに伝えておこう。

村のパレード同様、外のパレードに〝一ノ村〟、〝二ノ村〟、〝三ノ村〟、〝四ノ村〟も参加してかまわないと伝えている。ただ、村を空《から》にはできないので、参加メンバーの選出に熱が入っているらしい。

俺からは、とくに各村からの参加人数を決めたりはしていない。何度か確認されたが、各村で決めてくれてかまわない。参加しないという判断もありだぞ。

いや、そう力強く参加しますと答えなくても……う、うん、期待している。

〝五ノ村〟も外のパレードに参加するが、〝五ノ村〟の人選はヨウコに任せた。

ただ、ヨウコはザブトンへの謝罪の練習で忙しいので、参加人数は五十人と決めて人選は村議会に一任したようだ。

村議会は設立以来一番の盛り上がりのようで、白熱した選考をしている。俺は問題ないと思うのだけど、〝五ノ村〟で働くヒーとロクから、ヨウコを早々に戻すようにお願いされた。選考が白熱しすぎているようだ。

あと、五十人は少ないらしい。ヨウコが忙しいので俺が代わりに行こうとしたら、ヒーとロクから謝られて止められた。

見苦しい争いを俺に見せるわけにはいかない？

いや、しかし……ヒーとロクが頑張ってなんとかすることになった。いいのかな？

天使族は、ティアは俺と同じ馬車に乗るだろうけど、マルビットをはじめとした大半の天使族が外のパレードに参加するかどうかを検討している。

以前、魔王は天使族との関係が密であることが疑われるといろいろと困ると言っていたのだが、さっき確認したらもう自由でいいんじゃないかとの返事をもらった。

〝ガーレット王国〟が〝魔王国〟に傾《かたむ》いているのは知っている人なら知っているだろうし、なるようになるんじゃないかと。

だったら天使族は悩まなくてもいいだろうと思うのだが、天使族としてはなるようにならなかった場合が怖いらしい。

それなら不参加でいいんじゃないかと思ったのだけど、参加して威容《いよう》を示したい気持ちはあるというか強い。

「隠していましたが、天使族はチヤホヤされるのが好きでして……」

気づいていたよ。まあ、余計なことは言わないので、十分に考えて結論を出してほしい。

あと、クーデル。外のパレードで急降下爆撃の予定はないぞ。何発までOKとか聞かれても返事は変わらないから、磨いている角《つの》付きの槍をしまいなさい。


クロとユキを含めたクロの子供たちには、大きな動きはなかったけど小さい動きはあった。

落ち着かないのだ。

落ち着いているのは、序列《じょれつ》で二十位ぐらいまで。三十位前後が落ち着いていない。四十位前後もそわそわしている。五十位以降はちょっと諦めつつも、期待している感じ。百位ぐらいになると、いつもと変わらない様子だな。

まあ、外のパレードに何頭参加するかは俺が決めることになっているからだろう。

魔王からは制限しないと言われたけど、クロたちは怖がられているらしい。常識の範囲内にするべきだろう。

そうなると、クロたちの予想通り二十頭から三十頭ぐらいが無難だろうか？　各村の警備もあるしな。

ちなみに、各村の警備を考えたうえで参加可能な数は二百頭ぐらいになる。

…………。

二百頭で参加すべきか？　行進するだけだよな？　これはクロたちが怖くないとアピールできるチャンスじゃないのか？

…………。

よし、二百頭で参加しよう。

そう決めて、俺はクロたちに伝えた。喜んでもらえて、こちらも嬉しい。ははは、屋敷の中で行進の練習は叱られるぞ。

ああ、頑張ろう。

Farming life in another world.

Chapter.2

Presented by
Kinosuke Naito
Illustrated by
Yasumo

〔二章〕

十九年目

01.家　02.畑　03.鶏小屋　04.大樹　05.犬小屋　06.寮　07.犬エリア　08.舞台　09.宿　10.工場
11.居住エリア　12.風呂　13.パターゴルフ場　14.上水路　15.下水路　16.ため池　17.プールとプール施設
18.果樹エリア　19.牧場エリア　20.馬小屋　21.牛小屋　22.山羊小屋　23.羊小屋　24.薬草畑　25.新畑エリア
26.レース場　27.ダンジョンの入り口　28.花畑　29.アスレチック　30.見張り小屋　31.本格的アスレチック
32.動物用温水風呂　33.万能船ドック　34.世界樹　35.ゴルフ場　36.ゴルフ関連建物　37.エビの養殖池

1 十九年目の春

〝大樹の村〟の冬は終わり、春を迎えた。

ニュニュダフネたちも、文句なしの春だと喜んでいる。村の梅は花を咲かせ、桜はもう少しで咲きそうだからな。花見も楽しめそうだな。

だが、遊ぶ前にやることをやらねばならない。そう、畑仕事の時間だ。

ふふふ、『万能農具』が輝くぞ！

ん？　パレード？　ああ、今年の村のパレードは田植えが終わったあと。外のパレードは、村のパレードの十日後になった。魔王がいろいろな人を呼ぶらしく、それぐらいの時間の余裕が欲しいそうだ。

パレードを取り仕切る文官娘衆たちがそれで問題なしと判断したので、そうなった。

とりあえず、畑仕事に集中だ！


っと、その前に。

春なので、ザブトンが目を覚ました。おはよう。そして、ヨウコの名誉のため、ヨウコの謝罪の一幕《ひとまく》は語らないでおく。

ただ、謝罪なのに感動があったことだけは知ってほしい。見ていた人たちの顔は虚無《きょむ》だったけど。

でも、たしかに感動はあった。

…………。

なぜあれで感動があったんだろう？　世の中、不思議だ。

あと、一応ではあるが、俺もちゃんとヨウコを擁護《ようご》したので、ザブトンからの厳しいお叱りはなかった。

その代わりではないだろうが、俺がザブトンから注意された。

見知った場所でも不用意に行かない。ちゃんと警護を同行させる。また、初対面の人と会うときは十分な警戒をするようにと。

厳しめに言われた。気をつけます。

冬眠明けのポンドタートルとも再会。

久しぶりだな。今年は氷を割るのはやらなかったのか？　タイミングが悪かった？

そうだな、春になると思ったところが急に寒くなったりしたからな。

体調に問題は？　健康そうでなにより。しっかり食べてくれ。

畑仕事の合間。

ドース、ライメイレン、ヒイチロウ、グラル、ギラル、グーロンデ、ハクレン、ラスティ、ドライム、グラッファルーン、ヘルゼルナーク。竜姿の竜一家が、村から少し離れた森の中をドシンドシンと並んで行進していた。

外で行うパレードの練習だ。

当初、竜一家は外のパレードには不参加を表明していた。村のパレードなら内輪の話だが、国が絡む行事に参加すると竜族の公平性に問題があるとかなんとかが理由だ。

ギラルやドライムは参加したがったが、ドースとライメイレンは強く不参加を表明。グーロンデやグラッファルーンも不参加寄り。

それが一変したのはライメイレンの膝の上にいたヒイチロウの一言。

「僕、参加できないの？」

この言葉に、ライメイレンが態度を変えた。

ライメイレンが態度を変えたら、ドースも変える。誰一人、抵抗しなかった。

竜一家は外のパレードに参加となった。

竜族の公平性はいいのかな？　あと、今日は不在だが、ドマイム、クォン、クォルン、セキレン、マークスベルガーク、スイレンも参加予定になっている。

残念ながら、ヒカルとヒミコ、ククルカンはまだ幼いので外のパレードには不参加。ラナノーンは参加できるのだが、屋敷に残ってのんびりするそうだ。

遠慮しているのかなと思ったけど、そうじゃないみたいなので留守《るす》をお願いする。と言っても、留守にするのは半日ほどの予定だけどね。

そうそう、外のパレードの打ち合わせに来た魔王が、竜一家の練習をすごい遠い目で見ていたのはなんだったのかな？　遠くが見にくいのかな？　この世界、眼鏡《めがね》はあるみたいだから、適当なタイミングで勧めてみよう。目は大事だからな。

少しして。

竜一家が参加することになったのを知ったワイバーンたちが、ぜひとも参加させてほしいと願ってきた。

ワイバーンとは、最初の出会い《鉄の森のワイバーン》が不幸であっただけで、ワイバーンたちの謝罪を受けたあとは平和にやっている。小型ワイバーンによる通信は現在も続いているし、大型のワイバーンも〝五ノ村〟の近くで魔獣、魔物退治を手伝ってもらうぐらいには友好的だ。

しかし、その程度の友好ではワイバーンたちとしては不満らしく、もっと仲がいいところを見せる場が欲しいのだそうだ。

それゆえの参加希望。

魔王に確認したら「ワイバーン？　全然常識の範囲！　歓迎する！　いや、大歓迎！」と言われたので参加を許可した。

俺が許可する権限を持っているわけじゃないんだけどな。魔王が出した参加の許可を、俺が伝えた形だな。うん。

そうしたら、パレードはまだ先だというのに大型のワイバーンが四十頭ぐらいやってきた。

現在、〝五ノ村〟の近くの森で待機している。

〝五ノ村〟の冒険者たちと協力して、危険な魔獣や魔物を退治しているのね。助かる。

え？　ここにいるのは先発隊で、もう少ししたら追加が来る？

わかった。ああ、〝五ノ村〟の近くで待機してほしい。

待機中の食糧は大丈夫か？　危険な魔獣や魔物で足りてる？　よかった。

足りないときは言ってくれ。野菜が多くなるが、用意するから。


もう少しで畑仕事が一段落するなというころ。巨大な白鳥《はくちょう》がやってきた。

「間に合ったみたいね」

それに少し遅れ、巨大な黒鳥《こくちょう》もやってきた。

「勝手に行くな！　間に合ったのはよかったが……」

去年やってきた白鳥と黒鳥だ。

来て早々、フェニックスの雛《ひな》のアイギスとどちらが先頭で飛ぶかを争っているところから察すると……外のパレードに参加するつもりだろうか？

「ふふん。当然でしょう。私の美しさと愛を広めなければ！　あ、村でやるパレードにも参加してあげるわよ」

あいかわらず、白鳥は自己愛が強いな。いちいちポーズを決めなくても綺麗《きれい》なのは認めているから、動きは小さくたのむ。

うん、羽根が舞う。

換羽《かんもう》で仕方がない？　だったら人の姿でいてほしいなぁ。あ、でも白鳥が人の姿になると揉めごとが増えるか。

「お久しぶりです。鳥の神を祭る社《やしろ》を建てられたそうで、ありがたく思います。今回は大規模なパレードをすると聞きまして、その一員に加えていただければと思い、馳《は》せ参じた次第です」

黒鳥、歓迎する。パレードへの参加も了解だ。ああ、村のほうにも参加してくれてかまわない。

ただ、順番はアイギスのあとで頼む。さすがにな。

パレードにはまだ日があるから、適当な場所で休んでいてくれ。食事は用意するから、遠慮なく食ってくれ。

「ありがとうございます。わかっています。白鳥は自由にしません」

強くお願いする。

そうそう、巨大なカラスと巨大な孔雀《くじゃく》も来るのか？

「来たがっていましたが、今回は無理そうです。社に納める宝物《ほうもつ》は預かっていますよ」

そうか、それじゃあ時間をみて〝五ノ村〟の神社に案内しよう。

「よろしくお願いいします」

そう返事をした黒鳥は、白鳥の姿がないことに気づき、慌てて駆けだした。

……。

できれば人の姿で行動してほしいなぁ。羽根が舞う。

2 ザブトンの子供たちの準備

外のパレードにザブトンたちは参加しない。

ザブトンが強固に不参加を主張したからだ。怖がられる存在が出て行っても、不幸なことになるだけだと。

まあ、たしかに〝魔王国〟ではザブトンたちは怖がられている。こんなにかわいいのに。

しかし、ザブトンがそう言うなら不参加も仕方がない。

そう思っていたのだけど、ザブトンの子供たちの半分ぐらいが抵抗した。ザブトンの前でひっくり返り、足をバタバタさせて参加を訴《うった》えた。かわいい。

これにはザブトンも困った。しかし、意見は変えない。

駄目なものは駄目。

さすがザブトンだ。そう思ったのだが、ザブトンも子供たちには弱かったらしい。

パレードに参加する者の衣装を見守るのも大事だと、隠れて同行することは容認した。

つまり、馬車の中から出ず、周囲に見られないようにするなら参加してもかまわないということだ。ザブトンの子供たちは喜び、ザブトンに感謝を伝えたあと、なにかを作り始めた。

なんだろう？　大きい……蜘蛛の着ぐるみ？　デフォルメされて愛らしいが、サイズはザブトンより大きい。

形はザブトンではなく、背の高いマクラだな。着ぐるみの中に大きな板が仕込まれて、形を保っている。

この着ぐるみの中に入ってパレードに参加する？　あ、器用に足を動かしている。足を操作するギミックが仕込まれているのか。すごい。

でも大丈夫か？　千匹ぐらい入っているように思えるが…………下のほうにいるのが潰れちゃうんじゃないか？　大丈夫？　でも心配だ。余裕を持って入るように。

そうだな、今の半分で。ぎゅうぎゅう詰めは駄目だ。着ぐるみ、もう何体か作っていいから。あと、動くのもやめておこう。着ぐるみが動いても変じゃないが、子供とかが近づいてくるかもしれないだろ？　ザブトンがせっかく容認してくれたんだ。姿を見られないようにしよう。

うん、わかってもらえて嬉しい。

着ぐるみは馬車に乗せて運ぼう。一体につき一台、馬車がいるだろうけど……屋根のない馬車なら、〝五ノ村〟が所有しているものがそれなりの数、あったはず。それを借りられるよう、ヨウコに伝えておくよ。ああ、任せろ。これでも俺は、〝五ノ村〟の村長でもあるんだからな。

夜。


ヨウコに屋根のない馬車の確保を頼んだら、すごい顔をされた。

え？　なに？　なにかあるのか？

「い、いや、村長は〝五ノ村〟の状況を知らぬようだなと……」

まあ、ここ最近はずっと畑仕事をしているからな。〝五ノ村〟でなにかあったのか？

「あー、外のパレードには、〝五ノ村〟からも参加者が出る」

そうだな。俺も〝五ノ村〟の村長として参加するわけだし、〝大樹の村〟のメンバーばかりでは体裁《ていさい》が悪い。〝五ノ村〟から参加するメンバーの人選をヨウコに任せた。ヨウコは村議会に任せたみたいだけど。

「うむ。パレード全体のバランスを考慮し、我は〝五ノ村〟からの参加者は五十人ほどでよいと決めただけで、あとは村議会に任せた」

五十人。まあ、妥当《だとう》な数だな。

「村議会から二千人、最低でも五百人にしてほしいと返された」

………。

「さすがに我もその数は難しいのではないかと思い、魔王に確認を取ったのだが……まったく問題ないとのことで二千人が参加する流れになった。それゆえ、馬車は屋根の有無にかかわらず、確保が厳しい状況になっておる」

そんなことになっていたのか。

「うむ。ああ、二千人と言ったが、たぶんさらに増える。見物客は一緒に移動したがるであろう」

あー、そうなりそうだな。

「そういうわけで、パレードが半日で終わるという話は立ち消えた。短くとも二日はみておいたほうがよい」

え？　転移門を使うから、移動距離はそれほどでもないだろ？　人数が増えたとしても、それほどかからないんじゃないのか？

「全員が素直に指示に従う者たちであれば、そうであろうが……お祭り気分の者たちだ。酒も入るであろう。それらの移動がスムーズに終わると考えるほど、楽観はできん」

そう言われるとそうか。転移門も全員が一度に使えるわけでもない。時間がかかるか。

ん？　二日以上となると、参加者の食事とかも準備しないといけないんじゃないか？

「すでに手配に動いておる。飲食は問題ない。臨時の手洗いも建てておるが……」

なにか問題があるのか？

「パレードの見物客目当ての出店がな。場所取りが激しくなって、警備隊が慌てておる」

あー……。

「村長はいつも通りでかまわぬ。ただ、パレードが終わったあとで労《ねぎら》いの言葉を警備隊にかけてやってほしい」

承知した。

馬車の確保に失敗した。わずかな望みを託してゴロウン商会に連絡を取ったが……駄目だった。〝シャシャートの街〟も、パレードに向けて馬車の確保が厳しいらしい。

マイケルさんは、ゴロウン商会がパレードで使う馬車をこっちに回そうとしてくれたが、それは遠慮した。余っていれば借りたいだけで、使う予定のある物を借り上げるのは気がひける。

代わりにと言ってはなんだが、馬車の車輪や車軸を譲ってもらった。

馬車の車輪や車軸は消耗品。それゆえ、馬車の数よりも多く用意されている。それを確保した。

車輪と車軸があれば、あとは車体だけ。屋根なしの車体なら、俺でもなんとか作れるだろう。

なにせ、目的は着ぐるみを乗せることなのだ。リヤカーや大八車《だいはちぐるま》みたいな形で十分だ。

まあ、作業は畑仕事が終わってからになるけど。山エルフたちの作業が終わっていれば、手伝ってもらえるだろう。向こうも馬車作りだし……あ、いや、山エルフたちが関わると、魔改造されるか。一人で頑張ったほうがいいかもしれない。

うん、一人で頑張ろう。

3 二つの小さな事件

春の畑仕事が完了した。

厳密にはまだまだ作業があるけど、『万能農具』で畑を耕し終わったので一区切りだ。軽めの宴会をして一緒に畑仕事をしてくれた人たちを労い、村のパレードに備える。

外のパレードのこともあるから、俺としてはすぐにでも村のパレードをやってしまいたかったが、村のパレードには〝一ノ村〟をはじめとしたほかの村々も参加するので、各村の農作業の状況を確認しないといけない。

もちろん、〝北のダンジョン〟や〝南のダンジョン〟から巨人族やラミア族も呼ぶので、そのための時間も考慮される。数日のうちに文官娘衆たちから日取りが知らされるだろう。

たぶん、三日後ぐらいだろうけど、いつになっても大丈夫なように心構えをしつつ、個々に仕事を続行することになる。

俺も仕事はあるのだけど、ザブトンの子供たちの馬車作りを優先する。あとで慌てるよりは、余裕をもって作りたいからな。

村のパレードの前に、小さな事件が二つあった。

一つはクロの子供の一頭が、キノコを食べて腹痛で苦しんだこと。

村で作っているキノコに毒キノコが混じったのかと慌てたが、事情を聞くと森で自生しているキノコをつまみ食いしたらしい。

キノコは危ないから食べちゃ駄目だと教わらなかったのか？　教わっていたけど前にこっそり食べたことがあって、そのときは大丈夫だったから今回も大丈夫だと思った？　食べた時期によって、毒を持ったりするのだろうか？

「村長、見つけました。こちらのフェイクエッグマッシュルームです」

クロの子供が食べたキノコを調べてくれていたリアが、そう言って俺の前に差し出したのは一本のキノコ。色は白っぽい茶色で、キノコと言われてイメージする笠がある形だ。

このキノコ、見覚えがある。村では作っていないが、〝五ノ村〟や〝シャシャートの街〟の商店で販売されていた。

「そちらは、エッグマッシュルームですね」

なるほど。目の前のキノコは、その偽物ということか。

つまり、腹痛で苦しんでいるクロの子供が以前につまみ食いしたのはエッグマッシュルームで大丈夫だったけど、今回はフェイクエッグマッシュルームを食べてしまって苦しんでいると。

「そのようです」

毒はどれぐらい強いんだ？

「猛毒《もうどく》です。口にすれば死にます」

…………。

俺は腹痛で苦しんでいるクロの子供を見る。

「腹痛で済んでいるのは、さすがというしかないかと」

…………そうだな。

改めて、クロの子供たちに注意をうながしておこう。キノコは危ないから、勝手に採って口にしないようにと。

あと、〝五ノ村〟や〝シャシャートの街〟の商店にも言ったほうがいいか？　売ってるキノコに似た毒キノコがあるわけだから……。

「あー、大丈夫だと思いますよ」

ん？　どういうことだ？

「エッグマッシュルームとフェイクエッグマッシュルームはそれなりに有名ですので、対処が普及しています」

対処？

「焼いて食べることです。フェイクエッグマッシュルームの毒は、十分に火を通せば消えますので」

なるほど。エッグマッシュルームを焼いて食べれば、万が一フェイクが混じっていても被害はないと。

「はい。まあ、エッグマッシュルームは焼かないほうが美味しいので、時々犠牲者が出ているらしいですが……」

うーん、言葉に困るな。

「あはは」

ところで、エッグマッシュルームとフェイクの見分け方は？

「ここです」

リアがそう言って指差したのはフェイクエッグマッシュルームの柄《え》。

「よく見ていただくと、節《ふし》があります。節があればフェイクエッグマッシュルーム、節がなければエッグマッシュルームです」

指摘されれば、たしかに節がある。しかし、注意しないと気づかないな。

「そうですね。なので、焼いて食べるのがいいかと」

わかった。〝五ノ村〟と〝シャシャートの街〟の商店には、改めて注意を通達しておこう。

余計なお世話かもしれないけど、亡くなる人は少しでも減らしておきたい。


ちなみにだが……フェイクエッグマッシュルームを食べて、腹痛で苦しんでいるクロの子供。

腹痛ならばと俺は世界樹《ユグドラシル》の葉で治そうとしたのだが、クロとユキに止められた。言いつけを守らない愚か者は、しっかりと苦しむ必要がある。苦しまないと覚えないと。なかなか厳しい。

しかし、猛毒なんだぞ？　今は大丈夫でも、あとで急変するかもしれない。

ほんとうに死にそうだったら世界樹の葉を与える？

……わかった。そういうことで、クロとユキに任せることになった。

腹痛で苦しんでいるクロの子供は絶望した顔をしていたが、俺は助けてやれない。すまない。


もう一つの小さい事件。

それは牧場エリアで起こった。

春になり、元気に駆け回る馬たち。その馬にまざって、走っていたユニコーンの雄が転倒し、ユニコーンの雄の象徴である角が折れたのだ。

転倒のダメージはないようだが、角を折ったユニコーンの雄は遠い目をしていた。

近い場所に視点を合わせると折れた角が視界に入るからかな？　もともとの角は八〇センチぐらいあったのだけど、折れて今では十五センチほどになっている。

ユニコーンの雄は努《つと》めて冷静になろうとしているが……あ、うん、無理っぽいな。まっすぐ歩けていない。あ、後ろ脚《あし》から崩れて倒れた。思いっきり泣いてる。ショックだったのだろう。

一応、十五センチ残っているじゃないかと慰《なぐさ》めてみるが……逆効果っぽかった。すまない。

折れた角を回収し、繋がらないか試してみるも駄目だった。

とりあえず、ユニコーンの角は中が空洞なんだなと知った。そして構造的に折れやすいのも理解した。

あー、この角、生《は》え変わったりは？　生え変わらない？　一生このまま？　一応、伸びるけど先が尖《と》がらない？　折れたまま？　さすがにそれはかわいそうだな。

世界樹の葉でなんとかならないか？　俺の言葉に、ユニコーンの雄が目を見開いた。そして俺を見る。わかったわかった、世界樹の葉を使おう。だが、駄目だったとしても怒るなよ。


結果。

世界樹の葉を一枚食べさせたら、ユニコーンの雄の角は五センチほど伸びた。そして先は尖った。

どういう原理だろう？　深く考えないほうがいいのかな？

折る前に比べるとかなり短くなったが、ちゃんと角の形をしているし。

ユニコーンの雄が世界樹の葉をもう一枚食べると、さらに五センチほど伸びた。

おおっ、食べ続ければもとの長さになりそうだな？　どうする？　食べ続けるか？

これぐらいでいい？　受け入れる？

長すぎる角は自慢だったけど、邪魔でもあったのね。わかった。もう転ぶんじゃないぞ。

俺はそう言ってユニコーンの雄と別れようとして、動きを止めた。

いつのまにか俺の横にルーがいた。手には、ユニコーンの雄が折った角。

「世界樹の葉を食べさせることで伸びるということは……実質無限にユニコーンの角が手に入る？」

ユニコーンの角は、魔法関係者からすれば垂涎《すいぜん》のアイテムらしい。

つまり…………逃げろユニコーン！

転倒しないように注意しながら、風よりも速く駆けるんだ！

小さな事件だった。

後日、角を折った世界中のユニコーンの雄が村に集結したけど、些細《ささい》なことだ。

ああ、でも折れた角を治療費代わりに持ち込んでくれたので、ルーの機嫌が直ったのは助かった。

あと、腹痛に苦しんでいたクロの子供は、村のパレード前には回復したそうだ。よかった。

4 超高速　村のパレード　前編

そろいの長槍を持ったケンタウロス族が四人、いや四騎。

それらは少しずれた二列縦隊《フォーメーション》の形を維持して疾駆していた。かなりの速度を出しながらも形に乱れがないことから、少しずれているのはわざとだろう。左右の視界を邪魔しないためかな？

その四騎が俺の乗る櫓《やぐら》の横を通ると、待機していたリザードマンのダガが大空に向かって音の出る矢を放つ。その音を合図に天使族とハーピー族が飛び立ち、ハイエルフたちが楽器の演奏を開始する。

今年の村のパレードの始まりだ。

今年の村のパレードの先頭を進むのは獣人族の一団。その先頭は革鎧《かわよろい》を着こんだガルフ。ガルフを含め、獣人族は全員が両手に曲がった剣を持ち、舞いながら進む。好き勝手に舞っているように見えるが、要所要所で動きを合わせているので適当に舞っているわけではない。やろうと思えば一糸乱れぬ動きもできるだろう。それぐらい獣人族たちは練習していた。

なにせ、獣人族は村のパレードの先頭であることを文官娘衆から伝えられたとき、全員が涙を流した。獣人族の女の子たちや、ガットたち鍛冶師《かじし》を含め、全員が。

そんなにパレードの先頭をやりたかったのかと、これまで任せなかったことを申し訳なく思ったほどだ。

まあ、たしかに先頭は悪いポジションではない。目立つしな。

…………。

泣くほどではないような気もするが、細かいことは言わないでおこう。

ともかく、先頭を任された獣人族たちは、隙をみつけては練習していた。その成果が十分に出ている。

ちなみに、獣人族の代表はセナなのに、なぜガルフが先頭なのかというと……実はパレードが開催される数日前に、妊娠していることが発覚。今年はアンやラムリアスと一緒に、見物席での待機となった。

せっかく練習していたのに、すまない。まあ、本人が出たいと言っても周囲の獣人族たちが止めただろうけど。

獣人族の一団に続くのは、楽器を持ったハイエルフの一団。

打楽器、吹奏《すいそう》楽器、弦《げん》楽器を演奏しながらの行進は、動きに派手さはないが迫力がある。

そのハイエルフの一団の後ろに、大きな槌《ハンマー》を持った〝北のダンジョン〟の巨人族たち。

この大きな槌は、今回のパレードのために巨人族たちが作ったものだ。去年の夏ぐらいからコツコツと準備していたらしい。それを見せびらかすように振り回している。

あ、用意された杭を叩いている者もいるな。実用性があるようでよかった。パレードにしか使わないものにしては、しっかり作り込まれていたからなぁ。

巨人族の後ろには、〝南のダンジョン〟のラミア族たち。

彼女たちは、刃のついた輪《チャクラム》を個々に複数持ち、ジャグリングをしながら行進をしている。

輪を前後左右に交換しながら、フォーメーションも変更しているので、彼女たちもかなり練習したのだろう。そこには感心するが、刃はなくてもいいんじゃないかと思ったりしないこともない。

ラミア族の次は、クロとユキを先頭にしたインフェルノウルフの一団。

外でのパレードを意識しているからか、例年よりも凛々《りり》しくみえる。よそ見をする者もいない。

見事な統率だ。

そのインフェルノウルフの一団に続くのがザブトンたち。

ザブトンを先頭に、ザブトンの子供たちが入った着ぐるみが続く。

着ぐるみを乗せる馬車は完成して、外でのパレードを意識するならケンタウロス族に牽引《けんいん》してもらうべきなのだが、ここは村のパレード。ザブトンたちの中にケンタウロス族が入るのもなんだったので、馬車は全て連結してザブトンが牽引している。

こうなると馬車ではなく台車だなぁと思わなくもない。

ザブトンの子供たちの数匹が着ぐるみから出て姿を見せているけど、外でのパレードでは駄目だぞー。ちゃんと隠れてないとザブトンに叱られるからなー。


ザブトンたちのあとは、少し空白ができる。

途切れたわけではない。続くのが竜姿の竜族だからだ。

先頭はドース、続いてライメイレンにヒイチロウ、グラル、ギラル、グーロンデ、ハクレン、ラスティ、ドライム、グラッファルーン、ドマイム、クォン、クォルン、セキレン、マークスベルガーク、スイレン、ヘルゼルナーク。

本来なら一頭が歩くだけでもそれなりの振動があるのだが、かなり気を使って歩いているために振動は少ない。行進速度は遅いが、竜族は巨大なので引き離される心配もない。

あー、ヒイチロウが楽しそうだな。グラルもニコニコしているのが、竜姿でもよくわかる。

最後尾はヘルゼルナークではなく、その後ろにもう一頭。竜姿のラナノーンがいる。

ラナノーンは村の外のパレードには不参加だが、こちらには参加する。

俺としては外のパレードに参加しないのは竜の姿になれないからかなと思っていたのだが、実は竜の姿になれた。

いつからなれたのかは知らない。ただ、ラナノーンはあまり竜の姿になりたがらず、周囲に教えていなかったらしい。

知っていたのはラスティだけ。そのラスティが、ラナノーンに参加するように言い聞かせた。

俺としては無理に参加しなくてもとは思うが、竜の姿になれるならちゃんと紹介しておく必要があるらしい。竜の姿を教えていないと、いざというときに攻撃されたりするかもしれないからだ。

ラナノーンも村のパレードならばと、前向きに参加してくれたのだが……ラナノーンの竜の姿は灰色の鱗《うろこ》に覆われ、大人の竜よりも少し大きい。その瞳は炎のような赤だが、狂暴さよりは知性を感じさせてくれる。悪くない。いや、かっこいいと思うが、ラナノーンとしてはイマイチと思ったから竜の姿になりたがらないのかな？　見る角度によれば、灰色が輝いて雪のようにも見えるのだが……。

ちなみに、ラナノーンの竜姿を初めて見たドースとギラルは震えあがった。ラナノーンの名を持つ知り合いの姿を幻視してしまったらしい。

似ているのかな？　似てない？　全然違う？　ならなぜ幻視したんだ？　ギラルにいたっては、グーロンデを盾にしたよな？

波長が似てる？　雰囲気のことか？

ともかく、ラナノーンが気にするから、あんまり怯《おび》えたりしないように。

竜姿のギラルをよく観察すると、頭部や首に傷があるのがわかる。盾にされたグーロンデからのお話の結果だろう。竜姿でのお話だったからな。

そんなギラルの横を、パレード開始時に飛び立った天使族とハーピー族の集団が飛行する。

天使族の先頭はレギンレイヴ。その左右、少し遅れてマルビットとルィンシア。さらにその左右に、スアルロウとラズマリアが位置取っている。

ハーピー族は軽装だが、天使族は重装備だ。去年の秋、プギャル伯爵《はくしゃく》を捜索《そうさく》したときの姿だな。金色が神秘《しんぴ》的な戦闘装束《しょうぞく》だ。

そして、そのまま戦場に行けるんじゃないかという雰囲気があるのは、レギンレイヴが先頭だからだろうか？　天使族の長であるマルビットが先頭でないのは、集団戦闘の指揮能力を比べた結果だ。

マルビットやルィンシアはどちらかといえば、政治、戦略向き。集団を率いての戦闘となると、レギンレイヴ、スアルロウ、ラズマリアがマルビットたちの上を行く。

その三人の話し合いというか、十人ぐらいのチームで模擬《もぎ》戦をやって、レギンレイヴが勝利。先頭を勝ち取った。

余談だが、キアービットは政治、戦略向き。ティアは部隊を率いることもできるが、もっとも力を出せるのは個人戦だそうだ。

同じくグランマリア、クーデル、コローネの三人も部隊を率いることもできるが、部隊を持たせずに三人組で行動させたほうが戦果は大きいらしい。


天使族に同行しているハーピー族は、軽装だけど背や足に荷物を持っている。

荷物は天使族の武装や食糧のようだ。なるほど、天使族の戦闘能力を維持するためのサポート役をしているのか。

場合によっては、天使族と一緒に突撃もする？　ハーピー族も大変だな。

違う？　それは追い詰められたときの最後の手段？　基本は逃げるというか、負傷した天使族を回収して撤退するのか。なるほど。

何人か見慣れないハーピー族がいるが、それはラズマリアが〝ガーレット王国〟から戻ってきたときに連れてきた者たちだろう。

ラズマリアは冬のあいだ、〝ガーレット王国〟での派閥争いを監督するために戻っていた。春になった途端、戻ってきたけど〝ガーレット王国〟は大丈夫なのかな？　ラズマリアが楽しそうに飛んでいるから、問題はないと信じよう。

竜族、天使族、ハーピー族に続くのは、ユニコーンの一団。ユニコーンたちは、普段の気ままさを隠し、綺麗な二列縦隊を作って行進している。

ユニコーンたちの先頭にいるのは村で産まれたユニコーンだが、その後ろにいるユニコーンの大半は角の治療にやってきたユニコーンたちだ。

最初の一頭を治療してから、それほど時間が経たないうちにそれなりの数のユニコーンが村にやってきたけど、どうやって治癒のことを知ったのだろうか？　ユニコーン同士で連絡する方法があるのかな？　本人たちは、「朗報はなによりも速く駆ける」と言っていたけど。

なんにせよ、パレードに参加して賑やかしてもらえるのはありがたい。

ユニコーンの一団に続くのは悪魔族。

悪魔族といっても〝四ノ村〟の悪魔族ではなく、グッチたち古《いにしえ》の悪魔族。ドースやライメイレン、ドライムのところで働いている者たちだ。

そろいの真っ黒な軍服衣装を着て、綺麗な行進をみせている。その先頭は、なぜかプラーダ。

プラーダは普段、〝五ノ村〟で働いている。村と関わって長いブルガやスティファノ、もしくはグッチかヴェルサが先頭じゃないのは意外だ。助産師の悪魔族でもいいと思う。

なぜプラーダなんだろう？　クジで決めたのかな？

おっと、プラーダに文句があるわけじゃないぞ。どうやって選んだのか気になっただけだ。


悪魔族のあとは俺の乗る櫓になる。

二メートルぐらいのゴーレム四体に牽《ひ》かれているのだが、今年の櫓はあまり背が高くない。二階建てぐらいの高さだ。

なので、櫓が倒れたときに備えているミノタウロス族や巨人族が周囲にいない。

この櫓に乗っているのは、俺と空飛ぶ絨毯《フライング・カーペット》のみ。ほんとうはルーやティアも乗る予定だったのだけど、ルーとティアはパレードに不参加となった。

セナのように妊娠が発覚したわけじゃない。ユニコーンの角を巡って、醜い話し合いが行われただけだ。

いや、どちらかが独占しようとしたとかではなく、ちゃんと欲しい人で分け合ったのだけど……ルーとティアでそっちのほうが少し長い、そっちのほうが少し太いと……うん、子供たちには見せられない姿だった。

でもって、ルーとティアで技の応酬になったところでラナノーンが仲裁に入り、二人はつまらない喧嘩をしたということで村のパレードへの参加が禁止になった。

言い渡したのはラナノーンではなく、俺だけど。

妥当な罰だと思う。二人の技の応酬で、屋敷に被害が出たしな。そう、被害が出たんだ。

二人は野外でやりあっていたんだけど、野外に出る前に屋敷に被害がちょっとね。

あと、ルーがティアに変形キャメルクラッチを決めているところに、竜姿になったラナノーンの尻尾が直撃して二人が屋敷に戻ってきたときにも少し。

ラナノーンにも屋敷の被害の一因があるので、ラスティから村のパレードに参加するように言われたところがあったりする。

ラナノーンはほとんど竜姿にならなかったから尻尾をうまく扱えず、尻尾が当たってしまったのだろう。わざとじゃないのはわかっているので罰とは言わない。仲裁と言っている。

あ、ルーとティアに怪我はない。頑丈だと思った。


さて、俺の櫓だが、例年に比べて大人しいというか……まともだと思う。

見た目もあまり派手じゃないし、ごく普通。いや、いつもに比べてシンプルだ。

だが、この櫓を作ったハイエルフと山エルフが、そろって櫓の上では空飛ぶ絨毯に座るように指示してきた。

絶対になにかある。用心は怠《おこた》らない。頼んだぞ空飛ぶ絨毯。

そう言って空飛ぶ絨毯を撫でると、俺の乗っている櫓が止まった。櫓を牽いていたゴーレムたちが、櫓から離れている。

なんだ?

俺の乗る櫓に続く櫓も動きを止めて、近づかない。ぽつんと置かれたような俺の櫓。

その俺の乗る櫓に向けて、四方から爆走しながら近づく四台の馬車……いや、馬がなく自走しているから四台の車かな？

さすがにこのままじゃぶつかると思ったところで、四台の車は急旋回《きゅうせんかい》でスピン……いや、ドリフトか？　四台は俺の櫓の右前、左前、右後、左後に位置取ろうとしているのがわかるが……速度が出すぎている。

ぶつかる！

そう身構えた瞬間、俺の乗っている櫓が垂直《すいちょく》に飛んだ。いや、跳ねた。

乗っている俺からは見えないが、あとで聞いたら櫓の底から脚が飛び出して地面を蹴ったらしい。

そして、浮いた俺の乗る櫓の下に四台の車が停止し、その上に櫓が落下した。

四台の車によって持ちあげられる形になる俺の乗る櫓。四台の車から出たアームで、俺の乗る櫓が落ちないように固定された。そして、俺の乗っていた場所が前方にせり出す。

うん、俺は櫓が垂直に飛んだ段階で、空飛ぶ絨毯で空中に逃げている。なので、櫓には俺は乗っていない。

しかし、これは……巨大な牛？

遠くから「竜です」と言われたようだが、気のせいだろう。翼がないし、太い尻尾もない。どう見ても牛。牛型の櫓！　百歩、譲っても亀！

その牛型の櫓の頭部、俺の乗っていた場所に空飛ぶ絨毯で戻ったのだが……動かないな？　どうした？　このまま行進を続けるんじゃないのか？

少し待ったあと、見物していたハイエルフと山エルフが数人、牛型の櫓に近づき……遠くで待機しているハイエルフと山エルフに駄目だと両腕をクロスした。

「すみません、合体の衝撃で足部分の車軸に問題が発生しました。あちらの櫓に移ってください」

予備というか、いつもの背の高い櫓がミノタウロス族と巨人族によって運ばれてきた。

……残念だったな。

素直に移動。あ、四台の車はゴーレム動力で、箱《インテリジェンス・ボックス》たちが動かしていたのか。

箱は壊れてないよな？　よかった。

まあ、改善点がわかってよかったじゃないか。外でのパレードで期待する。

あと、竜だと言うなら翼と尻尾を頼む。あれを竜と認めると、ドースたちが怒るから。

6　超高速　村のパレード　後編

俺の乗り換えというトラブルでパレードは一時中断になったが、すぐに再開された。

俺の乗る櫓に続くのはアルフレートやウルザ、ティゼルを中心に、村の子供が乗った櫓が三台。櫓の上にはイースリーの姿も見える。

イースリーは櫓に乗ることを遠慮していたから、ウルザに言われたのだろう。

ヨウコの娘、ヒトエの姿もあるな。周囲と仲良くやっているようでなにより。


その後ろに、鬼人族メイドたちが真っ白なコックコートを着こんで乗った櫓。

いつものメイド服じゃないので、なかなか新鮮だ。

それに食材を詰め込んだ馬車が数台続く。たぶん、今朝方に狩った巨大なイノシシなのだろうけど、ちょっと生々しい。

その馬車の後ろに、ドワーフたちの一団と、酒樽が満載された馬車がこれまた数台。

ドワーフたちは鎧を着こんで食材を詰め込んだ馬車と樽が満載された馬車を警戒するポジションなのだが、どうみても樽が満載された馬車のほうが厳重に守られている。高い場所からだとよくわかるなぁ。

まあ、ここで襲われる心配とかないから、べつにかまわないけどな。


そのドワーフたちに続き……〝一ノ村〟の住人の一団。〝二ノ村〟のミノタウロス族の一団。〝三ノ村〟のケンタウロス族の一団。〝四ノ村〟の悪魔族、夢魔族の一団。

練習の成果を発揮するように、綺麗な行進とパフォーマンスを見せてくれている。

………。

〝四ノ村〟の夢魔族のみなさん。

もう少し衣装はなんとかならなかったのかな？　動きやすさを重視して、布が少なくなるのはどうかと思うのだが？　あと、紐《ひも》は駄目だと思うんだ。

あ、〝四ノ村〟の悪魔族によってマントを羽織《はお》らされている。よくやった。

〝四ノ村〟の一団に少し遅れて続くのが馬車に乗ったフェニックスの雛と鷲《わし》、白鳥、黒鳥。

ちなみに、フェニックスの雛のアイギスと白鳥はパレードの先頭を主張していたが叶わず、外のパレードで目立つ位置を振られていることがわかるまで面倒くさかった。

そのあとは、温泉地の死霊騎士《デスナイト》とライオンの一団。

…………。

見慣れぬ怪しい生物というか、骨がいるが……死霊騎士の仲間らしい。あとでしっかり紹介してもらおう。

リザードマンの一団。

リザードマンたちはそろいの四メートルほどの長い槍を持っての行進だが、槍の先がほとんど乱れないな。ずいぶんと訓練したのだろう。

そして最後尾は前方のザブトンたちの一団に加わらなかった、ザブトンの子供たちだ。

身体の大きいマクラたちの上に、小さいザブトンの子供たちが乗って行進している。レッドアーマーやホワイトアーマーの姿もある。

ん？　即興で糸を編んで、旗《はた》を作るのはすごいな。

大樹と蜘蛛か。かっこいいじゃないか。

しかし、大量に旗を編んでも飾る場所が……ああ、リザードマンたちの長い槍の先につけるのね。

リザードマンたちの動きに動揺がないから、予定された行動なのだろう。

旗のついた槍を持つリザードマンたちの歩みが速くなり、俺の櫓の周囲にやってくる。

旗のデザインは大樹と蜘蛛だけじゃないんだな。大樹と竜や、大樹とインフェルノウルフ、大樹と天使族、大樹とハイエルフなど、各種族が大樹と一緒に編まれている。

各種族の特徴を捉《とら》えている。よくできているぞ。

俺はそう、遠くのザブトンの子供たちに手を振り、行進を続ける。


これが今年のパレードの全容だ。

いつもはいる魔王たちや〝五ノ村〟、〝シャシャートの街〟のマイケルさんたちの参加がない。外のパレードでバタバタしているからだ。

グラッツだけは〝二ノ村〟のミノタウロス族の一団に混ざって行進していたけど……大丈夫なの

かな？　まあ、俺が心配することじゃないか。

ヨウコは参加できたけど、〝五ノ村〟が心配だと不参加だった。


パレードは定められたルートを練《ね》り歩いたあと、広場に到着した順に解散していく。

今年は派手なことはしない。派手なのは外のパレードのときに取っておくそうだ。

それに文句を言ったのは天使族《クーデル》の一部だけだったので、問題はない。


パレードのあとはドワーフたちによって護衛されていた食材を詰め込んだ馬車から降ろされた食材を使ってのバーベキューが行われる。

もちろん、馬車に載っていない食材も使う。馬車に載せていたのは、パフォーマンスだからな。

コックコート姿の鬼人族メイドたちが手際よく調理していく。

大鍋もいくつか出てきたから、バーベキュー以外の料理も出てきそうだ。獣人族やラミア族も手伝ってくれているな。助かる。

それじゃあ、手の空いた者はテーブルの用意をするか。

ザブトンたちは、飾り付けを頼めるか？　リザードマンたちは、広場の中央に大きいたき火の準備を頼む。クロたちは周囲を警戒。そろそろ日が落ちるからな。わかっている、ちゃんとお前たちの分は取り置いておくよ。

……ドワーフたちよ。樽の酒は飲むつもりのものだが、馬車に積んだからといって全て飲む必要はないからな。

竜たちよ、竜の姿で飲むのはなしだ。あっというまに酒が消える。それと大きくて邪魔だから、人の姿になってくれ。

あと、山エルフ。うん、頑張っていたのは知っている。最後のほうは徹夜続きだったろ？　無理するな。寝てていいぞ。

食べてから寝る？　まあ、かまわないけど無理はするな。反省と再設計は明日にしろ。寝不足な状態でやっても、やり直しになるだけだぞ。

あー、ついでだ。言っておこう。外のパレードには、行進のほうに参加するように。自分たちは裏方が似合うからとか言わない。文官娘衆たちも、外のパレードには参加するんだから。

…………。

参加に前向きになってくれたのは嬉しいが、自分たちが乗る馬車ならもっと改造できるとか考えないように。普通の良さを再認識してほしい。

まあ、細かい話は明日だ。食べるなら準備の邪魔にならない場所で待機だ。

文官娘衆たちも、休んでいていいぞ。外のパレードで、また忙しくなるんだろ？　今ぐらいは休んでおくように。

いや、まあ引き受けたのは俺だけど……はい、助かっています。

違う？

えーっと……働きに期待する！

こんな感じでいいかな？　ははは、似合ってないのはわかっているよ。

今年の村のパレードは無事に終わり、翌朝まで宴会が続いた。

7 見慣れぬ怪しい生物と外のパレードの準備

村のパレードが終わった翌日。宴会の片づけがだいたい終わったお昼ごろ。

温泉地に戻る死霊騎士やライオンたちに、一緒にいた見慣れぬ怪しい生物の紹介をしてもらった。

見慣れぬ怪しい生物の見た目は骨。死霊騎士みたいな感じなのだが、サイズは死霊騎士の倍ぐらいの三メートルちょっと。巨人族並みだな。

そのサイズだから、当然ながら骨は太い。さらに大きな顔が三つに腕が六本、足が四本あった。

三面六臂《さんめんろっぴ》だから、阿修羅《あしゅら》？　いや、阿修羅の足は二本だったから違うのだろう。骨だし。

上半身が骨の阿修羅で、下半身は骨の……なんだろう？　構造的には人間の足のようなのだが、四本の足はそれぞれ四方に向いている。それでまっすぐ歩けるのが疑問だが、問題なく歩いている。

いや、まあ、骨が歩いている事自体が不思議だが、いまさら言うまい。魔法はすごいということだ。

この見慣れぬ怪しい生物、つい最近温泉地に辿《たど》りつき、死霊騎士やライオンたちと一緒に生活を始めていたらしい。

俺への報告は、この村のパレードでやればいいやという判断。なるほど。

まあ、急いで報告する必要もないか。死霊騎士やライオンたちが連れてきたということは、危険もないのだろう。

それで、えーっと……名はなんというんだ？　名はない？　記憶も曖昧？　気づいたら地中に埋もれていた？　身動きがとれずに過ごしていたら、地崩れでなんとか出ることができたと。苦労したんだな。

ああ、定住してもかまわない。温泉地で大丈夫か？　そうかそうか。

ただ、仕事はしてもらうぞ。死霊騎士やライオンたちと同じく、温泉地の安全確保だ。よろしく頼むぞ。

えーっと……名がないのは不便だな。

好きに呼んでいい？

そうだな。それじゃあ……アシュラで。

捻《ひね》りがなくて申し訳ない。

アシュラは死霊騎士たちと一緒に温泉地に戻っていった。頑張ってほしいものだ。

…………。

しかし、骨のままなのは見た目的にちょっと貧相だな。全裸《ぜんら》ということにもなるし……。

ガットたちに頼んでアシュラの鎧や兜《かぶと》を用意してもらうべきかな？

ん？　ザブトンの子供たちがやってきて、大丈夫だと前足を上げていた。すでに衣装を渡してあると。

おお、すまない。助かる。

ただ、武器がないから、ガットたちに頼んでほしい？　そうだな、安全確保をするためには武器が必要だ。

わかった、俺のほうから頼んでおくよ。武器の希望は聞いているか？　ちょっと湾曲《シミター》した剣？

了解。ガットに頼んで……六本？　なるほど、ちょっと湾曲した剣を六本ね。わかった。

ただ、数をそろえるとなると少し時間がかかる。当面は〝五ノ村〟で売ってる剣で間に合わせてもらおう。悪い武器じゃない……はずだ。

ヨウコに連絡して、すぐに用意してもらうよ。

ザブトンの子供たちにそう伝え、俺は屋敷に戻った。

さて、村のパレードは終わった。

続いて外のパレードと行きたいのだが、時間の調整などで、すぐにとはいかなかった。

魔王やヨウコ、〝シャシャートの街〟のミヨから、十日は待たせないとは聞いているので……まあ、十日後だろうなと勝手に考えている。

うん、だいたいこういうのは十日後なんだ。頑張って九日後。そういうものだ。

しかし、外のパレードを急ぐ必要はないが、いつまでもお祭り気分が続くのは困る。なにごともメリハリが大事。あと、山エルフたちの体調が心配。

一応、村のパレードの直後は休んではいたのだけど、いまはパレードの最中に動かなくなった櫓を解体、さらなる原因の追究をしている。そして、以前作った試作の櫓や馬車を引っ張り出し、改善改良を試行錯誤。

山エルフたちの体調を考えるなら、外のパレードは遅いほうがいいのだけど、きっと時間があればあるだけ労力を注ぎ込む。無茶をする期間は短いほうがいい。

なので、十日後、もしくは九日後と決まったのはいいことだろう。

それに、なんだかんだで間に合わせるだろうし、間に合わなかったとしても普通の馬車に乗ればいいだけだからな。

そういえば、外のパレードに参加するために滞在《たいざい》している者たちが待ち疲れないか少し心配だな。

主に〝五ノ村〟の近くで待機しているワイバーンたち。一応、問題ないとは聞いているけど。

〝五ノ村〟の周囲を荒らさないように、狩りを控《ひか》えている様子がある。適度に食糧の差し入れをしておいたほうがいいかな。

あと、外のパレードにも参加するユニコーンたち。角が治療できた喜びを抑《おさ》えつつ、牧場エリアの片隅で大人しくしている。

本来のユニコーンはもっと自由奔放《じゆうほんぽう》なのだが、角が折れたユニコーンは臆病《おくびょう》になり、森の奥などに引き籠る。角が治療されても、そのあたりは治らないらしい。

元気な馬たちに気後れしながら一緒にいるユニコーンの姿は、なかなか珍しい。

ただ、そのことに疲労を覚えている個体もいると、世話をしている獣人族の女の子たちから報告されている。注意して見ててやらないとな。

まあ、タフな何頭かの個体はこの村での定住を希望している。牧場エリアの拡張も考えないといけないようだ。

翌日。

屋敷の玄関前に立つ俺の前に、リアたちハイエルフ一同が整列していた。

「それでは行ってまいります」

リアが俺に向かって敬礼し、後ろのハイエルフたちがそれに続く。

リアたちは〝五ノ村〟に向かう。ヨウコの要請だ。

外のパレードを観覧するためのスペース作りが遅れており、その助けが必要らしい。

〝五ノ村〟の神社作りで仲良くなった大工たちからの嘆願《たんがん》もあったので、リアたちは快《こころよ》く引き受けてくれた。

助かるが、無理はしないように。あと、たぶんだけど余計な仕事も頼まれるから覚悟するように。

ちなみに、文官娘衆の大半も〝五ノ村〟に移動している。

なんでも、外のパレードの出発場所を〝五ノ村〟近くの山の神社にするらしく、そこでやる演出の最終調整だそうだ。

フラウは村に残っているので、ユーリが現場で指揮をしているらしい。余裕があれば、そのあたりの様子をみてやってほしい。

「承知しました」

リアたちが〝五ノ村〟に向かった。

…………。

それに続くように山エルフたちも〝五ノ村〟に移動した。

〝大樹の村〟で馬車を完成させても、神社まで運ぶ時間が必要だと気づいたからだ。神社に泊まり込み、時間ギリギリまで製作するそうだ。

まあ、神社では多くの宿舎が空いている。生活には困らないだろう。

銀狐族たちに迷惑をかけなければいいが……。

んー……料理する者を派遣しないと駄目かな？　アンやラムリアスが妊娠中で動けないので、鬼人族メイドたちは派遣しにくい。

定期的に様子を見に行くことにしようと思う。

閑話　パレード開催実行委員会

私は〝魔王国〟に仕える文官の一人。普段は王都にある職場で、多くの同僚たちと働いている。

私の立場は……高くもないが、低くもない。いわゆる中間管理職というやつであろうか？　いや、中間管理職だと高く感じるな。中間管理職の補佐ぐらいにしておこうか。実際の仕事もそんな感じだし。

まあ、それなりに責任のある立場で、それなりにやっているということだ。うん。

さて、ある日。うん、冬のある日。

私の職場にとある仕事が舞い込んだ。パレードを開催するので、その手配をせよとのことだ。

魔王様の希望らしく、【最優先】との文字が添《そ》えられていた。

すぐさま、私を含め六十人ほどの同僚が招集《しょうしゅう》される。大がかりだな。

〝魔王国〟の文官に、すぐさま新しい仕事に取りかかれるほど暇を持て余している者などいない。

なにかしら仕事を持っている。

なのに、六十人も集めるなんてどういうことだ？　上司ではないが、私に指示を与えることの多い同僚に確認すると……絶望的な事実が判明した。

まず、準備期間が短い。圧倒的に短い。今は冬だが、春にやらないといけないらしい。無茶だと叫ぶことが許される期間の短さ。

王都でパレードをするなら、少なくとも半年は準備期間が欲しい！　一年あるのが理想。

さらに、春ってふんわり決まっているだけで正確な日程は不明。具体的には？　具体的には春の種蒔きが終わったとき？　それは具体的とは言わない。

開催する気があるのかと疑ってしまうが、できるだけ速やかに開催できるようにと内務大臣《ランダンさま》から の内示《ないじ》があった。開催する気はあるらしい。

次にルートが長い。

細かいルートはまだ決まっていないが、魔王様の意向では王都だけでなく王都と転移門で繋がっている村や街を巻き込む。

転移門を使うから実際の距離としては短いかもしれないが、わずかずつしか通れない門が複数あるということは交通整理が死ぬほど大変だ。

それに、パレードの最中は転移門の使用が封鎖《ふうさ》される。パレードの前後で流通が止まるということだ。対策しないと混乱が起きるだろう。

さらに、パレードに参加する予定の勢力が複数。

正直、軍のパレードであるなら問題は少ない。一番の問題になるであろうパレードに参加する者の管理ができあがっているから。

しかし、今回はそうではない。軍だけでなく、村や街から参加者を集めている。

これ、数年前から準備してやる内容じゃないかな？　冬に決めて春にやる内容じゃないのはたしか。あまりにも絶望的な事実。

だが、安心してほしい。絶望だけじゃない。希望がちゃんとある。

同僚の一人が魔王様に直接、無茶振りするなと訴えたそうだ。

これで多少の期間の延長が期待でき……え？　延長してこれなの？


ほぼ全員で辞職《じしょく》を願い出たが、上司に笑顔で却下された昼過ぎ。絶望していても仕方がないので動く。

まず、大きな場所を借りて全体ミーティングが行われた。仕事内容の確認と分担をしなければいけないからだ。

とりあえず、パレード開催実行委員会が結成され、六十人の中で立場が上の者……普段の立場や生まれは考慮されず、能力のみで選ばれた三人がリーダーとサブリーダーに任命された。

三人は即座に逃げようとしたが、残りの者たちで捕まえた。危ないところだった。魔法を放ってくるとは。

危うく借りた大きな建物が燃え落ちるところだったが、小火《ぼや》で済んでよかった。

一人は王都の外まで逃げたが、魔獣に襲撃されて足止めをくらっていたので、追いつくことができた。運がないようだ。

まあ、この仕事のリーダーを任されるような男だ。運がないのも仕方があるまい。

改めて、全員がそろったところで、パレード開催実行委員会のミーティングが再開された。

借りた場所は消火作業で水浸しになっていたが、新しい場所を確保する時間も惜しかった。

パレードを実現するために、なにをしなければいけないか？

参加者の確認。ルートの確保。

まず大事なのはこの二つ。

どういった者たちが参加するかを確認し、パレードでの行進位置などを考えなければいけない。

幸いなことに、参加者の希望や行進位置に関しては魔王様からおおまかな指示がある。ほんとうにこの順番でいいのかと上司が二回確認しているから、問題はないだろう。

ただ、現状では転移門のある村や街から、代表を含めて若干名《じゃっかんめい》という曖昧《あいまい》な内容で、困る。できれば、それぞれ十人前後であってほしい。

まあ、私たちの希望は横に置いておくとして、参加者たちに連絡をしなければいけない。現段階では、こちらが一方的に参加してほしいと考えているだけで、参加するように説得することも私たちの仕事だ。

一応と言っていいのか、〝シャシャートの街〟と〝五ノ村〟には話が通っているらしい。だとしても改めてこちらから伝達しなければいけないのだけど。

ルートの確保に関しては、パレードを各地でどうするかなのだが……これは各地の希望というか、現状を把握《はあく》しなければ決められない。転移門があるからすぐに行けるのだけが救いだな。

リーダーが、何人かを選んで二つの仕事に割り振っていく。

私は選ばれなかった。

代わりに私に割り振られたのは、招待客の管理だ。

パレードはさまざまな目的で行われるが、基本的には開催する地の者たちに向けてやるものだ。

だから招待客も開催地の有力者たちになるのだが……。

世の中には、開催地とはまったく関係ない場所にいるのに「パレードをするのにこちらに声をかけないとはなにごとだ」と怒る者がいるのだ。

私としては、面倒なことにわざわざ首を突っこまなくてもと言いたいが、たしかに誘われないのも寂しい。気持ちはわかる。わかるが……〝魔王国〟の広さを考えてほしい。

世界の半分は〝魔王国〟だ。連絡しても、返事が返ってくるのが半年先とか普通にある。

今回の場合、【パレード開催のお知らせとお誘い】を送ったとしても、向こうの返事が届いたころにはパレード自体が終わっている可能性が高い。ならば、【パレード開催のお知らせとお誘い】を送らないのが正解だと思うのだが、そうもいかない。さきほども言ったが、誘われないのは寂しいのだ。

どうするべきか？

各地の有力者に連絡し、抑えてもらうのが一番だろう。各地の有力者が、こう言って不満を持つ者たちをなだめてくれるのが一番だ。

「王都でパレードが行われるとの連絡をもらったのだが、急に決まったことで我らは参加したくても間に合わぬ。すまないと魔王が気にしていた」

うん、いいね。

魔王様が頭を下げる形になることが問題だが、これで丸く収《おさ》まるはず（希望）。

魔王様が了承してくれれば！

…………。

駄目もとで魔王様に頼んでみよう。わーきゃー言う者は出るだろうけど、数年もすれば収まる無難な案なのだから。

数日後。

パレード開催実行委員会にとある報告が飛び込み、激震が走った。

〝シャシャートの街〟からのパレード参加者、一千五百人超。二千人ほどと予想される。

〝五ノ村〟のパレード参加者、二千人超。三千人ほどと予想される。

…………。

このパレード、半日の予定だよね？　え？　五千人を超える数が、転移門を使って移動？　五千人の軍とは違うのだぞ！　一般人を並べて行動させるのに、どれだけの労力がかかると思っているのだ！　断れ！　参加人数を絞《しぼ》れ！

委員会で巻き上がる怒号に対し、報告者が小さい声で言った。

「魔王様から、各地の参加者は全て受け入れるようにとの指示が来ています。とくに〝シャシャートの街〟と〝五ノ村〟からの参加者は、絶対に受け入れるようにと」

…………。

パレード開催実行委員会が、一瞬だけ反魔王委員会になったが、それぞれの忠誠心で持ちなおした。すごいぞ忠誠心。私にもあったんだ。新しい発見だなぁ。

魔王様は、私に妻と娘がいることを喜ぶべきだと思う。独身なら反旗《はんき》を翻《ひるがえ》していた。


パレードは複数日開催になった。

参加者の寝る場所やトイレなどの確保が、私の仕事に加わった。ああ、参加者の食事も考えないといけないのか。招待客のこともあるし、頭が痛い。

うな垂《だ》れる私のいる委員会に、新たな報告が飛び込んできた。

ん？　まだ数が増えるのか？　もう多少のことでは驚かんぞ。

「いえ、そうではなく……えっと、その……」

なんだ？　はっきり言ってくれ。

「竜とワイバーンがパレードに参加するそうです」

………。

そうか。まあ、魔王様がどうやったのか知らないが、竜やワイバーンが空を賑わしてくれるのだろう。

いいことじゃないのか？　ひょっとして、その竜やワイバーンの食糧を、こちらで用意しなければいけないのか？

急ぎ、食糧の在庫の確認を……。

「食糧の心配は無用とのことです。ですが、その……えっと、ワイバーンは空を飛ぶそうですが、竜は歩くそうです」

……………。

なぜ？

「パレードですので……行進《あき》したいそうです」

えっと……竜の横幅《よこはば》、どれぐらいか知ってる？

「詳しくは知りませんが、選定中のルートの道幅では足りないんじゃないかなぁと……」

ルートを確保している同僚たちが悲鳴をあげた。

私はルートに関わる仕事をしていないが、喜んだりはしない。なぜなら、向こうの仕事が増えた分のしわ寄せがこっちに来るから。

あと、こっちにも似たようなことが起きると、なぜか私は確信できたから。

問題だ。

誰が竜と交渉する？

リーダーも、さすがに誰かに押しつけたりはしない。実現不可能なことを命じないのは素晴らしいが、このままではパレードの開催が危ぶまれる。

魔王様の命令なので、竜たちのパレード参加を拒否することはできない。それゆえ、受け入れる。受け入れるから情報が欲しい。

参加する数は？　どれぐらいの歩幅で歩くのか？　そして道の横幅は、どれぐらい確保しなければいけないのか？

とくに道の横幅は大きな問題だ。ここがわからなければ、コースを決められない。

コースが決まらなければ、警備計画や観客の誘導計画も立てられない。時間がないのに、行動できない最悪の事態だ。

交渉できるのであれば、専用のコースを用意するとかの対策を提案できるのだが……困った。

委員会に重い空気が圧《の》しかかる。

だが、希望はあった。いや、希望がやってきた。やってきてくれた。

委員会が借りている建物の前を歩いていたのを見かけた同僚が泣いて頼んで連れて……失礼。丁《てい》重《ちょう》に騙《だま》して……違うな。正直に言おう。

丁寧に捕まえて連れてきた。

私たちの希望。獣人族のゴールさま、シールさま、ブロンさまを！


見た感じ、まだまだ若い彼らが私たちの希望なのには理由がある。

まず、彼らは会話ができる！

おっと、会話なんて誰でもできると思っているな？　会話を馬鹿にしてはいけない。同じ言葉を話していても、通じないということはよくあることなのだ。うん、ほんとうに。悲しいことにね。

だが、彼らはちゃんと会話ができる。

さらには貴族の言葉も使える！　空気も読める！　すばらしい！


そして、彼らは結婚しているのだが、ゴールさま、シールさまのお相手は大貴族のご令嬢！　ブロンさまのお相手は一般の方だが、ブロンさまはゴールさま、シールさまと強い友人関係にある。

つまり、三人は大貴族に繋が《コネクション》りがある。繋がりがあるということは、とても大きい！

会うだけで数日待たされることが日常の世界で、待っている者を飛ばして会ってもらえるのだ！　すごいぞ！

待っている者には迷惑で申し訳ないが、こっちも仕事だ！　魔王様からの最優先事項だぞ！

なのにすぐに会おうとしないあの地位だけのクソ馬鹿どもに……おっと、いけない。冷静に。そう冷静に。汚い言葉を使ってはこちらの品位が疑われる。上品に。

ことの重要性を理解せず、己が見栄《みえ》を重視するうっかりさんたちにも、大貴族との繋がりを利用してすぐに会って交渉に入れるのはとても助かるのだ。

…………。

駄目だ、我慢できない。

最優先だと何回も伝えたのに、息子の妻の弟の子供の友人が来たからって、こっちを後回しにしてるんじゃねぇっ！　地獄に落ちろクソども！

ごほん。

最後に、この三人。文官の仕事に理解がある。とても理解がある。殴ればいいやと考えない。段取りや根回しの意味を知っている。政治や派閥をわかってくれている。文官《私たち》を馬鹿にしない。素晴らしい人材だ！

ちなみに、彼ら三人を狙って軍務大臣のグラッツ将軍、財務大臣のホウさま、内務大臣のランダンさま、外務大臣のクローム伯が密かに暗闘しているとの噂があるが、真偽は不明。ただ、現在は魔王様の直属として扱われている。優秀な人材の独占反対！

さて、私たちの希望である三人を仲間に引きずり込む……違う。協力をお願いしなければいけない。失敗できない交渉だ。

おお、さすがリーダー。自ら交渉に出た。

連れてきたことの謝罪からはじめ、現状の説明。そして協力の要請……現状の説明の段階で、三人が頭を抱えて協力してくれることになった。

なぜだ？　いや、ありがたいけど！　早まってはいけない！　報酬《ほうしゅう》の話をしっかりするんだ！

ただ働きはよくない。正当な報酬を勝ち取るんだ！

三人の協力が得られたことで、パレード開催実行委員会の活動が活発になった。

問題であった竜との交渉も、三人が担当してくれた。とても助かる。

おっと、もちろん押しつけるだけじゃない。ちゃんとサポートもする。彼らだけで判断できないこともあるだろうしな。

しかし、わずか半日で、パレードに参加する竜の数や歩幅、横幅を教えてもらってくるとはさすがだ。

訪《たず》ねたら、練習しているところだった？　行進の練習…………あ、うん、そうですか。やる気があって喜ばしいと言っておこう。うん、気まぐれで突然不参加という希望がなくなったと覚悟しておくよ。

しかしこの横幅……まいったな。一番大きい竜の通れる道がない。家などを踏み潰しながら行進することになる。

当初の予定通り、竜たちには専用のルートで行進してもらう必要がありそうだ。あと、小さい竜でも転移門を通れないのだけど、このあたりはどうしよう？

三人に頼ってばかりで申し訳ないが、改めて確認をして…………そのあたりも話し合ってきた？

え、ほんとう？

本隊と一緒に行進する時間があるのであれば、専用のルートは受け入れる？　つまり、竜が通れる専用のルートを本隊と一緒に行進して、途中で分かれればいいと。

おお、助かる！

でもって、竜たちは転移門を通らずに飛んで移動すると。なるほど。

まあ、どれだけ急いでも転移門での移動には時間がかかる。そのあいだに竜は転移門から転移門まで飛んで移動すると。

ふむ、さきほどの専用のルートの話と合わせても、悪くない。すごくいい話だ。ああ、よかった。ほんとうによかった。

道を塞《ふさ》いでいた大岩が取り除かれたような解放感だ。この三人が協力してくれて、とても幸運だ。

ん？　なにか疑問でもあるのか？　ああ、つまらないことでもかまわないさ。君たちの質問になら、なんにでも答えよう。聞いてくれ。

…………。

パレード開催実行委員会の名称に関して？　どこが疑問なんだ？　開催と実行は言葉の意味が被《かぶ》

っているんじゃないかって？
ははは、そこに目をつけたのか。大丈夫、ちゃんと理由がある。あれには不可能を可能にすると
いう意味が込められているんだ。
そう、【不可能な開催を実行する委員会】なんだ。他言無用だぞ。

Farming life in another world.

Chapter,3

Presented by
Kinosuke Naito
Illustrated by
Yasumo

〔 三章 〕

村の外のパレード

01.ガルガルド魔王国領　02.北の大陸　03.ガーレット王国　04.ガルバルト王国　05.戦線
06.ガルガルド魔王国　07.王都　08.死の森　09.大樹の村　10.ドライムの巣　11.鉄の森
12.シャシャートの街　13.フルハルト王国　14.南の大陸

閑話　〝五ノ村〟パレード開始直前

夜明け前。

〝五ノ村〟の北東に位置する山に建てられた神社。その神社の閉ざされた正門前から延びる道の左右に、大勢が集まっていた。俺もそのうちの一人だ。

俺は〝五ノ村〟に住む獣人族の男。〝五ノ村〟に来る前は冒険者をやっていたが、いまは〝五ノ村〟で案内人をやっている。

おっと、怪しい商売じゃないぞ。ちゃんと村議会の認可を受けてやっている、まっとうな商売だ。

仕事内容は、〝五ノ村〟に移住してきたばかりの者たちや、〝五ノ村〟に不慣れな商人たちを相手に、〝五ノ村〟の名所を案内することだな。

まあ、大抵はラーメン通りか地下商店通りを案内することになるけど、いろいろと説明しないといけないから思ったより簡単な仕事じゃない。案内している客がトラブルを起こさないように、面倒もみてやらないといけないしな。

最近の悩みは、客がやたらとファイブくんと会いたいと言うことだ。ファイブくんは人気で、〝五ノ村〟のあちこちに呼ばれている。〝五ノ村〟に住んでいる者でも、なかなかファイブくんの居場所を知るのは難しい。俺でも難しい。

でも、客に探してほしいと言われたら、探さないといけない。ほんとうに大変なんだ。運よく見つけることができたら、俺もファイブくんと握手できるけど。


さて、そんな俺が夜明け前に外にいるのは、残念ながら仕事じゃない。プライベートだ。

そして、正確には夜明け前ではなく、昨日の夜からずっといる。まわりの連中もそうだ。寒さは問題ない。

十分に暖かくなっているし、体調が悪くなった時に備えて救護所なる場所もある。食べ物や飲み物の心配もない。

少し離れた場所に、食べ物や飲み物を売る屋台がこれでもかと並んでいる。値段はついているが、俺たちは支払いの心配をしなくていい。これらの支払いは、全て〝魔王国〟が持ってくれることになっている。

だからって暴飲暴食をすれば、周囲から白い目で見られるし、あとが怖い。まあ、そんな馬鹿なことをするやつはいない。絶対にいないと言える。

なにせ、これから行われるのは〝魔王国〟のパレードだからだ。

冬の中ほどから準備が始まったパレード。まあ、簡単に言えば祭りだな。

祭りゆえに、お調子者がトラブルを起こすのはよくあることだが、今回はそれは大丈夫だ。トラブルはすでに終わらせている。

ああ、終わらせているんだ。

あれは五日前だったか。

パレードの予行演習が行われた。

………。

竜が三頭、並んで歩いていた。俺はよく知らないが、混代竜族《エルダードラゴン》らしい。

あまり公言はされていないが、〝五ノ村〟では竜はそれほど珍しくない。けっこう村の近くに着陸したりする。場合によっては村に着陸する。余計なことをしなければ、こっちに危害を加えない存在として認識されている。

もう一回言うが、公言はされていない。暗黙の了解というやつだ。

その竜が三頭。

かなりの迫力だったが、ちゃんと並んで歩いていたので恐怖はなかった。先頭の竜の頭の上に、ヨウコさまが立っていたのも大きい。

竜は問題なかった。

問題があったのは、その竜の少し後ろを歩いている三メートルぐらいの巨大な狼。インフェルノウルフというらしい。聞いた話だと、一頭で街を滅ぼせるぐらいの強さだということだ。竜の強さは想像できなかったが、こっちのインフェルノウルフは想像できた。なぜかできてしまった。

そして、そのインフェルノウルフは十頭いた。

予行演習を見物していた者は、大混乱というか気絶者が続出というか大惨事だった。俺も気絶した。気づいたら、見覚えのない建物の屋根の上にいた。怖かった。ほんとうに怖かった。

本能を刺激する怖さというのは、あれのことだろう。あれを前に、平然としていられる者がいるのだろうか？　いないと言いたい。あんな危険な生物をパレードに出すとか、なにを考えているんだと叫びたい。実際、叫んだ。

しかし、いまではその考えは間違いだったと思っている。

なぜって？

大惨事を演出したインフェルノウルフたちが、これでもかと落ち込んでいる姿を見たからだ。巨体を丸め、悲しそうな顔をしているのを見たからだ。

あのインフェルノウルフたちは、俺たちを怖がらせたかったんじゃない。ただ、パレードの練習をしていただけだ。並んで歩いていただけだ。

襲ってきたわけじゃないのに、俺たちが勝手に怯えて不満をぶつけてしまった。

俺は反省した。ただ怖いからと排除《はいじょ》しようとしたことを。

彼らは、俺たちと一緒にパレードを成功させるための仲間だ。いま、ここにいるのはそう思った者たちだ。だから、絶対にトラブルは起きない。みんな、覚悟を決めている。

ちなみにだが、ヨウコさまからの命令で、心臓が弱い者や病人、妊婦《にんぷ》、妊娠の疑いがある者は予行演習を含めてパレードの見物は禁止になっている。正しい判断だと思う。

パレードに死人は似合わないから。

そんなことを思い出していると、ゴーンと鐘《かね》の音がうっすらと聞こえた。

気のせいか？

いや、今度ははっきりと聞こえた。夜空に鐘の音が響いている。周囲の者にも聞こえているのだろう。ざわつきが大きくなった。

だが、すぐに静かになっていく。パレードが始まるのだと感じたからだ。

夜空に鐘の音を鳴らすものが飛んでいる。巨大な鳥だ。しかも、燃えている。あれは……伝説の鳥！　フェニックスだ！　フェニックスは足に大きな鐘を持っている。

その鐘を鳴らしながら、こちらに……いや、神社の正門に向かっている。

そのままぶつかるのか？　周囲にそう思わせたところでフェニックスは空中で急停止し、大きく羽ばたいて上空に向かった。

俺たちは、そのフェニックスを追いかけるように見上げていると、夜明けの光が周囲を照らした。

そして、神社の正門が重い音を響かせながら、ゆっくりと開かれた。パレードの開始だ。

閑話　〝五ノ村〟前編

パレードの先頭は、重武装の騎馬に乗った全身鎧《フルプレート》の騎士が二人、並んでいる。

二人の騎士は、それぞれ胸の前に一本の剣を両手で掲げていた。右の騎士の剣は白く光り、左の騎士の剣は黒く光っている。

…………。

黒く光っている？　どういう状況だ？　ま、まあ、わからなくても神秘的なことは理解できる。この二人の騎士がパレードの先頭なのだろう。顔を兜で完全に隠しているので誰かはわからないが、その実力は見ていればよくわかる。

なにせ、剣を両手で掲げているのだ。手綱《たづな》は持っていない。それにもかかわらず、馬をまっすぐ歩かせ、さらに掲げている剣をまったく揺らさない。こんな技量の騎士が〝魔王国〟にいたのかと驚かされる。

しかし、なぜ顔を隠しているのか？　こういったパレードでは顔を出して、顔を売る意味もあると思うのだが？　全身鎧には家や爵位《しゃくい》を示すようなものはない。ただ細《こま》やかな装飾で、値が張りそうというのだけはわかる。

この二人の騎士に続く一団は、〝魔王国〟の誇る近衛軍《このえ》。

近衛軍とは、魔王が直接指揮する軍だ。もちろん、弱兵はいない。魔王軍の精鋭《せいえい》中の精鋭が所属する軍。それが近衛軍だ。

今回のパレードには、その精鋭中の精鋭のさらに精鋭が選ばれて参加しているのだろう。

…………。

俺はその一団が掲げている旗を確認する。近衛軍の旗だ。着ている鎧などにも近衛軍のシンボルが記されている。近衛軍で間違いないだろう。

なのに、なぜ武器を持たず、大きな盾を持っているんだ？　旗持ち以外の全員が盾を持っている。

全身を隠せるほどの大きい盾を。しかも、横にではなく、正面に構えての行進。

なんだこれ？　どういう意味があるんだ？　しかも、人数が少ない。二十人ほど？

旗を持っている一人は最後尾で、その前で盾を持った者たちが行進している。

パレードに関して語れるほど詳しくはないが、旗持ちは一団の先頭にいるべきじゃないのかな？

それに、盾を持った者たちは、いつでも飛び出せるように緊張しているふうにも見える。

この奇妙な一団の意味がわからないのは俺だけじゃないようで、周囲からざわめきが起きた。


そのざわめきを消したのが、次の一団。

楽隊だ。

五十人ほどが華やかな衣装を着こみ、それぞれ持った楽器を奏《かな》でながらの行進。軽快な音楽で、見物する者たちを盛り上げている。

周囲にいる者たちは近衛軍の一団のことを忘れ、次の一団に期待した。

楽隊に続くのが…………え？　魔王？　え？　もう？

魔王が屋根のない馬車に乗ってやってきた。

…………早くない？　もっと出し惜しみしないと。いや、魔王が出てきたのが駄目ってわけじゃないけど……。

素人でも、魔王の順番が早すぎると感じているはずだ。その証拠に、楽隊によって消えたざわめきが戻ってきた。

どうするんだ？　このままじゃ、パレードが失敗になるぞ？　魔王は気にせずに満面の笑みで周囲に手を振っているけど、これでいいのか？

い、いや、慌てるのは早い。このパレードには、〝五ノ村〟が誇る村長代行のヨウコさまが参加しているのだ！　無様なパレードを許すはずがない！

そう思っていたのだが……。


魔王に続くのは、〝魔王国〟が誇る四天王の方々！

内務担当のランダンさまの乗る馬車。外務担当のクローム伯の乗る馬車。財務担当のホウさまの乗る馬車。

……あれ？　軍務担当のグラッツ将軍は？　四天王、そろってないですけど？

見ている者が不安になるなか、それを払拭《ふっしょく》したのがその次にやってきた者たち。

三人の獣人族の男だ。

彼らのことは知っている。〝五ノ村〟村長の子供たちだ。〝五ノ村〟で派手な結婚式をやっていた。

あのときはお祭り騒ぎだった。

それに、今回のパレードの準備でよく顔を出していた。予行演習も彼らの手配だ。

三人は馬に跨《また》がり、周囲に手を振りながら進んでいる。

見知った相手に、周囲の歓声が大きい。動揺の大きかった魔王のときより大きいんじゃないかな？

いいのか？　これで？

三人の獣人族に続くのは……えっと、誰？

〝シャシャートの街〟から王都までのあいだにある街や村からの参加者？　一つの場所から三～四人が参加しているから五十人の集団と。

へー。俺たちが困惑するのはわかるが、行進に参加している側も困惑しているように見えるのは気のせいなのかな？

続いて、〝魔王国〟軍第一軍団。第二軍団。第三軍団。第四軍団。第五軍団。

それぞれ、三十人ほど。

人間の国との最前線を支えている各軍団だ。近衛軍ほどではないけど、〝魔王国〟軍の中核なのでかなりの実力者ぞろい。

ただ、なぜ彼らは剣を持っていないのだろう？　第一軍団は斧《おの》、第二軍団はスコップ、第三軍団はクワ、第四軍団は槌《ハンマー》、第五軍団は鎌を持っている。

防具も軽装……いや、防具をつけていないな。普通の軍服だ。

正直、これから森を開墾《かいこん》すると言われても納得できそうな格好だと思う。パレードを見る者を威《い》圧《あつ》しないための配慮《はいりょ》なのだろうか？　それなら成功といえるのかもしれないけど、個人的には強そうな姿がみたいなぁ。

そんなことを思っていたからだろうか。願いは叶えられた。

閑話　〝五ノ村〟後編

第五軍団から少し遅れてやってきたのは武神ガルフさまを先頭にした獣人族の一団！

見ていた者たちが大きな歓声を上げた。パレードの雰囲気が変化したのがわかる。

そして、ハイエルフの一団が続く。何人かの見物客が恐怖で倒れたが、すぐに救護所に連れていかれた。

でもって本命。インフェルノウルフ。

大丈夫だ。俺は怯えない。しっかりとその雄姿《ゆうし》を見てやるぞ。

そう思ったのだが……すごい数、いる。

うん、すごい数。十頭じゃなかった。二百頭はいる。綺麗に並んでいるから、数えやすかった。

もうね、なんだこれってなったね。俺の周りからは声が上がらず、ただインフェルノウルフの行進を静かに見守っているだけだった。

それを咎《とが》めるように、天使族とハーピー族が空を飛んだ。

天使族とハーピー族は、武装をしていた。高い場所を飛んでいるのでよく見えないが、黄金の装備だ。

俺は綺麗だなと思ったのだが、歳を重ねた者たちが悲鳴を上げ、パニックを起こした。

そうか、天使族とはやりあっていたからな。あちこちから「大丈夫です。天使族は味方です」と叫ぶ声が聞こえるが、パニックを起こした者の耳には入っていないようだ。武器になる物を探している。

…………。

パニックを起こしているのではなく、冷静なのか？　パレードを警備している者たちがやってきて落ち着くように言っているが……あ、取り押さえられた。強制的に救護所に連れていかれるようだ。ご苦労さまです。

そして、そういった混乱があってもパレードは続く。

天使族とハーピー族に続いてやってきたのは、悪魔族の一団。

…………。

……………………………………。

こ、こ、こいつら、ただの悪魔族じゃない！　古の悪魔族だ！　世界を支配していたと言われる古の悪魔族！

それがなぜここにいる？　これだけいる？

俺の周囲では、天使族のときよりさらに混乱が起きた！　俺も混乱している。

歴史では古の悪魔族を打倒したから魔族が台頭《たいとう》したことになっているが、そんなわけはない。古の悪魔族は勝手にいなくなっただけだ。そのあとを魔族が継いだ。みんな知っている。

その古の悪魔族が、なぜパレードに参加している？　魔王は古の悪魔族を従えたということか？　そのお披露目《ひろめ》なのか？　さっきの天使族もそれか？　このパレードはそのために行われたのか？

よくよく古の悪魔族の一団をみれば、先頭にいるのは見知った顔。

プラーダさんだ！　おお、プラーダさん！

……え？　あれ？　プラーダさんって、古の悪魔族だったの？

俺は混乱していると自覚しつつも天使族や古の悪魔族がパレードに参加している理由を考えていたのだが、大きな振動によってそれは強制的に止められた。

竜だ。

神社の正門を通れない巨大な竜は、神社のある山の陰から飛んで着陸した。その着陸のときの衝撃が大きな振動の正体だ。

そういえば竜もパレードに参加するのだったな。

そんなふうに考えることもできなかった。俺は固まった。息をするのも忘れた。

竜。

一頭でも恐ろしい存在だとわからされるのに、それが十数頭もいる。それぞれが予行演習のときにいた竜よりも強い。圧倒的に強い。

どれほど強いかなんて欠片《かけら》もわからないが、予行演習のときにいた竜は実は子供だったのではと感じる。それほどの力量の差がある。そして、絶対に勝てない相手だと理解してしまう。

生き物としての格が違う。俺はこの竜を見ていいのか？　頭を下げなくていいのか？　そう思うのに、動けない。指すら動かせない。死を近くに感じる、生を近くに感じる。なんだこれ？　神？

そうか、目の前にいる竜は神か。俺の目から、涙が流れていた。圧倒的な存在を見たことで感動しているようだ。

…………。

首がいっぱいある竜がいる。ちょっと怖い。ほかの竜よりも大きいし。

あ、ときどき〝五ノ村〟に来る竜もいる。手を振ってくれているけど、神々しさにやられて動けない。いつもはもっと親しみやすいでしょうに。

ああ、もう、どうなってしまうんだ。俺は涙を流しながら、竜たちの行進をただ黙って見送った。

閑話　〝五ノ村〟裏の前編

私は魔族の女。男爵《だんしゃく》家当主の娘です。

貴族学園を卒業したあと、領地に戻って結婚する予定だったのですが……相手方に不幸があって破談になってしまいました。

結婚相手は親が決め、私は相手の顔も知らないなかで進んだ縁談でしたので、不幸があったと聞いても、ああそうかという感想しかでませんでした。

新しい結婚相手を探してほしいところですが、相手に不幸があって破談になったのですから、早々に次を探すのは義理に欠けます。それなりの時間を置かなければ。

しかし、だからと言って実家でだらだらと暮らすのは性《しょう》に合いません。私は王都に戻り、新しい結婚相手が決まるまでの仕事を求めました。

タイミングがよかったのでしょう。私はお偉いさんの目に止まり、スカウトされて〝五ノ村〟で働くことになりました。

現在は、文官娘衆と呼ばれる名誉ある職についています。

文官娘衆の先輩方は、貴族学園で有名だった人たちばかりで最初は怖かったのですが、それもすぐに慣れました。もっと怖い存在がいましたので。それも複数。

…………。

慣れたというより、恐怖に対して麻痺《まひ》したというべきなのでしょうか？　まあ、どちらでもかまいません。私は文官娘衆として、働いております。不満はありません。

秘匿《ひとく》されていた〝大樹の村〟の存在を知り、行けるようになりましたし、村長ともお話ができるようになりましたから。

誤解がないように強く言っておきたいのですが、私は文官娘衆となれたことを幸運と思っております。刺激に満ちた毎日です。以前なら会話をしようと思うことすら考えられない高みの四天王の方々とも、肩を組んで困難に対処できるほどになりました。遠慮とかしてたら、やっていけませんしね。

私は文官娘衆になれたことを喜んでおります。

そんな私は、〝五ノ村〟で行われるパレードの開幕を見守っていました。

フェニックスのアイギスさまが神々しく飛べたことに感動を覚えます。

アイギスさまの努力を知っているからです。〝大樹の村〟のパレードが終わったあとから、アイギスさまは毎晩、ここに来て日の出のタイミングを計っていました。

飛ぶ速度を計測して、どう飛ぶかを細かく計算して。限りある時間のなか、頑張っていました。

その頑張りが功《こう》を奏《そう》したのか、普段は小さく丸々としている姿のアイギスさまが巨大なフェニックスの姿になったときは、見守っていた鷲さんと一緒に驚いたものです。

まあ、速度の計算はやり直しになってしまいましたけどね。そこは、ご愛嬌《あいきょう》です。


アイギスさまの飛翔《ひしょう》から始まったパレードの先頭を飾るのは二人の騎士。人の姿になった白鳥さんと黒鳥さんです。

村のパレードでは控えるので、こちらのパレードでの先頭が欲しいと要望された結果です。まあ、これは村長も認めているので問題はありません。

問題は、彼女たちが掲げることになった剣です。

当初は赤と青に輝く剣をそれぞれ持つ予定だったのですが、彼女たちが色について不服を言いました。白と黒に輝く剣にすべきだと。

…………。

正直に言いましょう。私としては、どうでもいいです。好きな色の輝く剣を持ってくださいと言いたかったのですが、古典が好きな同僚が強く抵抗して一悶着《ひともんちゃく》。

なんとか白と黒で話がまとまりましたが、問題は続きます。

赤く輝く剣と青く輝く剣は事前に用意していたのですが、白く輝く剣と黒く輝く剣は用意していませんでした。ルーさまに頭を下げ、素材を渡し、鍛冶師のガットさまの協力を得て急造しました。

急造だったのです。

白く輝く剣と黒く輝く剣は、ちゃんと輝いているのですが……その、不安定で、爆発の危険がありました。

「大丈夫！　なにかを斬ったりしなければ大丈夫だから！」

とは、製作監督であるルーさまのお言葉です。

さすがに危険な剣を持たせるのもどうかとなったのですが、白鳥さんと黒鳥さんはこれ以外は考えられないとまで言ったので、安全のために全身鎧を着こむことになってしまいました。

顔が隠れることになり、白鳥さんはかなり残念がっていましたが、それでも白く輝く剣が持ちたかったようです。私にはわからない拘《こだわ》りがあるのでしょう。

男装姿の二人を見てみたかった気持ちはありますが……安全を求めた村長の意向は無視できません。

そして、その後ろを行進することになった近衛軍の方々には申し訳ありません。盾を持って、爆発に備えてもらいます。これは、後方を守るためではありません。パレードを見守っている方々を守るためです。

「衝撃が加わってから爆発するまでには時間があるわ。そのあいだに剣を捨て、周囲を盾で囲めば大丈夫なはずよ。あ、盾を構える角度は大事だから。なるべく衝撃を上にそらす感じで」

試作の剣で爆発実験をしたルーさまのお言葉です。大規模な爆発であるなら、村長も所持を許可しなかったでしょう。

結果、パレードの先頭の緊張感がすごいことになっています。

まあ、緊張感がないよりはいいでしょう。うん、いいと思います。


楽隊に続き、やってきたのは……無茶振りに無茶振りを重ねてくれた偉い人です。満面の笑みですね。

ふふふ、こちらも微笑《ほほえ》んでしまいます。

他意はありません。ええ、ありません。

実際、このパレードの裏でいくつかの策が進行していることは聞いていますしね。

それらを聞かされたのは昨日ですが。

…………怒っていませんよ。


苦労を共にした四天王の方々が続き、ゴールさん、シールさん、ブロンさんの出番です。

彼ら三人の順番は少し揉めました。

本人たちは村長の近くを望んだのですが、ティゼルさまが前に位置することを求めたからです。

三人には〝魔王国〟での立場もあります。今後を考えれば、このパレードで顔を売るポジションにいてほしいのでしょう。

村長の近くだと、どう頑張っても目立ちませんからねぇ。仕方がないことです。


獣人族の三人に続いては……。

王都と〝シャシャートの街〟のあいだにある街や村の代表ですね。

あれ？　困惑していますね？　怯えている様子もあります。ちゃんと参加理由とか説明していないのでしょうか？

トラブルがあっては困ります。同僚に確認します。

…………。

確認しました。原因が判明しました。

パレードが始まる少し前に、ほかの参加者を見てしまったそうです。

ほぼ全員が倒れていたところ、パレードの順番が来たので起こされて参加しているとのことです。納得です。

そして、馬車をなんとか用意してあげればよかったなと反省です。

馬車は奪い合いになるぐらいに不足しており、彼らを乗せるのにちょうどいい馬車がなかったのです。歩くだけですので問題はないと思ったのですが……。

〝五ノ村〟で確保している馬車を回し、どこかで乗れるように手配しましょう。あの様子では、〝五ノ村〟で予定されているコースを歩くのも大変そうですからね。

とりあえず、馬車が来るまでは頑張ってほしいです。

困惑している彼らを追うように続くのは、〝魔王国〟の誇る正規軍の方々。

…………。

ほぼ全員、指揮官クラスなのですが、大丈夫なのでしょうか？　ここしばらく戦いがないからと気を抜きすぎな気もしますが……まあ、私が心配することではありませんね。

正規軍の方々は武器ではなく、農具を持っています。斧は武器にもなりますが、本来の用途は木を切ることですからね。

これらは、〝魔王国〟は〝大樹の村〟に従っているというアピールです。〝大樹の村〟の旗を貸し出してもらえなかったための策です。仕方なくですね。

ちなみに、村長には伝えていません。どう感じるかは、村長のお心次第ですので。余計なことは言いません。

私は文官娘衆《できる女》なのです。

閑話　〝五ノ村〟裏の後編

パレードは続きます。

ガルフさまたち獣人族の一団が登場しました。すごい人気です。

そして、圧倒的な安心感を覚えるのは、私がガルフさまたちの努力を知っているからでしょうか。練習、頑張っていましたからね。

ガルフさまの後ろにいる獣人族のみなさんも、見劣りすることはありません。

うーん、やっとパレードが始まった感じがするのは私の気のせいでしょうか？

続く、ハイエルフの一団リアさまたち。安定感がありますね。

何人かの観客が倒れましたけど……エルフ族のようですね。エルフ帝国からの移住者でしょうか？　ハイエルフと確執《かくしつ》があると聞いていますが……とりあえず、救護班が駆けつけているようで一安心です。

そしてクロさんたちインフェルノウルフの行進。

壮観《そうかん》です。練習の成果がでていますね。

私は参加していませんが、予行演習は大失敗だったらしく、参加したインフェルノウルフたちがかなり落ち込んで村長に慰められていました。こう言ってはなんですが、しょんぼりしているインフェルノウルフはとても愛らしかったです。

だからでしょうか。インフェルノウルフの行進を見る観客の目は、我が子を見守る父親のような目をしています。

まあ、一部の観客は数に圧倒されていますが……〝大樹の村〟の全力はこんなものじゃないですよ。もっといますから。慣れてほしいですね。

クロさんたちに続いて、天使族のみなさんとハーピー族のみなさんが飛翔を開始しました。

うーん、綺麗なフォーメーション飛行。さすがは天使族ですね。

ハーピー族のみなさんは、実力不足なのではなく、天使族をサポートする形での飛行なので大きく目立ちません。わかる人にはわかるのですが、ちょっともったいないです。

しかし、ハーピー族としてはあまり目立つ気がないようなので……観客のいる場所でなにかあったようです。

天使族とハーピー族の飛行を見て、パニックを起こした人がいるようですね。ちょっとした騒ぎになっていますが……パニックを起こしたのは一人二人ではなく、それなりの数いるようです。

救護班が大活躍……あれ？　パニックを起こした魔族の男性。近くの木の枝を折り、手刀でその枝を即席の槍にして……天使族のいる空に向かって投げたぁっ！

そ、村長みたいなことを！

救護班だけでは取り押さえられないようで、警備隊が駆けつけています。すみません。頑張ってください。

あと、後方で魔法を放とうとしている人がいます。そちらもよろしくお願いします。

ちなみに、天使族やハーピー族に被害はありません。投げられた槍や放たれた魔法は、ハーピー族によって防がれています。

あ、槍を摑《つか》んで投げ返そうとしないで。そのまま持って移動をお願いします。

クーデルさま、爆撃する相手を見つけたような顔をしない！　もっと上空、もっと上空を飛んでください！


天使族とハーピー族のあとは、古の悪魔族の一団。

…………。

彼らに恐怖を感じるのは魔族の本能でしょうか。彼らに喜んで接触するのは、古典好きの同僚ぐらいですからね。

古の悪魔族は歴史の生き証人。

ブルガさんやスティファノさん、グッチさんに隙あらば話を聞きに行っている古典好きの同僚の姿は、〝大樹の村〟では珍しくない光景です。最近はヴェルサさまやエルメさまという新しい相手も得ましたしね。

おっと、パレードに集中しなければ。

彼らの先頭にいるのはプラーダさん。〝五ノ村〟で働いているメイドです。

彼女が先頭にいるのは、古の悪魔族として周囲を怖がらせないため。彼女は先頭という名誉と同時に、後ろに並ぶ古の悪魔族の威圧を下げる魔法を使っています。

使っているはずなのですが……怖がられてますね。

プラーダさんの魔法が弱かったのでしょうか？　それとも、後ろに並ぶ方々の威圧がシャレにならないぐらい高いとか？

プラーダさんに、どうしたのですかとサインを送りましたが、返ってきたのは「後ろ」というサイン。

後ろ？　後ろに並ぶ古の悪魔族の方々に問題が……違いますね。古の悪魔族の方々も後ろを気にしています。いや、警戒しています。

その警戒が威圧となって周囲に振りまかれたのでしょう。

古の悪魔族の方々が警戒する相手。古の悪魔族の次は、竜たちです。


…………。

ドースさまたちが、神々しさ全開でやってきました。朝日を背にしているので、太陽からやってきたようにも見えます。

えーっと、なぜここまで全力全開なのでしょうか？　打ち合わせでは、もっと抑えるという話ではありませんでしたか？　準備の打ち上げで言った「本番は個人個人が主役！　輝いていこう！」は、物理的に輝くことをお願いしたわけじゃありませんよ！　誰だ、後光《ごこう》を出してるの！　太陽の演出が霞《かす》むからやめてください！

あと、観客がすごいことになっています。拝まれたいわけじゃないですよね？　どうするんですか、これ？

これは緊急事態です。

近くの同僚たちと連絡を取り、竜たちがこうなった原因を探ります。

「ヒイチロウさまが大興奮しています！」

「ヒイチロウさまの様子にライメイレンさま、ご満悦《まんえつ》です！」

「グラルさまも大喜びです！」

つ、つまり、ヒイチロウさまが喜んで、それにライメイレンさま、グラルさまが引っ張られたと。

となると……ギラルさま、グーロンデさまもグラルさまに引っ張られますね。

「ですね。ギラルさま、グーロンデさまのお二人、グラルさまとのお出かけが思ったよりも楽しいようです」

村のパレードでも一緒だったと思いますが？

「見知らぬ場所というのが大きいのかと」

家族で旅行先……テンションが上がるのは、ちょっと理解できます。ですが、放置はできません。

とりあえず、先頭のドースさまに抑えるように指示を出してください。

「すみません。この状態のライメイレンを止めるのは無理と無視されました！」

ぐぬっ。ハクレンさま、ラスティさまは？

「あー、その、あの二人、子育てでちょっと疲れてたから……」

疲れてたから？

「はっちゃけてます」

そ、そうですか。

私は子供を産んだ経験も、育てた経験もありませんが、見ているだけで大変そうですからねぇ。それ以上に、幸せそうでもありますが……いや、いまはそれどころじゃありません。

えーっと、あの竜たちを抑えるにはどうすれば？　人間関係ならぬ、竜関係を考えると、まず男性陣は駄目です。女性陣を抑え込める根性のある竜はいません。

となると、女性陣なのですが…………駄目です。なぜいつもは冷静で抑え役に回る女性陣が、こうも嵌《は》めを外しているのか？　意中の相手と一緒に行動できることが、そんなに嬉しいのですか？

チョロいとか言われますよ。

こういったときに活躍するラナノーンさまは、〝大樹の村〟でお留守番ですし。ヘルゼルナークさまでは……親世代や祖父母世代に意見を言うのは無理ですよね。わかっています。無理なことは言いません。言えるラナノーンさまが、すごいだけです。

しかし、そうなると村長にお願いすることになるのですが……村長の出番は次ですから、身動きが取れません。

くっ、こちらでなんとかするしかありませんか。とりあえず、ドースさまにサインを送り続けてください！　あと、ドライムさまにも！

「あの、そのドライムさまから連絡です」

え？　向こうから？　なにか対策でもあるのでしょうか？　期待しますよ！

「サインを送る人を、女性以外にしてほしいそうです。その、妻であるグラッファルーンさまの目が怖いそうで……」

…………。

私は心を落ち着かせ、三回ほど深呼吸してから叫《シャウト》びました。

夫婦仲が円満《えんまん》で羨《うらや》ましい限りですねっ！


余談ですが。

破談になった私の結婚相手の不幸は偽装でした。

なんでも私との結婚を嫌がり、幼馴染の女と駆け落ちしたそうです。なるほど。

私は別段、その結婚相手に執着しているわけではありませんし、その結婚相手に興味があったわけでもありません。結果的に文官娘衆になれたきっかけですので、破談になったことに感謝すべきなのかもしれませんが……。

正直、気分が悪いです。

私が嫌だと？　会ってもいないのに？

なので逃げた結婚相手の顔が描かれた絵を取り寄せ、何度も見ました。ええ、これでもかと見ました。殴る相手を間違えてはいけませんからね。

ふふふ。もちろん、殴る練習もしっかりしています。

ガルフさまや天使族のみなさまから、指導を受けているのですよ。なので、このパレードを見ている観客の中にいてくれればいいなと思っています。

今なら、いろいろと思いを込めて殴れそうなので。

閑話　〝シャシャートの街〟でのパレード

パレードは順調に進行中。

いろいろ考えたうえでの報告なのだろう。嬉しい心づかい。涙が出る。

だが、報告は正確にしてほしい。間違った報告は、間違った判断に繋がるから。

俺の名はギギベル＝ラーベルラ。

〝魔王国〟にひっそりと存在する諜報部《ちょうほう》の一員だ。一応、それなりの数の部下を従えている。

ちなみに、俺の父はその諜報員を束ねる長《おさ》で、俺の母はその参謀。ほかの弟や妹たちも、諜報部に所属して幹部をやっている。

諜報部一家のように思えるが、これには理由がある。〝魔王国〟の諜報部は、ずっと冷遇されていたからだ。

諜報部はろくな情報を集めない。予算ほどの働きをしない。さっさと潰してしまえ。

そんな声が隠されもせず聞こえてた。

俺としては「集めた情報をうまく使えない現場の問題だ」「予算というほど予算をもらってない」「潰すまでもなく、そろそろ潰れるよ」と言いたいのだが……正確には言ったのだが、なにも変わらなかった。

ただ幸運なことに、諜報部の存在に理解ある貴族たちの庇護で、諜報部は存続を続けた。だが、待遇が改善されたわけではなかった。

だから、諜報部はなんとか結果を求めた。活躍すれば活動費も人員も困らなくなると。

しかし、諜報は人の数こそ力だ。冷遇されている諜報部に人が集まるわけがない。仕方なく身内を巻き込んだら、こうなってしまっただけの話だ。

俺も巻き込まれた一人。できれば華々しい活躍をする近衛軍に入りたかった。

まあ、最近はクローム伯が諜報部に多くの資金を投入してくれたので、かなり力強く活動できるようになり成果を得ることが増え、冷遇からは脱却した。働きやすい職場に少しずつ改善されている。クローム伯には頭が上がらない。


さて、諜報部の俺は〝シャシャートの街〟にいる。郊外にある開けた場所だ。

そこにはパレードを見ようと観客たちが押し寄せている。俺はそんな観客を誘導する一人だ。

…………。

あれ？　諜報はどうした？　と思ったかな？　俺も思った。

実は数日前、人手不足だから助けてくれとパレード開催実行委員会に泣きつかれた。諜報部が冷遇されていたとき、助けてくれた文官たちが多数いたから断れなかった。

一応、こっちもそれなりに仕事があるのだがな。世の中、助け合いだ。うん、助け合い。

そう思いながら、パレードの観客を誘導している。

パレードは順調に進行中。〝五ノ村〟ではちょっとした混乱があったらしいが、順調らしい。嬉しいことだ。

〝五ノ村〟ではかなりの数の住人がパレードに参加したらしいが、その大半はこの〝シャシャートの街〟にはやってこない。管理ができないからだ。

いや、物理的に無理というやつか。転移門を通らせるだけで、数日かかる。通したあとの食事や休憩場所の問題もある。

なので〝五ノ村〟の住人は、〝五ノ村〟でのみパレードに参加する。この〝シャシャートの街〟も同じだ。〝シャシャートの街〟の住人は、〝シャシャートの街〟でのみパレードに参加する。

交渉でそうなったとパレード開催実行委員会から連絡を受けている。さすがに代官や顔役は最後まで出るらしいけど。

そんなことを考えていると、大きい振動が地面を揺らした。竜たちだ。〝五ノ村〟から飛んできたらしい。振動はその着地の衝撃。

竜たちは転移門を使わず、飛行によって移動すると聞いていたので動揺はない。まあ、かなり大きいし、その威容には驚かされるが……。

複数の竜の背から、天使族が飛び立った。

思わず武器に手を伸ばしかけてしまうが、攻撃する前に自分をなんとか落ち着かせることに成功した。天使族もパレードの参加者だ。味方だ。

そう聞いていたのに、武器に手をかけてしまったことが恥ずかしい。

しかし、天使族は転移門を使って移動する予定じゃなかったのか？　よく見れば、竜の背にハーピー族もいる。転移門での移動にトラブルでもあったか？

いや、逆か。トラブルを避けるため、竜の背に乗って移動してきたのだろう。

俺の予想を肯定するように、天使族とハーピー族は事前に定められた待機場所に移動している。問題があったわけじゃなさそうだな。

っと、俺も呆然《ぼうぜん》としている場合じゃなかった。

竜や天使族の登場で、観客が少し混乱している。それを抑えなければいけない。

俺は声を出して、落ち着くように誘導を続けた。

だが、観客は落ち着かなかった。これは俺の力不足ではない。竜たちのせいだ。

竜たちは待機場所に移動せず、予想外の行動をとった。〝シャシャートの街〟に向かって、横一列に並んだのだ。

つまり、全ての竜が、〝シャシャートの街〟に顔を向けている状態。

なんだ？　なにをする気だ？　嫌な予感がする。

ズシンッ。

竜たちが歩き出した。〝シャシャートの街〟に向かって。一斉《いっせい》に。タイミングを合わせたように。

まさか、このまま〝シャシャートの街〟に行く気か？　パレードのルートを完全に無視して？　う、嘘だろ……。

俺は〝シャシャートの街〟が燃える姿を幻視してしまった。

破壊され尽くす〝シャシャートの街〟。〝シャシャートの街〟は、ただの街じゃない。〝魔王国〟の経済を考えると、重要すぎる場所だ。そこが燃える？　〝魔王国〟が揺らぐぞ。

い、いや、待て。被害は〝シャシャートの街〟だけで済むのか？　ま、ま、まさか、お、お、王都にまで行ったり……。

俺の悲惨な思考は、パチンッという大きく重い破裂音でかき消された。

破裂音？　な、なんの音だ？

音の発生源は竜たちだ。正確には、竜たちの指。

竜たちは、指を鳴らしながら〝シャシャートの街〟に向かって行進していた。リズムを合わせ。

そして、ときには単独《ソロ》で一頭が前に出て一回転《ターン》。

ま……まさか……あれは……指を鳴らしながら行進《スナップウォーク》？

おいおいおいおいおいおいっ、なんの冗談だ！　竜たちは〝シャシャートの街〟の連中に対して、マナーチェックをやろうってのか？

〝魔王国〟の貴族の一員として、竜たちがやっていることは理解できる！　同時に、やらなければならないことも。

そう、竜たちの前に並び、応戦だ！　だが、身体が動かない。あの竜たちを相手に誰が行けるって言うんだ！

情けないことに、俺の身体は竦《すく》んでいる。動かない。動けない。動けないんだ……。

絶望する俺の耳に、軽快な指を鳴らす音《スナップ》が聞こえた。

その音は小さかった。だが、しっかりと聞こえた。

それは竜たちの行進を阻《はば》むように、たった一人で立ちふさがった男が指を鳴らす音だった。

あの男は……〝シャシャートの街〟が誇る〝魔王国〟の男。

イフルス代官！

「非才の身なれど、お相手いたそう。来いっ、竜ども」

〝シャシャートの街〟の郊外で、竜たちとイフルス代官の勝負が始まった。

観客たちは歓声を上げげた。俺も、いつのまにか動くようになった腕を振り上げ叫んだ。

頑張れ、イフルス代官！

閑話　〝シャシャートの街〟天使族

私は〝大樹の村〟に最近やってきた天使族の一人。

パレードに参加して、〝シャシャートの街〟にやってきたのだけど……いつのまにか、竜たちとイフルス代官の勝負が行われていました。

…………。

なにこれ？

パレードの待機場所で、天使族の長《おさ》であるマルビットさまが、私たちを呼び集めました。

そして竜たちとイフルス代官の勝負を指差し、ちょっと怖い顔で言います。

「ああなるように誘導した人、手を挙げなさい」

私は手を挙げません。誘導なんてしていませんから。

周囲を見回しても手を挙げている者はいません。よかった。

「そう。では、あの結果は予想していなかったけど、なにかしら誘導した人、手を挙げなさい」

…………。

大丈夫。うん、大丈夫。変なことは言っていない。第一、神代竜族《エンシェントドラゴン》を操ろうなんて危険なことは考えていない。裸《はだか》でマグマに飛び込むようなものだ。

私は誘導していない。だから手を挙げない。

周囲を見回すと……何人かが手を挙げていて、捕まっていました。愚か者ですね。

処分するのかと思ったら、マルビットさまは弁明を聞くようです。

「ドースさまたち、〝五ノ村〟ではっちゃけて文官娘衆から怒られたじゃないですか」

「反省したドースさまたちから、〝シャシャートの街〟では友好的《フレンドリー》にいきたいと相談を受けまして」

「相手の文化に合わせると、親しみやすさが増しますよと伝えたら……」

「ああなりました」

なるほど。

これでは、誘導というほどではありませんね。処分されることはないでしょう。

そう思ったのですが、マルビットさまは甘くありませんでした。

「ドースさまたちは神代竜族ですよ！　そういった話をしても、ああなるわけないでしょう！　大事な情報が抜けていると判断します。言いなさい」

マルビットさまの圧《あっ》に屈したのか、捕まった者たちが言いました。

「ヒ、ヒイチロウさまが、それを聞いていました」

…………。

それって、ヒイチロウさまを使って、神代竜族を操ったことになりませんか？　つまり、あとでドースさまとかライメイレンさまから、叱られるやつ！

つ、捕まった者たちを差し出せば済む話ですかね？　天使族全員で連帯責任とかじゃないですよね？　待って待って待って。え？　パレードの途中だけど、逃げたほうがいいのかな？

そう思ったら、マルビットさまが小さく、ほんとうに小さく呟《つぶや》きました。

「逃げたら、その人が元凶だと報告します」

えっとマルビットさま？　小さい声で言ったのは、逃げてほしいからですかね？　逃げた人に押しつける気ですね？

私は逃げるのを止め、周囲を見ました。

逃げようとしていた者が全体の半数ほどいましたが、マルビットさまの呟きが耳に届いていたようです。なにごともなかったかのように待機しています。ちっ。

対策会議が始まりました。

とりあえず、明るい材料として……竜たちは楽しそうにしていることです。とくにヒイチロウさまはご機嫌ですね。ターンにキレがあります。

明るくない材料として……〝シャシャートの街〟で働くミヨさんが、私たちの近くで頭を抱えていることです。イフルス代官が竜たちの前に立ったからですよね。

ミヨさんもこの事態は予想できなかったと。いや、まあ、誰が予想できるんだって話ですよね。

イフルス代官は奮闘しています。竜たちを相手に、一歩も引いていません。

ルールはよくわかりませんが、イフルス代官にやられたのかドマイムさま、クォンさま、グラッファルーンさまが伏《ふ》せています。

あと、イフルス代官を助けるために、何人かがイフルス代官と一緒に踊《おど》り出しています。その何人かはイフルス代官の部下や、イフルス学園の教師だそうです。観客の応援の声でわかりました。


それで、どうしましょう？

楽天的に考えるなら、竜たちは天使族のことなど気にしていない。神代竜族が天使族ごときに操られるわけがないと、見逃してくれる。ハクレンさま、ラスティさまが取り成してくれる。ヒイチロウさまが喜んでいるので、結果よしでお咎めなし。

そういった可能性もあります。

悲観的に考えるなら、パレードが終わったら竜たちが天使族を殲滅《せんめつ》しにくる。一番ありそう。

これ以上考えても、怖くなるだけですね。やめましょう。

ま、まあ、〝大樹の村〟で生活している竜たちの様子から、強烈な報復で許してくれる可能性もあります。あると信じましょう。ふう。

提案です。

天使族の命運はティアさま、ティゼルさまに任せて、全員で逃げませんか？

いい案だと思うのですが、却下されました。そして、ルィンシアさま、レギンレイヴさまに睨《にら》まれました。怖いなぁ。

それじゃあ、村長に頼るのは駄目ですか？　村長なら、なんとかしてくれぐはぁっ！

ルィンシアさま、レギンレイヴさまに殴られ、最後まで言えませんでした。

村長に迷惑をかけるのは駄目。承知しました。


会議は紛糾《ふんきゅう》しました。

意見が出ては否定され、また別の意見が出ては否定される。

まったく議論は進んでいないと全員が自覚しながらも、対策が打てずに困っているところに、文官娘衆の一人が私たちのところに駆け寄ってきました。

「そろそろクロさんたちが動きます。準備をお願いします」

準備？　あ、ああ、パレードのですね。

私たちは〝シャシャートの街〟でパレードをするため、ここで待機しているのでした。意識から抜けていました。

しかし……その、あの、言いにくいのですが……私は駆け寄ってきた文官娘衆の一人に、竜たちとイフルス代官の戦いを指差して言います。

あれ、放置でいいのですか？

「大丈夫です。村長が行きましたので」

えっと……。

「〝五ノ村〟で注意したのに、〝シャシャートの街〟でもはっちゃける。竜たちには、罰が必要だと思うのですよ」

笑顔で答えた文官娘衆の目は、笑っていませんでした。

……………。

それを見た天使族《わたしたち》は黙って整列し、出番に備えました。

パレードの進行を、これ以上邪魔してはいけない。

この場にいる天使族の心は一つになりました。あとは、パレードを頑張るだけです。

ええ、細かいことは、全て終わってから考えるとしましょう。たぶん、この考えも一つになっていると思います。

1 〝シャシャートの街〟死者を迎える踊り

〝五ノ村〟での俺の出番は終わった。

俺の乗っている馬車は自動で走行、変形、合体をする予定だったが、事前の安全確認実験で失敗を三回繰り返したために廃案。馬車はユニコーンたちによって牽《ひ》かれ、変形と合体はゴーレムたちによる手動になった。

変形合体に気合を入れていた山エルフたちは、めちゃくちゃ落ち込んでいた。いろいろと協力していた箱《インテリジェンス・ボックス》たちも、がっかりしていた。

まあ、個人的にはゴーレムたちによる手動での変形合体は、カーレースのピットインみたいで悪くはなかったと思う。観客たちも盛り上がっていたしな。悪くなかったんじゃないかな。うん。

俺は〝五ノ村〟から〝シャシャートの街〟に繋がる転移門を通り、〝シャシャートの街〟に到着した。

まあ、転移門の位置は街の郊外だから、〝シャシャートの街〟に到着とは言いにくいけど。

そして、馬車に乗ったまま待機場所に移動しようと思ったところで、踊っているドースたちが目に入った。

…………。

よく見ると、ドースたちの前で十数人……イフルス代官が踊っている。観客もいる。

なんだ？　ダンスバトルか？

いや、ジェスチャーが入っているから……なんだこれ？　パレードの演目か？

俺は馬車の近くにいた文官娘衆に視線を送ると、にっこりと笑顔でこう言われた。

「お手数をおかけしますが、ドースさまたちを止めていただけますか？　このままではパレードの進行に影響がありますので」

つまり、ドースたちが勝手にやっていると。

「なにかをするとの報告は、私は受けておりません」

そうか、すまない。止めてくる。

俺は馬車から降りて、ドースたちのところに向かった。

馬車で行ってもよかったが、馬車は待機場所でメンテナンスチェックを受けないといけない。

それに、馬車を牽いてくれているユニコーンたちが、あそこに行くのはちょっとという顔をしていたしな。仕方がない。

俺はドースたちのところに駆け寄る。

いつもは俺の護衛をしているガルフやダガ、レギンレイヴはパレードに参加中なのでいない。だが、俺に護衛がいないわけじゃない。パレードに参加せず、俺の護衛として控えていたハイエルフが四人。

さっきまではいつでも動けるように四人は無手《むて》だったが、今は二人が旗を持っている。俺が誰か、わかりやすくするためだそうだ。

そうだな。俺が一人でいても、誰かわからないか。

そして、その四人のハイエルフのあとを、俺が馬車から降りたことに気づき、パレードの隊列を離れてやってきたアシュラが追いかけている。アシュラは温泉地の代表としてパレードに参加していた。

死霊騎士たちやライオン一家は村のパレードだけで十分と辞退したので、アシュラもそれに倣《なら》うかと思ったのだが…………村のパレードが楽しかったらしい。村の外のパレードへの参加にも意欲的だった。

だが、さすがにそのままの姿では村の外のパレードの観客を怖がらせると、俺でもわかる。

なので、アシュラは立派な服を着こみ、なるべく骨が露出しないような格好をしている。

頭部はフルフェイスの兜をと思ったのだが、立派な服とフルフェイスの兜がこれでもかというぐらいに喧嘩をして違和感を醸《かも》し出してしまったので、仕方なくつばの広い帽子《ぼうし》を被って、三枚の仮面をつけている。

怖さは減ったと思う。

…………。

体の大きさや腕や足の数は、見逃してほしい。

俺が駆け寄るのを、ドースたちが気づいた。しまったという顔をしている。ハクレン、ラスティは俺から顔を背《そむ》けた。喜んでいるのはヒイチロウかな。ドライムはソロパートなのか、キレッキレのブレイクダンスをしていて俺には気づいていない。

あ、気づいたっぽい。動きが固まった。

そんなドースたちに、俺が声をかけようとしたら止められた。イフルス代官だ。

「待ってほしい。いま、第三フェイズの六ターン、二エンド目だ。ここで止めるのはあまりにつらい！」

…………。

す、すまない。すごくいい顔で言っているが、ルールがよくわからない。

どういうことだ？　野球でいう、三点差で九回裏無死満塁《ノーアウトフルベース》みたいな感じか？　あと少しで終わるなら、さっさとやって終わらせてほしいと言いたいのだが……誰も説明してくれない。四人のハイエルフたちも、理解できない顔をしていた。

困っている俺に救いの手を差し伸べてくれたのは、アシュラだった。

ここは任せてほしい？　いいのか？　状況はわかっているのか？　大丈夫？　ルールはわかっている？　そ、そうなのか、それじゃあ任せた。

俺の言葉に強く頷いたアシュラは、俺と四人のハイエルフを下がらせた。

そして、ドースたち、イフルス代官たち、アシュラで正三角形になるようにポジショニング。そこからなにをするのかと思ったら、アシュラがいきなり踊り出した。

全ての腕を頭の上に掲げ、手首を活かした動き。足はひょこひょこと楽しげに動いている。なにやら既視《きし》感のある踊り。これって、まさか……俺が驚くより先に、声をあげた者がいた。

「あ、あ、あれは……死者を迎える踊り《デッドマン・パレード》！」

イフルス代官だ。腰を抜かしたように、尻もちをついている。

そして、ドースたちも。さすがに尻もちはついていないが、慄《おのの》いていた。

「こ、これを、ここで見ることになるとは……」

ライメイレンやグラルがヒイチロウの前に庇うように立っている。

危ない踊りなのか？　その、すごく警戒しているようなところ悪いが、俺にはアシュラがやっているのは盆踊《ぼんおど》りにしか見えないのだが……うん、盆踊り。既視感があるのも納得の盆踊りだ。

見ていたら俺も一緒に踊りたくなるのだが、その、なんだ、えっと……アシュラよ、確認いいかな？　ああ、踊りながらでかまわないから。

あー、いつのまにかアシュラの後ろで大量のスケルトンが同じように踊っているのはなんだ？　バックダンサー？　バックダンサーって、勝手に出てくるものなの？　たしかに地面から生えてきてるけど。すごい数だぞ。スケルトンは十や二十じゃない。千はいる。そして、まだまだ増えている。このまま続けば、〝シャシャートの街〟の郊外はスケルトンで埋め尽くされるんじゃないかというぐらいに。

このあたり、昔は戦場だったから？

待て待て待て。ゾンビとかスケルトンは、実際の死者とは関係ないって聞いたぞ。魔力がどうのこうのって話で。

関係あるスケルトンもいると。死霊騎士とか、そんな感じ？　へ、へー。

それで、この騒ぎはどう収めるんだ？　大丈夫？　もう収まる？

周囲を見ると、みんな同じように踊っていた。ドースたちも、イフルス代官たちも、そして観客たちも。いつのまにか輪を作って踊っている。

これでノーゲーム？　そういうルール？　そ、そうなの？　まあ、収まるならよかったが……。

スケルトンたちって、このままじゃないよな？　終わったら土に還《かえ》る？　それならいいんだ。いいんだが……アシュラよ。もう一つ、確認だ。うん、何度もすまない。簡単な質問だ。

あれもこの踊りの影響か？　終わったら土に還るのか？

俺は遠くを見ながら言った。

遠くからでもわかる巨体。鯨《くじら》の白骨が地面から生え、空へ飛びだした。

周囲の木々の大きさから考えると、たぶん全長は六百メートルぐらいあるんじゃないかな？　すごく大きい。

俺はアシュラに視線を戻すと、アシュラは仮面をつけているし、そもそも骸骨なので表情はわからないが、その体はすごく驚いたジェスチャーをしていた。

ドースたちも驚いていた。

「あ、あれはまずい」

ドースたちは踊りを中断して一斉に飛び立ち、ブレスで攻撃を開始した。

閑話　〝シャシャートの街〟鯨

…………やかましい。我を起こすのは誰だ？

我は鯨王《げいおう》。万年の時を生きる鯨の王。

我が世界を飲み込む日は、まだ先のはず。なぜ我を起こす。


世界の光が我が身を焼く。

我が目は朽ち果てている。ただの暗闇《くらやみ》に苦痛だけを感じるのは気分が悪い。

我が身は……骨だけになっておるようだ。力が戻っておらぬ。眠る前の我なら、我が不快に思う前に再生されたろうに。

やはり、我が起きるには早かった。だが、再び眠るのは業腹《ごうはら》だ。力は適当にそこらの者を狩り、取り戻せばよかろう。

この状態でも、我を害せる者など数えるほどしかおらぬ。怯える必要はない。

我は目を再生する。

くっ、相も変わらず忌々《いまいま》しい光だ。天を我がものであるかのように君臨しおって。いつか、あの星も飲み込んでやる。

そして……こちらも変わらず、小さき者が群れておるな。

小さき者たちは群れる。そして、力があると錯覚《さっかく》する。度し難い愚か者どもよ。

そのような者を屠《ほふ》って力にするのは気が進まぬが……我が身を再生するためだ。仕方があるまい。

そう思ったところに、攻撃を受けた。かなり痛い。

我の防壁を貫《つらぬ》くとは、何者だ！　いや、見なくてもわかる。神代竜族《トカゲども》だ！　我に気づいて駆けつけたか！　ははは。っ！　返り討ちにしてくれよう！

…………。

え？　ちょっと待って。普通、お前らは一頭だろう？　一頭一頭が広い縄張りを持つ故に、集団で行動せん。なのになぜ、そんなにいるのだ？

まさか……我、誘われた？　我を目覚めさせ、滅ぼす腹積もりであったか！　な、舐めるなっ！

まずは防壁の強化。次に反撃だ。我を罠に嵌めようとは、許さん！　絶対に許さんからな！

…………と思うのだが、話し合うことも大事だと思うのだ。うん、ちょっと落ち着かないかい？

たしかに我は神代竜族と争っているが、それはたぶんお主らの祖先だ。恨みを継承するのはよろしくない。我もお主らと敵対したいと思っておらぬ。いや、ちょっとは思ったが思いなおした。我らが戦う理由など、必要などないと思うのだ。

………。

ええい、話を聞かんか！　愛と平和《ラブ・アンド・ピース》を知らんのか！　なぜ執拗《しつよう》に攻撃してくる！

わ、わかった、ここがお主らの縄張りだからか？　なら、その縄張りから出て行こう。これでどうだ？　駄目か？　どちらでもいいから、とりあえず攻撃をやめろ！　波状《はじょう》攻撃はキツい！　キツいって言ってるだろうがっ！　蹴りを入れるな！　我の肋骨《ろっこつ》が折れたぞ！　見ろ！　肉がないから、わかりやすく折れてるだろう！　こらっ！　折れてるところを狙うなっ！　マナーがなっちゃいないぞ！

くっ、そうか。どうあっても攻撃を止めぬか。そうかそうか。我を本気にさせたようだな。後悔するがいいっ！

って、いまから形態を変化させるところなんだから、邪魔をするなっ！　ほんとうにマナーを知らぬなっ！　ええい、こうなれば眷属《けんぞく》！

我の眷属！　我を助けよ！　我、ピンチ！　超ピンチ！　援軍、援軍プリーズ！　来てくれたら待遇を改善することを約束するから！　捨て駒《ごま》とかにしないから！

………。

反応ぐらいせんかぁっ！　どうした！　まさかすでに滅びているのか？　天を覆う百万の我が眷属たちが全て？　馬鹿なっ！　ありえぬ！

い、いや、ありえぬのは我が早く目覚めたこと。それを考えれば、すべてが我を滅ぼすために準備されていた？　眷属たちが滅ぼされておっても不思議ではない！　つまり、我は絶体絶命ということか？

そうか……まあ、神代竜族たちは、半分ぐらい神みたいなものだ。それが数をそろえている。我が滅ぼされたとしても、不思議ではない。

ふっ、我もここまでか。

……………。

馬鹿野郎っ！　その程度で諦めるぐらいなら、鯨王などやっておらぬわ！　生き延びる！　絶対に！　そして、何万年眠ろうが再び力を貯え、我は世界を飲み込むのだ！

まずは邪魔された形態変化を無理やりに実行！　装甲《そうこう》重視！　そして、それを強制的に分離《パージ》！　分離した装甲が神代竜族たちを襲う！　だが、その程度で倒せるとは思っておらん！　しっかりと追撃せねばなっ！

我は追撃する姿勢をとって相手に身構えさせたところで、体の大半を爆散させて逃走する！　体を爆散させるのは勿体ないが、あのままでは滅ぼされるだけだ！　それに、捨てるだけの効果はあった。神代竜族たちは、我を見失った。

まあ、いまの我は小さき者たちの頭ぐらいのサイズ。しかも、見た目はただの骨の欠片だ。爆散した体にまぎれ、特定はできまい。

我は地面に伏せ、死んだふりをする。

我を追う神代竜族は……おらん。よし、生き延びた！　あとはこのまま隠れるだけ！

そう思ったところで、我は何者かに捕まった。いや、嘴《くちばし》で咥《くわ》えられた。

我はその嘴の主《ぬし》を確認する。

そこらの者では、この状態であっても我は傷つかぬ。恐れる必要はない。のだが……。

嘴の主は、フェニックスであった。

……………。

この状態じゃなくても我を滅ぼせる存在っ！　馬鹿なっ！　なぜここにいる！　神代竜族と手を組んだのか！　そしてまずい！　喰われる！

喰われたら死ぬ。滅ぼされる。存在が消える！　嫌だ！　許してくれ！

我の願いが聞き届けられたのだろうか。

フェニックスは我を喰わず、ぺっと捨てた。

……………。

助かったのは嬉しいが、「ぺっ」はないんじゃないかな？　不味くて食べたくないみたいな感じで、気分が悪いのだが？　いや、食べられたいわけじゃないんだ。

ただ、「ぺっ」する前に、ひと舐めしたから……そんなに不味かったか？

…………具体的な感想は必要ない。心が折れるからやめて。すまない。うん、助かった。ありがとう。

えーっと、それじゃあ我は逃げるから追いかけないでもらえるかな？　駄目？

フェニックスは我を足で摑み、どこか……小さき者たちが群れている場所に連れて行こうとしているのがわかる。

我を見世物にでもするのか？　フェニックスはそんなことせんよなぁ。じゃあ、どうするのだ？

ん？　え？　嘘やん。

あそこ、神の力を持つ者がいるんだけど？　その前で裁きを受けろってこと？　我、眠っていただけなんだけど？


我は神の力を持つ者……の横にいる者の前に置かれた。

あれ？　三面六臂のほうじゃないの？　この三面六臂、魔神とやらの名残であろう？

眠っておっても情報収集はできる我。すごいであろう。はははは。

……えーっと、フェニックスよ。通訳してくれぬと話が通じぬと思うのだが？　あと、急に小さくなったな？　それが本来の姿か？

とりあえず、我もここまでくれば無駄な抵抗はせん。ただ、裁かれる前に主張はしたいのだ。

だから通訳を……美味《うま》そうに魚を喰ってる場合じゃないだろう！　綺麗に骨だけを残すなっ！

骨だって美味しいんだぞ！　そのままが嫌なら、焼くなりなんなりしてだな……。

後日。

よくわからぬが、我は〝五ノ村〟なる大きな街の近くにある山の神殿で、祭られることになった。

なぜ我を鯨のご神体として扱う？　いや、その扱いに不服はないが……。

その、我はお主たちの善悪でいうなら悪のほうに寄っていると思うのだが？　かまわぬのだろうか？　祭られて悪い気はしないので、大人しくはしておるぞ。余計なこともせん。大半は眠っておると思うしな。

ただ、神代竜族がときどき顔を見せにくるのは、なんとかならぬだろうか？　我が目的ではなく、竜を祭っている場所が目的なのはわかるが……気が休まらん。

2 〝シャシャートの街〟調整

よくわからないが、鯨の白骨をドースたちがボコボコにした。これでもかというぐらいにボコボコにした。見ていてかわいそうになるぐらいボコボコにした。

あの鯨の白骨がなにをしたというのだろうか？

しかし、俺が口出しできる距離じゃないので、遠くから見守ることしかできない。

あー、それよりアシュラ。踊りが止まっているけど、いいのか？

大丈夫？　よかった。

スケルトンたちも土に還ったみたいだしな。一安心だ。

鯨の白骨は土に還っていないけど、ドースたちがなんとかするだろう。

さっきまでやっていたルールのわからない競技も終わったようだし、問題なしだな。

それじゃあ、アシュラ。さっきの踊りに関して……いやいや、怒っているんじゃないんだ。俺の知っている盆踊りに似ていたからな。

こんな感じの踊りなんだが……アシュラの踊りとは違う？　そうなのか？

アシュラのは手と足の動きで呪文を唱えている感じ？　へー。

あれを見ると、誰もが同じ動きをしたくなるのに俺がしなかったのが不思議？　いや、俺も踊りたくなったぞ。踊っていいのかわからなかったから、控えただけで。

しかし、あれが呪文……つまり魔法だとすると、アシュラの踊りをほかの者が踊って大丈夫なのか？　大丈夫？　手と足の数が足りない？

……………。

なるほど、アシュラ専用ってことか。

違う？　本来は複数人が一体となって踊ると。へー。

ドースたちが鯨の白骨を破壊し尽くして戻ってきた。

すっきりしたかと思ったのだけど、笑顔はない。

「逃げられた」

そ、そうなのか？　倒したように見えたが？

「力の大半を捨てさせただけだ」

あれはなんなんだ？　前にクジラを倒しに行ったが、その関係か？

「あー、どう言えばいいものか……教えられぬ内容もあってだな……」

ドースが言葉を濁《にご》しながら、教えられる範囲で教えてくれた。

あれは一万年ほど前に、ドースたちの祖先と死闘を繰り返した存在らしい。立ち位置的には魔獣や魔物ではなく、精霊になるそうだ。へー。

それで、逃がしたって話だが、危険なのか？

「危険な存在ではあるが、あそこまで力を捨てたのだから五千年ほどは大丈夫であろう。困るのは我らの子孫になるか」

そうか、返事に困るな。

十年、二十年ならなんとかしなきゃと思うが、五千年先のことまで面倒はみられない。記録を残して、伝えるぐらいかな。

ん？　ドースが、困った顔で視線を俺に向けてきた。その視線を受け、ドースがちらりと目を動かした方向を見る。

…………。

文官娘衆の一人がこちらにやってくる。

えっと……一連の騒ぎで、パレードの進行がかなり遅れているな。

わかった。文官娘衆のほうは俺がなんとかするから、ドースたちは待機場所に移動してくれ。

「た、頼んだぞ」

ドースたちが急いで移動をした。やってきた文官娘衆はそんなドースたちを睨んでいるが、俺が頑張って宥《なだ》めた。


さて、俺も待機場所に移動するかと思ったところで、アイギスがやってきた。なにやら、大きな物を足で摑んでいる。

俺に？　なんだこれ？　……骨？　あの鯨の一部かな？　なんにせよ、変な物を拾って来ちゃ駄目だぞ。

褒美《ほうび》を寄越せ？　おいおい、変な物を持ってきて褒美を求められても困る。

…………わかったわかった。それじゃあ、俺の弁当から一品やろう。

ああ、俺の昼食用の弁当だ。今朝、パレードが始まる前に作ったやつだ。それでいいか？　よし。

これだが……うぉいっ、焼き魚弁当のメインを持っていくなっ！　こういう場合は、メインを外して二番手三番手のオカズを狙うものだぞ！

口というか嘴をつけているから、返せとは言わないが……地面に置いて食べるのが嫌だからって、弁当の蓋《ふた》を求めるな。

わかった。弁当は全部やる。

ここが〝シャシャートの街〟でよかった。俺の昼食は、《マルーラ》で頼むとしよう。

でもって、この骨だが……どこかに埋めて供養《くよう》してやるか。

…………。

……………………。

んー……なんだろう？　この骨、変な感じがするな。埋めて大丈夫か？　埋めるより、神社で祭るほうがいいか？

なぜだか、目の届く場所にあったほうが、面倒がなくていいように思う。

パレードが終わったあとにでも〝五ノ村〟の神社に持っていき、銀狐族に任せよう。


村の外のパレードでは、初日で〝五ノ村〟と〝シャシャートの街〟のパレードを終わらせる予定になっていた。

〝五ノ村〟で少し遅れがあり、〝シャシャートの街〟ではかなり遅れた。日が落ちる前に終わる予定だったが、残念ながら日が落ちても終わっていないぐらいの遅れだ。

なので、〝シャシャートの街〟では夜通しお祭り騒ぎが続いている。

それを横目に、〝シャシャートの街〟にある大きな宿の一室で緊急会議が行われた。参加しているのは俺、魔王、文官娘衆と〝魔王国〟の文官が数人。

会議の議題は簡単だ。

「明日中に王都の手前まで進む予定でしたが、決行しますか？」

今日はなんとかなるだろうけど、かなり無理した。

その状態で明日も予定通りにと実行しても、なにかしらの影響が出ると予想される。明後日に予定している王都でのパレードを大事にするなら、一日延期したほうがいいのではないかという文官娘衆や〝魔王国〟の文官たちからの提案を受けるかどうか。

延期と簡単に言っているが、一日延期するとパレードの移動用に確保している転移門の封鎖が一日延びる。また、延期するとパレードの参加者の宿泊費や食費は当然、増える。延期したくてもそう簡単には決断できない。悩みどころだな。

…………。

悩みどころだが、なぜその会議に俺が参加しているのだろうか？　俺は文官娘衆の指示に従うぞ。さすがに、ここで無茶や無理を言ったりはしない。現場が難しいと言っているのに、なんとかしろとかはさすがに言えない。

ただ、魔王はどうなんだろう？

このパレードは、〝シャシャートの街〟から王都のあいだにある街や村の調査をするための囮だ。延期しても、そちらに影響はないのだろうか？　なにかしらの予定が狂ったりするんじゃないだろうか？　一応、秘密らしいので言葉にはしないが……。

心配そうに見てしまった俺に、魔王がしっかりとした顔で聞いてきた。

「村長は延期しても大丈夫か？」

俺？　俺は大丈夫だ。

村の留守中の指揮は、ザブトンやフローラに任せている。なにかあっても無難に対処してくれるだろう。それに、万が一があっても転移門ですぐに戻れるしな。こっちは気にしなくていいぞ。

「そうか。では、一日延期で進めよう」

魔王がそう決断し、決定した。

やはり、この会議に俺はいらなかったと思うのだが？　参加するなら、俺よりもイフルス代官とかのほうがよかったんじゃないだろうか？


そういえば、そのイフルス代官から食事に誘われていたりする。

〝シャシャートの街〟でのパレードの前に、ドースたちと一緒に騒いですまないという謝罪の席だ。俺は気にしていないと言ったのに、ミヨは自分の褒賞《ほうしょう》メダルを出してまで、この席の約束をとりつけた。謝るなら俺にじゃなくて、文官娘衆や〝魔王国〟の文官たちにだと思うのだけどな。

一応、イフルス代官との食事はパレードが終わってからとミヨは言っていたが、一日延期になったらすぐにでもと言ってくるかな？　覚悟しておこう。

ちなみに、文官娘衆や〝魔王国〟の文官たちを同席させるかと聞いたら、苦笑いをしながら拒否された。そっちはそっちで、別の席を用意するそうだ。一緒でもいいんだけどな。

3 〝シャシャートの街〟休憩

パレードが王都に向けて進むのは延期になったが、パレードが中断されたわけじゃない。王都に進まないだけで、〝シャシャートの街〟の中や外はパレードが続いているような状態だ。

そこで一番人気というか、一番盛り上がっているのは……たぶん、山エルフたちが行っている馬車の合体変形実験。

合体変形が成功しても、失敗しても盛り上がっている。急に成功率が上がったなと不思議に思ったけど、なんでもイフルス学園の教師たちが協力しているらしい。

イフルス学園はルーが監督しているはずだから、問題はないと思いたいが……ミヨからは「あそこは上から下まで要注意人物だらけです」と聞いているのでちょっと不安だ。山エルフたちが変な方向にいかないように願いたい。


次に人が多いのがクロたちの待機場所。

予行演習は〝シャシャートの街〟でも行われたので、〝シャシャートの街〟の住人はクロたちのことを知っている。ただ、予行演習のときはしっかり見ることができなかったらしく、クロたちを一目見ようと観客が集まった。

クロたちも観客が集まることに悪い気はしないようで、数頭が希望する子供たちを背に乗せて歩いていたりする。身体が大きいままだから大人が乗っても大丈夫なのだけど、大人で乗りたいと希望する人はいないようだ。

ちなみにだが、子供たちだけで乗せるようなことはせず、ちゃんとハイエルフたちが補佐として一緒に乗っている。あ、大人たちはハイエルフたちに補佐されるのが恥ずかしいから希望しないのかな？

あと、人が多いというわけじゃないが天使族たちの待機場所。

残念なことに、〝五ノ村〟や〝シャシャートの街〟でのパレードで、天使族に対して攻撃がされたらしい。

その攻撃をした者たちが三十人ほど集まり、謝罪……。

「生きてたか、クソ天使！　今度こそぶっ殺してやる！」

「そちらこそ、まだご存命とは……魔族もなかなかしぶといですね」

謝罪ではなく、改めて勝負を挑んだ。

剣や魔法で勝負するのかなと思ったら、腕相撲や酒をどれだけ飲めるかの勝負だった。それでいいのだろうか？　いや、剣や魔法で勝負しろってことじゃないぞ。

「一応、今回は味方ということですので……あ、いや、槍を投げたのは反射的にというか、あいつが飛んでいるのを放置すると、ろくでもないことが起きるので」

「ただの偵察ですよ。変なことはしていません。まあ、私のもたらす情報が正確すぎて、敵にとってはろくでもないことかもしれませんが……今回は味方なので問題ありませんね」

まあ、険悪な雰囲気を出さずに勝負しているので、俺としては止めない。こういったことは中途半端に止めたほうが、遺恨《いこん》が続く。遠慮しろとか、手加減しろとか言わないから、全力でやるように。ただ、酒は明日に残さないように。

……………。

明日に残さないように飲み干《ほ》せって意味じゃないからな。

ザブトンの子供たちは、着ぐるみの中に入ったまま展示されている。

展示の最中は外に出ていても大丈夫じゃないかと聞いたのだが、ザブトンの指示を守るらしい。

着ぐるみの中の居住性を改善したので、長時間の滞在も問題ないそうだ。

ただ、〝シャシャートの街〟の服飾系職人が、けっこうじっくり見ているから……大丈夫かな？

ザブトンの子供たちの存在がバレると、ザブトンに叱られる。

職人たちには触らないように、改めて注意しておこう。

え？　あ、いや、たしかに俺が持ち主みたいなものですが……売れません。非売品です。

足のつけ根が見たい？　俺が持ち上げるの？　わ、わかった。これでいいか？　いや、ひっくり返せはちょっと。裏が見たいと言われても……待って、圧が、圧がすごい……誰か、誰か助けてー！

酷い目にあった。

熱中した職人というのは、周囲が見えなくなるものなんだな。ゴロウン商会の従業員が助けてくれなかったら、危ないところだった。

取り押さえられて冷静になった職人たちは謝っていたけど、それでもザブトンの着ぐるみの裏が見たいという欲求は隠しきれていなかった。職人の鑑《かがみ》と褒《ほ》めるべきなのだろうか？

いや、周囲に迷惑をかけてはいけない。注意するように……誰に言えばいいんだ？　イフルス代官か？　いや、職人ギルドとかあるなら、そっちかな？　ミヨに聞いておこう。


〝シャシャートの街〟には、ドースたちの姿はない。ドースたちは、ドライムの巣で待機となった。

実のところ、ドースたちは〝シャシャートの街〟でのパレードをしたあと、王都までにある街や村は飛ばして王都で合流する予定だった。

これはドースたちが転移門を使わずに飛行で移動するため、時間調整が厳しいからだ。

ドースたちが早くても遅くても困る。調整はほぼ無理。だったら、飛ばしてしまおうとなった。

まあ、王都までの街や村は、パレード本隊も駆け抜ける感じになるから、仕方がない。これで魔王が言ってた囮は成立するのだろうかと心配になるけど。

ともかく、ドースたちは明日もほぼ出番がない。なのでドライムの巣でゆっくりしてもらうことになった。

…………。

けっして、これ以上のトラブルを避けたわけじゃない。ワイバーンたちもドースたちと同じく、明日はほぼ出番がない。

なのでドースたちと一緒にドライムの巣で待機するのはどうだと提案したのだけど、あのあたりは危険だと嫌がった。

結果、一足先に王都に向かい、王都での待機場所で待機することになった。〝魔王国〟の文官が転移門を使って連絡に行ったので、ワイバーンの群れが襲撃してきたと勘違いされることはないだろう。


昼過ぎ。

俺はビッグルーフ・シャシャートにある《マルーラ》の衝立《ついたて》で区切られた個室に案内された。その個室の真ん中に置かれた大きな丸テーブルと、それを囲むように配置された椅子。

俺が座った椅子の向かいにある椅子に、イフルス代官が座った。ミヨによって約束された食事の席だ。

予想通り、パレードが延期になったのですぐに予定を押さえられた。ミヨ、できる幼女だ。

ただ、俺としては偉い人との会食なので、座る席や挨拶などのビジネスマナー、食事の際のテーブルマナーなどを再確認する時間が欲しかったのだけどなぁ。

「なんとかなります」

と、ミヨに押し切られてしまった。

まあ、丸テーブルなので上座下座《かみざしもざ》を気にしなくてよかったのは幸運だな。

………。

いや、《マルーラ》で使っているテーブルは四角だから、この会食のために丸テーブルを用意したのだろう。

ミヨの手配か？　改めて……ミヨ、できる幼女だ。


イフルス代官との会食は、イフルス代官の謝罪から始まった。

ドースたちが勝負を仕掛けてきたのを軽率にも受けてしまい、パレードの進行を滞《とどこお》らせたことを謝罪したいと。

俺としては、イフルス代官が謝ることじゃないと思うし、なんだったらドースたちが仕掛けなければ問題なかったわけだし、こっちが謝るべきじゃないかと思う。また、謝るにしてもそれは俺にじゃないと考える。

だが、イフルス代官がそういった内容を間違えるとは思えないし、俺に謝るのも理由があるのだろう。どんな理由があるんだと考えて気づいた。

外部から見て、俺はパレードの進行に関わっている文官娘衆の上司らしき立場だ。実際は文官娘衆の上司はフラウで、俺ではないのだが……外部からはわかるはずもない。

パレードの進行を遅らせたことを重視するなら、文官娘衆の上司らしき立場の俺に対して謝るのはわかる。なるほど。

それに、たぶんではあるが、魔王や〝魔王国〟の文官たち、文官娘衆など謝るべき相手にはちゃんと謝っているのだろう。さすがイフルス代官ということか。

理由がわかれば、俺としてはイフルス代官の謝罪を否定しない。素直に謝罪を受け取り、改めてパレード成功に向けて頑張りましょうと答えた。

うん、俺の対応は間違っていなかったようだ。イフルス代官があからさまに安堵した顔をしていた。よかった。


用件はこれで終わりだが、会食は始まったばかり。イフルス代官とともに《マルーラ》のカレーを楽しむ。

野菜多めのスパイスカレーか。美味い。

っと、食事に夢中になってはいけない。ちゃんと会話しなければ。

えーっと、そう言えばドースたちは怖くなかったのですか？

「ええ。以前、プギャル伯爵の捜索のときにお会いしておりますからな」

そういえば、そうか。

「それに、かの竜からは、孫のために頑張るオーラを感じまして……つい、それに応えようと逸《はや》ってしまいました」

たしかにドースは孫をかわいがっているが……あれ？　では、イフルス代官にもお孫さんが？

イフルス代官の息子のギルスパークと、パン屋の娘さんが結ばれたとは聞いているが、子供ができたとは知らなかった。

「ははは、残念ながらまだです。ですが、いつ孫が生まれてもいいように準備をしているのですよ」

ここからは、イフルス代官による孫を待ちわびる会話が続いた。

そんなイフルス代官の背後に、ヒイチロウをかわいがるドースやライメイレン、ラナノーンやクルカンをかわいがるドライムやグラッファルーン、フラシアをかわいがるビーゼルの姿が見えた。

孫とは、そんなにもかわいいものか。アルフレートやティゼル、ウルザもいつか……いや、気が早いか。

イフルス代官の話を聞きながら食事を終えると、イフルス代官は真面目な顔をしてこっちを見た。

なんだろう？　あいづちでなにか間違えたかな？

「村長。実はお伝えしたいことがありまして……」

伝えたいこと？　こういった席じゃないと駄目なことか？

俺は身構えてしまったが、内容はそんなに難しい話じゃなかった。

「魔王は世襲制ではないことをご存じですか？」

もちろん、知っている。だから、いまの魔王が倒れても魔王の娘のユーリが跡を継ぐとかはないはずだ。

「はい。その魔王の地位なのですが、現在の魔王に新しい魔王が挑んで倒したときは譲位が簡単なのですが……たとえば戦争で魔王が倒されたときなどは、新たな魔王が決まるまでは不在の期間ができます」

あー、まあ、そうだな。

「その不在の期間、〝魔王国〟を指導し、新しい魔王を決める者たちがおります。名を選出議会」

まあ、そういった者たちも必要か。

「選出議会に所属する者は我欲《がよく》に溺《おぼ》れず、粛々《しゆくしゆく》と次の魔王を決めることが求められます」

厳格そうだな。

「はい、厳格です。ただ、それは魔王が不在のときのみ。そうでないときは、普通の貴族……いや、気楽な貴族です」

たしかに、仕事がないときまで気を張ってはいられないか。

それで、勉強にはなったが、その話をするためにわざわざ席を用意したのか？

「本題はここからです。現体制に不満がある者たちが、選出議会のトップを動かしました」

動かした？　魔王が健在なのに？　ひょっとして、選出議会って魔王を解任できたりするの？

「いえ、選出議会に魔王の解任権はありません。一度決まった魔王は、倒されるか自ら退くまでは魔王です」

なら、選出議会のトップが動いてもなにもできないんじゃないのか？

「その選出議会のトップは、いまの魔王様の母方の祖々父になります」

つまり……魔王の親族？

「はい。いまの魔王様でも気を使われる方です。そして、その方を数日前……正確には三日前にこの街で見かけました」

……パレードを見に来たのかな？

「そうだとよいのですが……とりあえず、この情報をお伝えしておこうと思いまして」

わかった、ありがとう。この話、もちろん魔王にもしているよな？

「はい。警戒しております。村長もお気をつけください」

こうしてイフルス代官との会食は終わった。

…………。

えっと、選出議会のトップがいるからって、なぜ俺が気をつけなきゃいけないのだろう？　あとでミヨに確認しておくか。

…………ん？　あれ？　待てよ。

この程度の情報なら、ミヨから俺に伝えればいい話だよな？　会食のついでに伝えてくれただけかな？　それとも、イフルス代官から俺に伝えることに意味があるのかな？

…………よくわからない。これもミヨに確認しよう。

閑話　〝シャシャートの街〟～王都　判断

俺の名は……秘密だ。簡単に名乗るほど間抜けじゃない。名乗ることが間抜けになるのは、俺は〝魔王国〟に対して反逆の意思があるからだ。

魔族の男とだけ教えておこう。

俺には不満があった。

昔の〝魔王国〟はこれでもかと人間の国を攻めたて、滅ぼし、領土を拡張していった。なのに、ここ十数年は戦線が停滞している。いや、後退している。

最後の戦いで〝フルハルト王国〟の領土を大きく削《けず》ったのに、その領土を放棄するかのように大きく戦線を下げた。

その理由で聞くのは、エルフ帝国への警戒と、戦線の整理、それと兵站《へいたん》の強化のため。十数年前は、〝魔王国〟に限らず世界的に食糧不足だった。だから、当時は戦線を下げることに納得した。

しかし、いまは違う。〝魔王国〟の食糧事情はここ数年で大きく改善した。

前線の要塞《ようさい》には、溢れんばかりの食糧がある。戦線を押し上げたときに警戒する必要のあったエルフ帝国は、〝魔王国〟に併合《へいごう》された。〝フルハルト王国〟を支援する〝ガーレット王国〟は、混乱している。

いまこそ人間の国に攻め込むべきではないか！

俺はそう考えている。そして、それを実現してほしくて魔王へ、〝魔王国〟の指導者層に訴えた。

だが、相手にされなかった。

ならば、やるしかない。魔王を倒し、俺が新たな魔王になるのだ。

もちろん、俺が魔王より強いなどと己惚《うぬぼ》れてはいない。

魔王は強い。それは認めている。認めているのに動かないから不満なのだ。

そんな強い魔王を倒すには、正面からは無理だ。不意打ちしかないだろう。

どういったときに不意打ちができるだろうか？　魔王が油断したとき？　魔王はどんなときに油断するんだ？　わからない。だから、俺は魔王を見張り続ける。油断するそのときを狙って。


さて、俺は〝ビトーン村〟にいる。〝魔王国〟の王都と〝シャシャートの街〟のあいだにある村の一つだ。

特徴らしい特徴は、転移門が設置されていることだけだろう。村の人口も多くはない。百五十人いるかいないかだ。

この百五十人のうち、五十人ほどは俺の同志だ。王都で、いまの〝魔王国〟と魔王の在り方を批判する俺に賛同してくれた者たちだ。

そう王都で。村の住人が賛同したのではない。転移門を建設する騒動にまぎれ、この村に移住した。

その五十人をまとめる俺は、村の顔役の一人としての立場を得ている。

五十人の推薦《すいせん》を受けて村長になることはできるが、村長にはなっていない。村の面倒をみるほど暇ではないからだ。

いや、村の仕事はやるし、村での催《もよお》し物にはちゃんと参加する。近所づき合い大事。五十人ほどの怪しい集団を受け入れてくれたのだから、そういったところはちゃんとしないといけない。

だが、俺には大きな志《こころざし》がある。魔王を倒し、人間の国を滅ぼすという大きな志が。それゆえ、村長にはならない。

まあ、新参者が数にものを言わせたら、嫌われるというのも……あると言えばある。

ところで余談だが、王都からこの村に移ったのには、理由がある。

急に始まった清掃作戦とやらで裏街に潜《ひそ》んでいた多数の同志が捕まってしまい、逃げなければいけなかったからだ。なんでも清掃作戦は人間の国からの密偵や暗殺者を炙《あぶ》りだす作戦らしい。その巻き添えを喰らった感じだな。ははは、許さん、人間の国め！

思い出したら腹がたったので、改めて滅ぼしてやると決めた。

ある春の日。

俺たちの前を、魔王のパレードが行進していた。事前にパレードがあるとは聞いていたし、〝ビトーン村〟の村長はそのパレードに参加するように呼ばれたので、パレードに驚いたりはしない。

驚いたのは、思ったよりも規模が小さいことだ。なにせ魔王の登場が早い。

転移門のせいで後続にどれだけいるかわからないが、メインは魔王だろう。

これは油断だろうか？　護衛が明らかに少ない。いまならやれるか？　いや、近衛軍の精鋭がいる。しかも盾持ち。これは、奇襲に対する備えだろう。

そう思ったのだが、魔王に続く部隊の武装が農具なので、ちょっと混乱してしまった。

やるのか？　やらないのか？

魔王はすぐにでも王都方面の転移門を通って、次の場所に移動する。じっくりと考えている暇はない。

俺は、同志たちを見た。同志の中には、俺よりも強い者がいる。俺よりも戦歴がある者がいる。

そういった者たちの判断を頼りにしたかった。

…………。

あれ？　勇猛《ゆうもう》さを自慢していた同志はどこに行った？

俺は近くにいた同志に聞いた。

「勇猛さを自慢していた同志は、〝五ノ村〟にパレードの偵察に行ったじゃないですか」

そういえばそうだったな。戻っていないのか？

「〝五ノ村〟で宿敵の天使族を見かけたとかで、その場で勝負を挑んだそうです」

そ、そうか。

だとすると、生還は望めんな。同志の死に黙祷《もくとう》を捧《ささ》げよう。

…………。

では、魔獣使いの同志はどこだ？　やつもいないのだが？

「〝シャシャートの街〟に行きました」

そっちもパレードの偵察か？

「そのようなものかと」

詳しく。

「インフェルノウルフがパレードに参加しているとの話を聞いて、見たいと……」

馬鹿者が！　インフェルノウルフは狂暴な魔獣だ！　そんなものがパレードに参加するわけなかろう！　オオカミ型の魔獣をインフェルノウルフと言い張っているだけだ！

「あと、竜やワイバーンも見たいと言ってました」

竜やワイバーンが、パレードにどうやって参加するのだ！　そちらも、似たような魔獣や魔物を竜やワイバーンと言い張っているだけだ！

「そうかもしれませんが……戻ってきていません」

…………捕まったか。

ぬう、強力な戦力が二人も抜けるとは。

だが、まだまだ同志はいる！　ユニコーン騎兵の同志はどうした？

「ユニコーンが逃げたらしく、無気力状態です」

……………え？　逃げたの？

「冬が終わるぐらいのころですかね。急にいなくなったそうで」

あの角の折れたユニコーンだよな？

「はい。人間によって捕まっていたユニコーンを、ユニコーン騎兵の同志が保護して育てていたあのユニコーンです。急にいなくなったそうで」

そりゃ無気力にもなるか。しかし、どうにか立ち直ってほしいものだな。

「ですね」

とりあえず、ユニコーン騎兵の同志のことは横に置いておいて……えーっと、暗殺者の同志はどうした？

「〝シャシャートの街〟で捕まりました」

〝シャシャートの街〟で？　あいつも偵察か？　捕まったって、はっきりわかるのか？

「パレードが一日遅れるって聞いたじゃないですか。その理由を調べに行ったらしいのですが……なんでも職人に変装して重要人物そうな人に近づいたら、ゴロウン商会の護衛に捕まったそうです。一緒に行った者がその情報を持ち帰りました」

むう……。

「あと、先に言いますが、学者の異名を持つ同志も捕まっています。捕まえたのは〝シャシャートの街〟の幼女です」

〝シャシャートの街〟の幼女というと、イフルス代官の側近か。

あの幼女には、〝シャシャートの街〟にあった支部が潰された。イフルス代官と並び、油断できん相手だ。

しかし、学者の異名を持つ同志は、その幼女の危険性を知っていたはずだ。やすやすと捕まるとは思えんのだが？

「同行していた者の話では、〝シャシャートの街〟で行われていた公開実験を夢中で見ていたそうで……」

あー、あいつ、実験とか大好きだからなぁ。イフルス学園にも、なんとかして入りたいって言ってたぐらいだ。

しかし、そうか。

………なんだかタイミングが悪い。

よし、今回は魔王襲撃を見送ろう。

俺がそう決めたときには、すでに魔王は転移門を潜っていたが気にはしない。なに、チャンスはまだあるさ。

「あ、あ、あ、あの、ど、同志」

どうした？

「あち、あち、あちら……」

あちら？

同志が見ているのは、〝シャシャートの街〟方面に続く転移門だな。それがどうした……。

転移門からインフェルノウルフらしき存在が、無数に出てきていた。

…………………。

見たらわかる本物だ。

そうか、あれがインフェルノウルフか。一頭で街を滅ぼす存在。それが無数……この村の住人の総数より多いよな？　ははは。

これだけの戦力があるなら人間の国などいつでも攻め滅ぼせる。そんな人間の国など、気にする必要もない。

そういうことか。なるほど、さすがは魔王だ。

俺はそう思いながら、気を失った。

余話

気絶から目を覚ましたユニコーン騎兵の同志は、立派な馬車を牽くユニコーンの一頭から目が離せなかった。

あのユニコーンは……俺のユニコーンだ。角があるが、間違いない。こっちを見て、嬉しそうに角を振っている。

そうか……角が治ったのか。よかった。ほんとうによかった。

そして、もう俺のもとに戻ってくることはないだろうとも理解した。角の治ったユニコーンが、一つのところに留《とど》まるはずがないのだから。

ユニコーン騎兵は廃業だ。

その日の夜、ユニコーン騎兵の同志は、自室に隠していた上等な酒を飲み干した。


が、数日後にユニコーンが戻ってきた。また世話になると、言いたそうな顔をしながら。

まったく、立派になったのは角だけか？

どうやら、俺はユニコーン騎兵を続けることになりそうだ。

閑話 〝シャシャートの街〟～王都　決断

私の名はエカテリーゼ。

とある国の公爵《こうしゃく》家の娘だったのですが、それらを捨てて〝魔王国〟にやってきました。正式にではありません。こっそりとです。

〝魔王国〟に対して悪いことを考えている……わけではありません。たぶん。いえ、きっと。

私は〝魔王国〟に対して反乱勢力を育てようとか、魔王と対等に話すための力を得ようとか、欠片も考えていません。私が考えているのは、私の幸せです。まあ、おまけで私に同行した者たちの幸せも考えてあげましょう。

私は、私が幸せになることを重視しています。ええ、私の力で。


今の時代というか、人間の国の貴族の家に生まれたからには政略結婚がつきものなのですが、どうも私は運が悪いようです。

実は、私の生まれ育った国の第一王子が私の許嫁《いいなずけ》だったのですが、この王子がとんでもない愚物《ぐぶつ》でして。

どう愚物かと簡単に言うとですね、国を全て自分の物だと思っているところです。王になったわけでもないのに、好き勝手に約束を乱発していました。

王子個人がする約束なら問題ないのですが、どう考えても王権や政治に関わるような内容で……。

例を挙げると、とある貴族の参戦を勝手に許可したり、贔屓《ひいき》にしている商会の通行税や交易税《こうえき》を免除《めんじょ》したりとかです。あと、王の発した約束や、貴族同士の約束に介入して、勝手に反故《なかったこと》にしたりもしていました。

もうね、アホかと。馬鹿かと。

ですが、彼にもいいところはあるのですよ。彼は国中の恵まれない人と接する機会があり、これはいけないとお金を配りました。立派なことです。素晴らしい。自分のお金でやっているなら。

彼は国のお金を配ったのです。これを知ったときの私の気持ち、わかりますか？

絶句《ぜっく》です。

怒りすぎると、言葉を失うことってほんとうにあるのだなと知りましたよ。だいたい、お金を渡してそのあとはどうするのでしょうか？

お金よりも日々の食べ物、そして大事なのはお金を安定して稼ぐ方法を用意することでしょう。なのに、お金を渡して全てが解決した顔をしていたのです。

あれは……そう、愚物を越えて害悪ですよ。生きているだけで罪。そんな存在です。それが許嫁。逃げる私の気持ちがわかってもらえると思います。

そうそう、逃げる決断をさせた理由は、もう一つあります。王です。

愚物王子のやらかしを庇って、とくに叱りもせず追認して放置ですよ。普段は優秀な王なのですが、第一王子が関わると馬鹿親になってしまうようです。第一王子の所業《しょぎょう》に苦言を呈《てい》すると、遠ざけられます。

じゃあ、私も遠ざけられようと苦言を呈したのですが、逆に叱られました。私は許嫁なので、王子を支えないと駄目でしょうと。ははは。その場で王を殴らなかっただけ、私の頑張りを認めてほしいものです。

そして王城を出たところで、私が手がけている商会の利権を第一王子が不当に奪っていったとの報告を聞き、第一王子がちょうどやってきたので文句を言ったら、こう返されました。

「あんな店は君に相応《ふさわ》しくない。僕がもっと相応しい店をプレゼントしよう」

そのあとの記憶がありません。

ただ、離れた場所で地面に転がっている王子と、私の姿勢から推測《すいそく》すると……テェザンコッで王子をふっ飛ばしたようです。

テェザンコッとは、簡単に説明すれば肩から背面での体当たりですね。相手に近づくときは当然ながら正面を向いていますので、接触直前で背面をぶち当てるのにはコツがいります。公爵家直伝《じきでん》の技です。

ぶちかましたことに、反省はしていません。すっきりしました。

そして、私は両親に謝罪して国を捨てました。

私の両親も第一王子に思うところがあったらしく、公爵家のことはどうなってもいいからと、いろいろと手配してくれました。おかげで私は怪我もなく、〝魔王国〟に到着することができました。

数年前の話で、当時の私は十六歳です。

私には自信がありました。〝魔王国〟で商売を成功させる自信が。美容《びよう》と美食には自信があったのです。

もちろん、根拠のない自信ではありません。公爵家の娘だった時代に没頭し、商売にして大成功を収めていたのですから。

まあ、お抱え商人の腕とかも影響したでしょうから、全てが私の手柄《てがら》とは言いません。

ですが、アイデアは私です。試作したのも私です。店の方向性を決めたのも私です。

私に仕える執事《しつじ》や侍女《じじょ》が補正した可能性はありますが……それらを含めて、私の才能です。才覚です！　自信を持って当然だったのです！

しかし、〝魔王国《げんじつ》〟は甘くはありませんでした。人間の国と〝魔王国〟では、あまりにも環境が違いすぎました。

人間の国では人間が多数を占めますが、〝魔王国〟では多様な種族がいます。

たとえば美容の主力商品だった化粧水《けしょうすい》、乳液《にゅうえき》、クリームなど。それらを、それぞれの種族に合わせて用意する必要があります。当然、最適な化粧水、乳液、クリームを作る研究をしなければいけません。一からの研究はお金がかかりますし、種族専用では数を売ることが望めません。

ならば、〝魔王国〟で数の多い種族をターゲットにと考えたのですが……。

ゴブリン族は、美容に欠片も興味を持っていませんでした。獣人族は、独自の美容法がありました。魔族は、魔力で美を維持できるため、美容には困っていませんでした。いえ、一部の魔族は魔力を使わない美容にも拘っていたのですが、そういった方はほとんどが貴族で、お抱えになることを望んできましたので断念しました。捨てたとはいえ、公爵家に身をおいていたので……〝魔王国〟の貴族のお抱えになるのはちょっと抵抗があります。

なんにせよ、美容でお金を稼ぐのは厳しいと判断しました。

では美食でと思ったのですが……〝魔王国〟では、醤油、味噌、マヨネーズなる不思議な調味料が、幅を利かせていました。

それら調味料を使った料理を味わってみましたが、とても美味しかったです。調味料と言えば塩かハーブ、もしくは胡椒《こしょう》だった私には衝撃でした。ですが、一気に私の料理の幅が広がったとも感じたのです。新しい調味料を使い、新しい料理を。

そう意気込んだのですが、当然ながら〝魔王国〟でも似たようなことは行われているわけで……。

〝シャシャートの街〟の《マルーラ》。〝五ノ村〟にある《クロトユキ》、《青銅茶屋《カフェ・ブルー》》、《甘味堂コーリン》、《麺《めん》屋ブリトア》、《酒肉ニーズ》。そして、それらに影響を受けたのであろう多くの店舗が、私たちの前にライバルとして立ちはだかりました。

もちろん、負けるつもりはありません。ええ、負けません。ですが、入念な準備をしなければ赤字を出すだけで終わってしまうことは簡単に予想できました。

慣れぬ地ですので、食材を安定してそろえる必要もあります。アイデア一つで、どうにかなるものではありません。

私は決断しました。前進だけが全てではありません。ときには歩みを止め、情報を集め、力を貯めることも必要と。


私は〝魔王国〟の一つの村に拠点を構えました。

立場は、人間の国からの亡命者です。戦いを避けるためと周囲には言っています。そして、私はこの村で畑仕事をしています。

そうです。美食で勝負するための準備です。

自前で作れば、安定して手に入るというものです。誰の妨害も受けませんしね。とりあえずは作物の販売で、当面の収入にもなります。

ふふふ、頑張りますよ。


…………。


農作業って、難しいです。簡単にできるものではありません。気候、天候に左右されすぎです。

特定の時期にだけ起きる熱波《ねっぱ》とか寒波《かんぱ》とか、長年住んでないのに知るわけないでしょうが！

数年頑張りましたが、農作業は失敗しました。

公爵家から持ち出した資金が、そろそろなくなりそうです。これはピンチです。私に同行してくれた者たちの大半は、〝シャシャートの街〟や〝五ノ村〟に働きに出ています。そして、そちらで私より裕福な生活をしているそうです。ぐぬぬっ。

施《ほどこ》しは受けません。こちらにもプライドはあります。

しかし、打つ手がないのも事実。どうするべきか。

私に残るのは……この身。美容は欠かしていません。農作業中も、これでもかとガードしました。自画自賛なところもありますが、美人です。年齢は……ちょっと重ねてしまいましたが、まだ二十前。お金持ちの妻とか、いけるんじゃないでしょうか？　私、魔族とか獣人族とか、種族に偏見《へんけん》はありませんし。

などと考えていたある日。

〝魔王国〟のパレードが村を通ると、騒ぎになりました。

私が居を構えた村には転移門があり、その通行が一時規制されるのはいろいろと大変ですが、無料で使わせてもらっているので文句は言いません。転移門のおかげで、遠方にある〝シャシャートの街〟や〝五ノ村〟に日帰りで行けるのです。

数日、我慢すればいいだけでしょう。

………。

〝魔王国〟のパレード。

それに参加している人たちは、当然ながらそれなりの地位にいると考えていいわけですよね。

それなりの地位。つまり、お金持ち。

いや、私のいる村の村長も呼ばれたから、全員が全員ではないでしょうが……パレード参加者に見初《みそ》められるとか夢がありますね。

お化粧、気合入れてやってみましょうか。駄目でもともとですしね。

閑話 〝シャシャートの街〟〜王都 情報

ごきげんよう。

私の名はヘンリエッタ。ヘンリエッタ＝アーガソン。人間種の二十五歳の女性です。

公爵令嬢であるエカテリーゼさまの侍女長を務《つと》めさせていただいております。


さて、エカテリーゼさまは、なんやかんやあって〝魔王国〟のとある村に逃亡中です。頑張っておられます。

ただ、現実は厳しいもので、理想だけではやっていけません。端的に言うなら、お金が足りません。私たちの給金はもちろん、日々の生活費にも困るありさまです。

逃亡前にエカテリーゼさまのご実家から持ち出した資金は、いろいろとやって使ってしまいましたからねぇ。ほんとうに現実は厳しいです。

とりあえず、エカテリーゼさまに同行した同僚のほとんどは、〝シャシャートの街〟に出稼ぎに行っております。

出稼ぎです。放逐《ほうちく》ではありません。

出稼ぎの期間は無期限で、出稼ぎ中の給金は出ませんし、出稼ぎで得た給金はすべて出稼ぎをした個人のものなので、ほぼほぼ放逐のようなものですが……放逐ではありません。エカテリーゼさまは部下を放逐するような方ではないのです。〝シャシャートの街〟には転移門を使えばすぐに行けますし、会おうと思えばいつでも会えますしね。

ちなみに、出稼ぎ先は……。

【文字を読めて、書けたら十分。計算できるなら、大歓迎。〝魔王国〟への忠誠心？　そんなあやふやなものより、文字や数字の正確さを求める！】

こんな求人文が堂々と掲げられる職場です。

しかし、〝魔王国〟への忠誠心は不要と書いていますが、〝魔王国〟からクレームが入ったりしないのでしょうか？　まあ、私たちには幸いです。

エカテリーゼさまに同行した者は、全員が読み書き計算はできますし、礼儀作法も人間の国スタイルですが修《おさ》めています。理想の出稼ぎ先ですね。

問題は、私を含めエカテリーゼさまにも出稼ぎを勧めてくることですね。ありがたいことですが、現在はお断りしております。

え？　その職場を管理している人？

〝シャシャートの街〟の代官の秘書をやっているミヨさまです。見た目は幼女ですが、〝魔王国〟の住人は見た目で判断できないので甘くみてはいけません。私の判断では、ミヨさまは外見と中身が合わないタイプです。年上の女性と考えて接するのが無難でしょう。

同行者の大半を出稼ぎに出しても、エカテリーゼさまの資金が減るのを防ぐだけで、増えるわけではありません。

エカテリーゼさまは畑仕事でなんとかしようとしていますが、このあたりの風土《ふうど》を知らない私たちでは、なかなか上手くいきません。まあ、エカテリーゼさまは天才ですので、五年もすればなんとかしてしまうとは思いますがね。

ええ、天才です。なにせエカテリーゼさまが幼少期から美容品開発に熱中し、生み出された美容品や美食は、国の宝とまで言われていましたから。

エカテリーゼさまは現在、人間と魔族の違い、人間の国と〝魔王国〟の違いで苦労されていますが、それらは時間が解決するはずです。そして、エカテリーゼさまはいつか〝魔王国〟で大きな存在になるでしょう。私はそう信じています。

ですので、エカテリーゼさまには畑仕事や研究に集中してもらい、当面の生活費は私が稼ぎだすことにしました。

と言っても、私にやれることは少ないですが……まずは、エカテリーゼさまの美容品の販売。比較的人間種に近い魔族に売っています。美容品を求めるのは裕福な層ですので、〝魔王国〟の貴族に伝手《つて》ができたのは嬉しい結果でした。美容品の独占を狙い、お抱えにならないかと誘われるのは困りますが。

なんにせよ、〝魔王国〟で生産できる量は限られていますので、利益はそれほどでもないのですけどね。損はしていないので、問題なしです。

次に、情報の販売。

〝魔王国〟の外の情報……つまり人間の国々の情報を販売しています。

これは人間の国々に敵対する行為なので〝魔王国〟に大きく利する行為なので抵抗がありましたが、〝魔王国〟に利のある存在だとアピールすることをしないと万が一のことがあります。少なくとも、〝魔王国〟にはエカテリーゼさまは敵ではないと認識していただかなければ。

これの一番の取引先は、〝シャシャートの街〟のイフルス代官です。ミヨさまを頼り、イフルス代官に接触することができました。

私たちが持っている情報は、主に人物情報や人間関係です。兵力がどうとか、編成がどうとかはわかりません。がっかりされるかと思ったのですが、意外に高い評価を受けました。

また、人間の国の風習などの情報も喜ばれました。統治に役立ったりするのでしょうか？　かなりの代金をいただけたので、ありがたかったです。

ただ、これらは一度の販売で終わりです。まだ販売していない情報もありますが、これらも時間が経過すれば古くなり、価値が下がります。

今後はどうしようかと考えていたところに、ミヨさまから新しい仕事の提案がされました。それは、〝魔王国〟の情報を人間の国に流すことです。

私たちは人間の国にあるエカテリーゼさまのご実家に連絡する手段を持っています。それを使えということでしょう。ですが、いいのでしょうか？

「〝魔王国〟の実情を正しく伝えるのも大事なことなのよ」

情報を統制しすぎて正体不明になると、相手は怯えて交渉もろくにしてもらえなくなるとミヨさまは言っていました。

たしかに、〝魔王国〟に来てから、情報と違うとエカテリーゼさまが何回も叫んでいました。人間の国に〝魔王国〟の実情が伝わっているとは言えませんね。

仕事の内容的に、偽の情報で人間の国を混乱させるようなことはないので引き受けました。年に数回、エカテリーゼさまの近況と一緒に、〝魔王国〟の様子をエカテリーゼさまのご実家に伝える。伝える情報に、検閲《けんえつ》が入ることもありません。これで安定した収入を得られるのは大きいです。

裕福には程遠いですが、つつましい生活はできるはずです。頑張っていきたいと思います。

そして、〝魔王国〟での生活にも慣れ、エカテリーゼさまが婚期について悩み始めたころ。

ミヨさまから、臨時の仕事依頼が来ました。

春に〝魔王国〟でパレードをするので、その様子を人間の国に流してほしいという内容です。いつもやっている仕事ではと思ったのですが、今回は注文がありました。

「できるだけ正確に」

どういうことでしょう？　言われるまでもなく、正確に伝えるつもりですが……別途、報酬を出してもらえるそうなので、喜んで引き受けました。


そしてパレード当日。

…………。

事前の予行演習にミヨさまの手配で参加できたので、インフェルノウルフの存在に驚きはしませんが……その数に驚かされますね。

獣人族やハイエルフ、リザードマン、巨人族にラミア族……なんだこれはという軍勢を見せつけられた気分です。

ほかに、村には来ませんが、竜が多数いるのですよね？

なるほど、ミヨさまができるだけ正確にと言うわけです。

つまり、〝魔王国〟にはこれだけの軍勢がいると知らしめたいのでしょう。隠しても仕方がないことなので伝えますが……天使族が多数、パレードに参加しているのはどうしましょう。

あの数、〝ガーレット王国〟が〝魔王国〟に取り込まれた証拠ではないでしょうか？　いや、すでにそれを隠す段階ではないと？　知らないよりは知っていたほうがいい情報ですね。しっかり伝えましょう。

馬車が合体変形するのは……伝える意味があるでしょうか？　せ、正確にと言われていますしね。一応、伝えておきましょう。ですが……この報告、信じてもらえますかね？　まあ、私は正確に伝えるだけ。信じるか信じないかは、エカテリーゼさまのご実家側の責任です。

臨時の報酬、ありがたくいただきます。

余談ですが……。

エカテリーゼさまが気合を入れてお化粧し、結婚相手を探していたことは伝えないでおきます。心配させてしまいますからね。

しかし、エカテリーゼさま。獣人族の若い男性たちをターゲットにしていましたが、一人にすべきだと思います。あと、あの方たちは既婚者ですよ。ミヨさまのところで何度かお見掛けしたので、知ってます。しょ、紹介しろと言われても困ります。そこまで仲がいいわけではないので。

ミヨさまに頼めば、会話ぐらいはできるかもしれませんが……それよりも、私たちがいる村の村長一家が乗った馬車に対して、もう少し愛想《あいそ》よくしてください。

隣村の村長の息子さん、思いっきりエカテリーゼさまに手を振っていたのに、まるっきりの無視はよろしくないと思います。弱いのは好みじゃないって……エカテリーゼさまより強い方って、そうそういませんからね。変な武術に傾倒《けいとう》して、護衛隊長より強くなっているんですから。

変な武術です。あれが公爵家直伝って、絶対に嘘ですよ。何代か前の当主の冗談に違いありません。あ、ちょっと、ここで演武《えんぶ》はやめてください！　目立ちますから！

閑話　王都　成功宣言

俺は……いや、私は魔王。魔王ガルガルドである。

〝魔王国〟でもっとも強く、もっとも高い地位にある者だ。ふふふ。

妻と娘には敵《かな》わないがな。


さて、今回のパレードの開催。目的は三つあった。

一つ目は、転移門を設置した村や街で不穏な動向をする者たちに対する囮だ。

悪質な者は捕まえる。王都や〝シャシャートの街〟に逃がしては意味がない。

そのためパレードを囮にし、奇襲的に行動する予定だった。怪我をされては困る者たちを避難させるためにも、パレードは都合がよかった。


二つ目は、現在の〝魔王国〟貴族の意思統一だ。

〝魔王国〟の指導者としての私は、これ以上、人間の国に攻め込むつもりはない。現状維持で十分。

そう考えてここ数年は行動してきた。

しかし、それを不服とする貴族がそれなりの数いる。人間の国を滅ぼせと。

王都ではそういった意見は半分ぐらいだが、王都から離れると好戦的な意見が強くなる。それらをなんとかして、現状維持の方向でまとめたい。

もちろん、今回のパレードで全て解決できるなどと都合のいいことは考えていない。だが、今回のパレードで王都の意見を現状維持に傾かせたい。そうするためには、私の力の誇示《こじ》が必要だろう。

幸いにして魔王という立場は、少々野蛮《やばん》な思考が許される。

私の意見に従え。さすれば繁栄を約束する。

これを目で見せるには、武力を誇示するパレードは最適だと判断した。

三つ目は、人間の国への対策だ。

こちらは戦う気がなくても、向こうがやる気だと一緒だ。守るために戦わなければならない。不毛なことだ。なので、戦力を見せつけ、戦いを仕掛けても損しかないと思わせたい。

そして、戦うのは相手への不理解があるからだ。理解があれば、そうそう戦争を仕掛けたりはしない。

〝魔王国〟はこれまで、人間の国との国交がお世辞にも上手いとはいえなかった。外務大臣のビーゼルが悪いわけじゃない。誰がやっても、ビーゼル以上の成果は出せないだろう。なにせ相手は、〝魔王国〟というだけでこちらが理解できないほど敵愾心《てきがいしん》を向けてくる人間の国々なのだ。

しかし、ここ数年はその風向きも変わりつつある。人間の国から、国交を望む使者が何人もやってきているのだ。これは喜ばしい。

そして、この者たちに、現在の〝魔王国〟の姿を見せて、そう恐れる必要はないと教えたい。

これらが、パレードを行う三つの目的だ。

ただ、これら三つの目的をもって行うパレードに、〝大樹の村〟を加えるかどうかは、かなり悩んだ。

私としては、〝大樹の村〟はそっとしておくのが一番だと思っている。向こうから声をかけてきたならともかく、こちらから誘うのはよろしくない。

しかし、ティゼルがぜひとも加えるようにと主張した。

ティゼルが〝大樹の村〟をパレードに加えたい理由は、二つ。

一つは、インフェルノウルフやデーモンスパイダーなどを〝魔王国〟の住人に認知させること。〝魔王国〟の国民を脅かさないために、〝大樹の村〟に関わるインフェルノウルフやデーモンスパイダーには、死の森から出ないようにお願いした。

しかし、そのせいで死の森以外ではインフェルノウルフやデーモンスパイダーを防衛力として使えない。村長の今後を考えると、赴《おもむ》く先で使えないのは問題だと。

私としては、インフェルノウルフやデーモンスパイダーがいなくても十分に過剰《かじょう》な戦力をそろえることはできると思うが、娘として父の身の安全を考えてしまうのだろう。同意できる理由だ。

〝大樹の村〟をパレードに加えたいティゼルのもう一つの理由は、〝ガーレット王国〟に対してだ。

〝ガーレット王国〟は長く〝魔王国〟と敵対していたが、近年では友好的な態度にシフトしていった。そこで、〝魔王国〟と人間の国々との休戦、もしくは和平を取り持ってもらおうと考えていたのだが……その〝ガーレット王国〟は分裂してしまった。

しかも分裂した理由が、〝魔王国〟への併合《へいごう》を乞《こ》う……実質は降伏に対してのスタンスの違いだから、気持ちはわからないでもない。

ただ、こちらに併合を打診する前に国内の意思統一ぐらいはしてほしい。正直、迷惑だ。

しかも、その併合を受け入れたら、〝魔王国〟は飛び地を得ることになる。

飛び地だからと無防備にはできない。飛び地を守るために、〝魔王国〟が維持しなければいけない戦線が増える。そんな飛び地は不要。受け入れたくはない。

しかし、実質降伏だと言っている者の手を取らないのは「許す意思はない」とか「まだまだ攻撃する意思がある」と取られる。そして、ほかの国も「降伏しても相手にされない」と受け取る。結果、戦禍《せんか》が酷くなる。受け入れないとは言えない。

ゆえに、回答しない。

それでいいのかと思うが、これが政治だ。まあ、長々と放置はできないが、時間は稼げる。そのあいだに手を打つ。

理想は、〝ガーレット王国〟は〝ガーレット王国〟でまとまってもらい、〝魔王国〟に併合ではなく〝魔王国〟に従属的な位置にいてほしい。そして、〝魔王国〟は〝ガーレット王国〟に援助し、〝魔王国〟の代わりに人間の国を相手してもらう。

こちらに都合のいい考えなのはわかっているが、理想を求めなければ結果はでない。

無理難題を言われたのだ、これぐらいはいいだろう。理想通りにはならないことは知っているさ。

なんにせよ、〝ガーレット王国〟には回答しないという時間稼ぎをした。そうしたからには、希望を〝ガーレット王国〟に与える必要がある。「回答する気がない」＝「敵対」と直結されては困るからだ。

その希望が、パレードに天使族を参加させることだ。

〝ガーレット王国〟の相談役を担《にな》っている天使族が、〝魔王国〟のパレードに参加する。「併合がありえる？」「併合に期待してもいい？」と〝ガーレット王国〟には考えてもらいたい。

こういった目的なので、天使族だけに参加を打診してもよかったのだが……それをすると天使族に借りを作ることになる。それはよろしくない。

天使族に借りを作ることがではなく、村長を無視することがだ。借りを作るなら天使族にではなく、村長に。

ティゼルも同意見なので、〝大樹の村〟をパレードに参加させたいらしい。

ちなみに、天使族の長にはティゼルから話を通してあるので、村長たちが参加して天使族が不参加という事態にはならないように調整している。

これら、私の三つの目的と、ティゼルの二つの目的を持って、〝魔王国〟でパレードを行うことと、

〝大樹の村〟に参加してもらうことを決めた。

決めてから実行までの期間が短いことで、文官たちにいろいろと迷惑をかけてしまった。正直、パレードを舐めていた。軍でやる行進は問題なくやれていたし、〝大樹の村〟では毎年のようにやっているから。

大きな街では、パレードをするのはかなり大変だと学んだ。


さて、そのパレードだが……初日、〝五ノ村〟と〝シャシャートの街〟。

〝シャシャートの街〟では、ドース殿たちのマナーチェックや、よくわからない空飛ぶ骨などの騒動があったが、なんとかなった。二日目にスケジュール調整が入ったのは仕方がない。

三日目に〝シャシャートの街〟から王都まで駆け抜けた。

本来、ここらにいる不審者を捕まえるのが目的だったのだが、実は予行演習の段階で目的は達成していた。オージェス、ハイフリーグータ、キハトロイの混代竜族に、インフェルノウルフが十頭ほど参加した予行演習に、攻め込まれたと勘違いした不審者たちはボロを出しまくった。

王都の近くで悪いことを考えていたわりには浅いなぁと思っていたのだが、実際は王都に潜伏していた小物らしい。それらが、王都の清掃作戦……アルフレートたちが学園に通うので、安全確保のために気合を入れてやった作業で逃げ出したそうだ。

あの清掃作戦。そのあとにボロボロと襲撃者や暗殺者が出てきたから、あまり効果がなかったのかなと思ったけど、一応の効果はあったんだなぁ。

なんにせよ、私の目的の一つは達成されている。そう、達成されているのだ。

これはもう、パレードの成功だと言ってもいいのではないだろうか？　パレードの本番が始まる前に達成しているが、そんなことは些細な問題だ。うむ、パレードは成功だ！

パレード最終日。

なぜか戦場になっている王都を見ながら、私はそう思った。わかっている。現実逃避だ。

閑話　王都　発端

俺は王城を警備する近衛軍所属の男。

パレードには参加できないが、それは仕方がない。仕事の巡りが悪かったのもあるが、今回のパレードに参加できる者は極めて少なかった。

近衛軍からは二十人ほど。選ばれたメンバーは、名声と実力を兼ね備えた近衛軍の部隊長たちだ。

選ばれなかった部隊長もいるのだから、部隊長ですらない俺が選ばれるわけもない。残念だが、俺は俺の仕事をこなすだけだ。

王城に侵入してくるような愚か者はいないと思いたいが、いるから警備している。油断はしない。

さて、パレード当日。

実際は数日前から始まっているが、王都でパレードが行われるのは今日だ。パレードを見ようと多くの住人が集まっている。

たとえ住人は弱くても、数というのは暴力だ。威圧しないように注意しながら、警戒する。もちろん、街の外にいる竜たちにも。

あれらが攻撃してきたら警戒もなにもないのだが、無駄だからとなにもしないのは違うと思うからな。

予行演習を見たが、あれは恐ろしかった。それが二百頭だっけ？　冗談だと思いたい。

ああ、そう言えばインフェルノウルフもいるんだった。

それに加えて、天使族にハイエルフ、ワイバーンか。

…………。

警戒する対象が多くて困る。


俺の警戒を無駄にするように、パレードの一行は順調に予定のコースを通り、最終目的地である王城前に先頭が到着した。

強そうな二人の騎士が先頭だ。誰だ？　見たことのない鎧姿だが？

まあ、パレードの先頭を任されるぐらいだ。見た目だけでなく、きっと強いのだろう。

その後ろに我らが近衛軍。

…………。

なぜ盾を構えているのだろう？　目の前に敵がいるかのような警戒だな。

そう思いながら見ていたら、観客たちの中で騒動が発生した。スリが出たようだ。多く集まった観客を狙ったのだろう。警備が厳重なのに、すごい度胸だ。

しかし、スラれた者がすぐに気づいて騒ぎ、スリが逃げた。俺は城壁の上から見ていたので、スリの動きがよくわかる。

下で警備をしている兵に伝えてやろうと思ったところで、スリが馬鹿な動きをした。パレードを終えた者が待機するために用意されたスペースに逃げたのだ。

当然、そんな場所は厳重に警備している。さらにはまだ先頭しか到着していないから、見通しもいい。四方八方から、警備をしている兵がスリを捕まえようと駆け寄っている。捕まるのは時間の問題だな。

そう思いながら見ていたら、スリはさらに馬鹿な動きをした。

待機場所に移動し終わった強そうな二人の騎士の方向に逃げたのだ。

なぜそっちに？　どう見ても実力者だぞ。

俺の疑問は、すぐに解消できた。

スリの目的は強そうな二人の騎士ではなく、その二人が持っていた白く輝く剣と、黒く輝く剣。

パレードが終わったので、強そうな騎士二人はその剣をパレードの運営スタッフに渡していた。儀礼用の剣なのだろうが、スリには立派な武器に見えたのだろう。武器を持って抵抗する気だ。やはり馬鹿だな。

武器を持っていなければ生け捕りにされるだろうが、武器を持てば警備をしている兵たちも手加減はしない。あのスリ、殺されるぞ。

せっかくのパレードを血で汚さないでもらいたいのだが……。

幸いなことに、スリは死ななかった。

剣を手にする前に、強そうな二人の騎士によって殴り飛ばされた。そして、倒れたところを警備している兵たちが殺到し、捕まえた。よかった。

ん？　暴れているな。無駄な抵抗を。

……………なにかを投げた？　ああ、スッた財布か。素直に返せば、罪も軽くなったかもしれないのに。

いや、パレードの邪魔をしたということで重罪か？　かわいそうに。まあ、リスクを覚悟で犯罪を行ったのだろう。失敗したのだからリスクは受け止めるべきだ。

俺はスリのほうに注目していた。ただ、現場にいた二人の騎士や、パレードに参加していた盾を持つ近衛軍は、スリが投げた財布を見ていた。まさかという顔で。だから俺もそっちを見た。

スリが投げた財布は、黒く輝く剣を持っていた運営スタッフの顔面にぶつかった。そして、そのはずみで黒く輝く剣が放り出され、石畳《いしだたみ》に落ちた。

ガンッと大きな音がした。歪んだりしていなければとは思う。俺にとっては、それだけだ。

それだけなのに、二人の騎士がすごい速さで動いた。騎士の一人は、黒く輝く剣を落とした運営スタッフを抱きかかえ、落とした剣から離れるように移動した。

もう一人の騎士は、落とされた剣を蹴って盾を持つ近衛軍のそばにやった。盾を持つ近衛軍は、その剣を取り囲むように盾を構えた。

なんだ？

そう思うより先に、大きな音と光が襲ってきた。

黒く輝く剣が爆発したと理解した。しかし、その衝撃は盾によって上にそらされた。周囲への被害はない。盾で止まっている。さすがだ。

そう思いながら、衝撃がそらされた上空を見ると……。

そこには天使族たちがいた。パレードに参加している天使族たちが。

見ていた者として証言するが、盾を持つ近衛軍は故意《こい》に衝撃を天使族に向けたわけではない。真上に衝撃を逃がしただけだ。

そこに運悪く、天使族が飛んでいただけだ。これは偶然に偶然が重なった事故だ。

爆発の衝撃を受けたであろう、数人が落下した。

救助にと俺が動く前に、天使族の後方を飛んでいたハーピー族が落下する天使族を空中でキャッチし、さらに後方を飛んでいるワイバーンの背に運ぶ。手慣れた動きだ。

天使族やハーピー族は地上に落ちたら不利だからな。緊急時の対処は決まっているのだろう。

残った天使族が、攻撃態勢を取ったのもその一環《いっかん》だと思う。

思うのだが、まずい。俺は大丈夫だが、天使族をまだ敵だと疑っている者は多い。なのに、そんなあからさまな攻撃態勢はまずい。

いや、天使族の数人が急降下して攻撃しようとしている。攻撃じゃなく、爆発の事情を確認しようとしているのかもしれないけど、急降下して攻撃しているように見える。見えてしまう。

地上から、攻撃魔法が天使族に飛んだ。

一発二発じゃない。複数人から、複数放たれた。魔法の球で、壁を作るように。

点ではなく、面で殴る。空を飛んでいる者を、効果的に落とす戦法だ。即興で合わせたのだろう。

こんな場合じゃなかったら、見事な連携《れんけい》だと褒めたいぐらいだ。


攻撃魔法を見て、急降下していた天使族たちは急上昇。

攻撃魔法が届かない高さまで、天使族やハーピー族、ワイバーンたちは上昇した。よかった。

天使族が怒って反撃したら、それで終わりだった。天使族は味方。今回は味方。味方だ。

ここで考えてほしい。

天使族はパレードに参加している。つまり、パレードに参加している者からすると、天使族は仲間。そして、今の状況は一緒にパレードを行っていた天使族が攻撃されたように見える。実際、爆発の衝撃で数人の天使族が被害に遭っている。

パレードに参加していたインフェルノウルフが、数頭の小さい群れを作り、パレードの列から離れるのを確認してしまった。

おいおいおいおいおいおいっ！

パレードに参加している獣人族、ハイエルフが戦闘態勢に移行した。遠目でもわかる。

まずいまずいまずいっ！

「事故だ！　攻撃じゃない！」

俺は叫ぶが届かない。逆にパレードを見ている住人たちや、警備している兵を扇動《せんどう》する声が聞こえる。

「王都を守れ！」

「我が力、見せる時がきた！」

「インフェルノウルフ、なにするものぞ！」

どこの馬鹿だ！　ここから攻撃して倒してやろうか。

混乱をさらに助長するように、なんかでっかい巨人が現れた。

なんだあれ？　複数の馬車を解体して人の形にしたような巨人？　ゴーレムか？

それに誘われるように、郊外にいた竜たちが王都に進路を向けた？

え？　こっちに向かってる？　ど、ど、どう抵抗する？

困惑する俺に、隊長から命令が届いた。

「住人を守れ」

………。

や、やってやらぁ！　でも、竜は無理じゃないかなぁ！

弱気になる俺の前に、三頭の竜が現れた。知っている竜だ。

オージェス、ハイフリーグータ、キハトロイの三人、いや三頭。王都で働く竜たちだ！　やって来る竜たちに対抗してくれるのか！

え？　あれは無理？　ま、まあ、そうだよな。インフェルノウルフをなんとかする？　そ、それでも助かる！　頼んだぞ！

………。

俺は城壁を降り、城内に戦わない住人を避難させた。

思ったより、戦わない住人って少ないなぁ。

あ、おばあちゃん。武器を持たないで。こっちに避難して。

4　王都での夜会　その1

村の外のパレード、最終日。

〝魔王国〞の王都でパレードが行われている。パレードの進むルートの左右には多くの観客が集まり、なかなかの熱気だ。

〝五ノ村〞や〝シャシャートの街〞でのパレードもすごいと思ったけど、王都は規模が違う。こんなにも人っていたのかと思う。

種族も多種多様だ。知らない種族をいくつか見かける。あとで誰かに教えてもらおう。

それと、ミノタウロス族やケンタウロス族などの背の高い種族は、観客の最前列に並ばずに後方から見ている。逆に背の低い種族は、最前列にいることが多い。こういったのは、誰かが指導しているのかな？　それともマナーとして身についているのだろうか？　このあたりも、あとでフラウあたりに教えてもらおう。

観客の奥には……いくつかの出店が並んでいるのが見える。いろいろと売っているな。

フライドポテト……いや、違うな。あれは棒のような<ruby>パン<rt>グリッシーニ</rt></ruby>かな？　棒状の菓子パン《プレッツェル・スティック》かもしれない。

味が気になる。

その隣で売っているのは……肉を串《くし》に刺したものか？　なんの肉だろう？　どこかに書いてあるのだろうけど、遠いからわからない。見た目は美味しそうだ。

その隣は、小さいフルーツをコップに入れて売ってる感じか。どういったフルーツかは知らないが、客は男性が多い。意外だな。フルーツだと女性受けしそうだが……ひょっとして、甘くないのか？　それが売れるのか？　うーむ、これもあとで聞いておこう。

ふふふ。祭りの雰囲気にあてられているなぁと笑いつつ、なんだかんだとパレードを楽しんでいることを自覚。もう少しでパレードが終わると思うと少し寂しい気持ちになる。

そんな自分に軽く驚いていると、パレードの進行方向で大きな爆発音がした。


村の外のパレード、最終日の夜。

〝魔王国〟の王都の中央にある王城の一室に俺はいた。部屋にいるのは俺のほかには魔王、ビーゼル、ランダン、グラッツの〝魔王国〟関係者。

竜族代表のドース。天使族代表のマルビット、レギンレイヴ。古の悪魔族代表のプラーダ。獣人族代表のガルフ。ハイエルフ代表のリア。撮影班代表のイレ。

俺を含めて、十二人。それと数人、別室で待機している。

ここで行われるのは、非公式の夜会。

そう夜会、反省会ではない。なぜか数人、判決を待つ被告人のような顔をしているが、反省会ではない。

この夜会は……わかりやすく言えば、パレードの感想戦だな。ここがよかった、ここが悪かったと感想を言い合う場。

こういったのに参加せず、すぐに帰っていいとは言われていたけど、さすがに帰れない。いろいろあったからな。今日ぐらいはつき合う。

そして、この夜会の進行役はなぜか俺。

俺でいいのかな？　問題ないようだ。では、遠慮なく。

えー、まずはパレードお疲れさまでした。

外ではパレードの慰労会《いろう》という名の後夜祭が行われており、主役の魔王が不在ではいろいろと困るそうなので手早く終わらせてほしいそうですが……それなら、夜会はあとでいいんじゃないかな？　そうもいかない？　先に終わらせたい？　魔王たちがそう言うなら、かまわないが。

では、まずは俺から。

今回のパレード。最後、派手にやりすぎたんじゃないか？

パレードでもっとも注意しなければいけないのが最後だ。

ちゃんとパレードが終わったと、誰もがわかるような演出が必要となる。そうじゃないと、締まらない。だらだらとした空気が続く。村のパレードで学んだ。

だから、村のパレードの最後は、だいたい俺が挨拶して締め、宴会を開いている。

俺の挨拶でスタート、俺の挨拶で終わりという形を作り、飲み食いで終わったと認識させている。

俺が考えたことじゃなく、文官娘衆たちが考えたことだけど。

派手な爆発演出で締めるのもありだが、あれは一部から不評だ。主に村の鶏や牛、馬、山羊《やぎ》たちから。うるさいって。危ない、じゃないのは慣れたせいかな。

ペガサスたちはまだ慣れていないから、爆発演出には怯えるけど。

そして、今回の村の外のパレードも、最後の演出がちゃんと用意されていた。

ちなみに、俺はその内容を聞いていない。ただ、パレードの最後に白鳥と黒鳥に持たせた剣を爆発させて、それを合図になにかするからお楽しみにと言われただけだった。

俺が主導しているパレードじゃないから、俺は素直に楽しみに待っていた。

まさか、軍事演習をするとは思わなかった。しかも、一部じゃなくてほぼ王都全域を使っての。

もちろん、戦えない人や子供のために、安全地帯は設けてあった。だが、かなりの人が参加しての軍事演習だった。

まあ、クロたちや天使族たちを含め、大樹の村《俺たち》が襲撃者側だったのは…………なんだかなぁと思うけど。

派手なパレードの終わりだった。さすが〝魔王国〟というべきだろうか。怪我人は多かったらしいけど、死者はいないようだし。〝魔王国〟の兵士の練度《れんど》や、トラブルに対する王都の住人たちの能力の高さがうかがえる。

「そ、村長……そ、その、いいだろうか？」

魔王がなにか言いたそうだ。かまわないぞ。

「すまない。最後の演出なのだが、事故があってな……」

ああ、聞いている。

スリが出たトラブルで、白鳥と黒鳥が持っていた剣が予定外に爆発してしまったんだろ？　合図である爆発が前倒しに行われたのに、混乱しなかったのはすごいと思うぞ。

「あ、いや、その……それで、村長に従者のようなことをさせてしまい……」

従者？　従者なのか？　軍事演習が始まったあと、俺は魔王と一緒に行動した。

さすがに武器を持って軍事演習に参加したりはできない。能力的に。

俺がやったのは、クロの子供たちを見かけるたびに魔王と一緒に追いかけ、郊外の待機場所に移動するように指示したことぐらいだ。

追いかけると言ってもクロの子供たちも本気で逃げるわけじゃないから、すぐに追いついたしな。

大したことをしていない。

そして、それは従者っぽくないと思うのだが……周囲からすれば、魔王の横にいる俺は従者っぽく見えてしまったのかな？

魔王を中心に撮影していたイレに確認すると、従者よりも影が薄かったとの答え。まあ、そうだとしても気にはしない。

「そ、そうか。いや、それならよいのだ。予定外の演出に合わせてもらい、感謝する」

いやいや、パレードの参加者としては当然のことだろ。うんうん。

「それと、王都と〝シャシャートの街〟のあいだに存在していた怪しい組織の摘発《てきはつ》は成功している」

それはよかった。パレードの一番の目的だったからな。そのあたりを失敗すると、なんのためのパレードだってなる。

しかし、この場でそのことを言っても大丈夫なのか？　いや、身内しかいないから大丈夫か。

そういえばドース。

軍事演習で王都に突入したけど、ちょっと入ってウロウロして戻っていったよな？　あれはなんだったんだ？

「あれは、村長の乗る馬車が予定外のところで合体したであろう？　なにかあったと判断してな。村長の安全確保のために突入したのだ。ただ、大きい道はパレードで使っていたからな。少々、狭い道を通ったため、一部の建物に被害を与えてしまい、困っているところをハイエルフの娘から村長の無事を聞いて、引き返したのだ。魔王よ、建物に被害を与えた謝罪は金《かね》で大丈夫か？」

「金で大丈夫です」

ドースと魔王がそんな会話をするので、俺を助けるためなんだから俺が払うぞと言ったのだけど、相手にされなかった。

あと、そうだ。

竜姿の混代竜族の三人を、竜姿のハクレン、グラッファルーン、グーロンデで囲んでいたのはなんだったんだ？　恐喝《きょうかつ》現場のようだったぞ。

「し、指導だ」

なにを？

「敵わないのはわかっていても、竜族が相手に頭を下げて見逃してくれと懇願《こんがん》するのはどうかという問題でな」

あー。

混代竜族の三人は、軍事演習で王都を防衛する側で戦った。防衛側の兵士たちを守るというか、兵士たちに支援されながら活躍していたらしいが、襲撃者側のクロの子供たちと遭遇したときに頭を下げて戦闘を回避したそうだ。

うーん、俺からはなにも言えないなぁ。俺だって、敵わない相手に立ち向かえと言われても躊躇《ちゅうちょ》する。

まあ、戦闘を回避した混代竜族三人に対する防衛側兵士たちからの評価はかなり高いらしいから、結果的にはよかったんじゃないかな。


そうそう、それで思い出したけど……。

ハイエルフたちや獣人族たちはかなり元気に暴れまわったらしい。いくつかの王都の施設を占拠したと聞いている。頑張ったな。

そう褒めると、リアがちょっと困った顔をしながら答える。

「あはは。つい、力が入ってしまい……」

ガルフも似たような表情だ。

「そうですね。ちょっとやりすぎてしまったかもしれません」

プラーダたちは、王都の防衛側だったんだってな。

「はい。ですが、直接的な戦闘には参加していませんよ。王都の住人に武器を配っただけです」

そうらしいな。

武器はどこから？

「王都にある武器庫からです。事前に場所を聞いてましたから」

予定通りってことか。

「はい。私たちのことよりも、ザブトンさんのお子さんたちを褒めてあげてください」

ああ、わかっている。

軍事演習が急に始まったせいで避難できなかった住人たちを、ザブトンの子供たちが救助したそうだ。ザブトンに叱られることを覚悟で、救助活動をしてくれたことには感謝だな。

ザブトンには俺から叱らないように言っておこう。


まあ、細々《こまごま》と反省点はあるし、この場にいない者たちに言いたいこともある。

とくに山エルフ。

合体変形する馬車に武装があるのは知らなかった。正確には、大型弩砲《バリスタ》に変形する追加馬車の存在を知らなかった。

まあ、その追加馬車は見事に変形合体したが、弩《いしゆみ》に矢を装填することまで考えておらず、ただの飾りになっていたけど。

…………。

馬車に合体させる必要はなかったんじゃないかな？　その場で展開するだけで、馬車が大型弩砲になるのだから、それで十分だと思うんだけど。

違った。

武装は必要ない……ことはないか。〝大樹の村〟は安全だけど、ほかは違うとよく言われている。〝五ノ村〟でさえ、村の外は危ないらしいからな。

ただ、それでも大型弩砲は自衛武器としては過剰な気がする。そのあたりを、話し合いたい。


そうそう。

ティゼルとも話さないとな。マルビットやレギンレイヴはかまわないのか？　ティゼルが国を建てるって話だけど？

うん、国を興《おこ》すじゃなく、建てる。

閑話　王都での夜会　その2

私の名はティゼル。〝大樹の村〟で生まれた天使族の娘。

現在、〝魔王国〟の王城の一室。お父さまたちが夜会をしているその隣の部屋にいる。

いろいろ疑われているけど、最初に言っておくわ。

私は、トラブルの発端となったスリに関しては、まったくの無関係。あれはほんとうに事故よ。だからスリを庇ったりはしない。調べたいなら徹底して調べてほしい。でもって、文句を言いたい。私の目の前にいるルィンシアお祖母さまに。

「文句？　国を建てることになったことですか？」

あれは私の敗北の証《あかし》。受け入れる。文句を言ったりはしない。

私の計画は失敗した。

スリは仕込みじゃないけど、剣を爆発させたあとに戦闘になるようには仕込んだ。戦闘にならない可能性もあったけど、お父さまが関わるからかなりの確率で大事《おおごと》になると思っていた。

私の計画では、パレードに乗じてお父さまを持ち上げ、その存在を示してもらうはずだった。

でも、駄目だった。それは仕方がない。

お父さまが予想外の行動をしたからだけど、それを予想できなかった私の力不足だった。

「では、なにに対する文句なのです？」

とぼけている？

「ほんとうにわかりません。ティゼルはなにに怒っているのですか？」

むぅ。

それじゃあ言うけど、天使族はどうして王都側で戦ってくれなかったの？　私、事前にちゃんと伝えたよね？

「戦いになったら、王都側を守る形で戦って〝魔王国〟内での天使族の印象をよくする。そのことで〝ガーレット王国〟への対応を穏やかな方向に持っていく。たしかに聞きました。長《マルビット》も聞いていましたね」

それなら、どうして！　天使族がやられたから？　爆発に巻き込まれた天使族は、演技でしょ？　怪我はないって聞いているわ。

爆発するってわかっていたのだから警戒はしていただろうし、警戒しているのにやられるような人をパレードに連れて来たりはしない。あの演技は、私の計画に乗る動きのはずよ。襲撃者側《パレード》に攻撃されたと言うための。それなのになぜ？　返事をしなかったとか言わないでよ。

たしかに、言質《げんち》を取られないように全員が微笑んでいたけど、あのときの態度は了承したと受け取ったわ。

「もちろん言いません。話を聞いたときは、了承しました。でも、事態が変わりましたから」

事態？　なにがどう変わったっていうの？　まさか、スリのせいで開始が早まったから？　いや、演技する余裕があったからそっちは関係ないはず。

…………〝ガーレット王国〟でなにか動きがあったの？

「違います」

じゃあ、どうして？

「天使族に敵が多いのは認めます。だから、私たちはティゼルの話に乗りました。今後を考えると、〝魔王国〟内での印象はよくしておきたいですからね」

そうよね。

「でも、言われたのです。この場だけの印象をよくしてどうするのかと。将来を考えるなら敵として戦い、互いの蟠《わだかま》りを減らすべきではないか？」

…………。

「天使族の中にも、〝魔王国〟に対して思うところがある者もいます。それらを放置するのかとも」

…………。

「それに、〝ガーレット王国〟に関しては、〝魔王国〟がどう対応しても厳しい状況になります。〝魔王国〟が優しくしたらした分だけ、ほかの人間の国が厳しくなりますから。ならば、ここは〝ガーレット王国〟のことは考えず、現在の天使族のことを考えるべきだと」

だから、パレード側で戦ったと？

「そうです」

誰に言われたの！

「当てたら教えてあげます」

…………。

私は考える。

誰？　王都で戦闘になることを知らない人は違う。だからお父さまはありえない。

お母さまは……どちらにつくとか考えるのを面倒がって、両方を敵に回しての第三勢力になる。そういうところがある。ルーお母さまも同じ。

私が伝えた場にいなかったスアルロウさんかラズマリアさん？　まさか、キアービットさん！

「天使族ではありませんよ」

………。

え？　じゃあ、誰？　フローラさん？　違うわよね。フローラさんは、天使族の動向に興味を持たない。〝大樹の村〟に影響がないなら、なにもしないはず。

同様にリアお母さまも、セナお母さまも違う。アンお母さまは興味を持つだろうけど、そういったことを口にしない。

ハクレンお母さまやラスティお母さま？　あの二人に限らず、竜族が天使族に関してなにか言うことはないだろう。

となると……〝大樹の村〟にいる者は違う？　そうよね。〝魔王国〟内における天使族のことなんて、村にいるなら関係ない。

となると、村の外に行くことがある人？　ヨウコさんやミヨさん？　違う。あの二人なら、どちら側で戦えなんて言わない。戦いが激化しないように止めるほうを主張する。

ガルフさん、ダガさんも違う。二人は武人だ。お父さまにならともかく、天使族の先を考えて助言したりはしない。

………。

ほんとうに誰？　まさか、ウル姉《ねえ》？　いや、ウル姉もお母さまと同じタイプ。第三勢力になる。

アル兄《にい》は……状況を有利にしようとするけど、状況が悪くても楽しむタイプ。私のやっていることを黙認していたから、違うと思う。

メットーラさん？　彼女も違う。竜だ。仕事として私の行動を制限することはあっても、天使族がどうなろうと気にしないだろう。

アースはウル姉が中心だ。天使族のことを考えたりはしない。

アサは……天使族に忠告するくらいなら、私に言うだろう。遠慮なく。

となると、残るのはゴー兄、シー兄、ブロ兄の三人だけど……三人もアサと同じで、天使族に忠告するなら私に言うはず。

三人の妻たちによる影響があるのかもしれないけど……彼女たちは夫を守るために動くことはあっても、わざわざ天使族のために忠告はしないだろう。

シー兄の妻に天使族が増えている可能性は？

…………。

大丈夫なはず。うん、大丈夫。最新の情報ではいないはずよ。

あれ？　そうすると……誰もいない？

あ、いた！　始祖のお爺《じい》さま！

………。

ありえるのかな？　天使族のことを考えてはくれるかもしれないけど、わざわざ忠告したりしないと思う。

〝ガーレット王国〟の動向を気にしての意見なら魔王のおじさんに言うだろうし、必要なら正式な国交ルートを用意するだろう。起きるか起きないかわからない戦闘に対して、なにか言ったりはしないと思う。

それに、最初は王都側で戦ってほしいって私の指示はわからないだろうし……。

「答えは出ましたか？」

……。

わかんない。

「素直でよろしい。答え、聞きたいですか？」

うん。

「ふふふ。ティゼルもまだまだ勉強が必要ですね。貴女が最初に可能性を排除した人です」

最初？　え？

「貴女の父、村長から聞きました」

……。

え？　戦闘になるのを知ってたの？

「どこかから漏《も》れたのでしょう。手を広げすぎです」

むう。

「それに、親というのは思った以上に子のことを考えているものです。貴女がなにかやっているという話だけで、調べたのかもしれません。私が言いたいこと、わかりますか？」

なにかやっているとバレた時点で駄目？

「それもありますが、親を心配させてはいけないということです」

むー。

「貴女はまだまだ子供。失敗を重ねて学んでいきなさい」

はーい。

「ああ、そうそう。貴女の指示は、大事なことを見落としています。なので村長の助言がなくても、私たちは襲撃者側で戦いましたよ」

え？　は？　見落とし？

「なにを見落としたか、わかりますか？」

そういうのはいいから、答えを教えて！

「ふふ。インフェルノウルフたちです。インフェルノウルフたちは、私たちが攻撃されたから攻撃を開始したのです。なのに、私たちが王都側に立ってインフェルノウルフたちと戦う。その場はなんとかなっても、〝大樹の村〟で困ります」

それは大丈夫でしょ。クロたちは賢いから、天使族がどうして王都側に立ったかを理解できるはずよ？

「理解はしてくれるでしょう。ですが、助けようとして動いたのに攻撃された事実は変わりません。クロ殿やクロイチ殿などの上位個体は許してくれるかもしれませんが、許さない個体が出ないとも限りません。それは〝大樹の村〟で生きようとする天使族にとっては、致命的です」

でも……。

「身内に甘いのは天使族の特徴ですが、身内だからと甘えるのは違いますよ」

むう。

「ふふ。今年からキアービットが王都に滞在するようになります。時間を見つけて、教えを乞いなさい。あれでも、天翼《てんよく》巫女が務められる程度には優秀ですから」

知ってるわよ、キアービットさんが優秀なのは。

閑話　王都での夜会　その3

パレードがあった日の夜。

「さすが魔王様だ！」

俺は王都で働く下っ端の兵士。近衛軍になんて、絶対に入れない男だ。

そんな俺でも、魔王様のすごさがわかった！

あの圧倒的な強さを誇るインフェルノウルフたちが、魔王様が腕を振るだけで王都から出て行ったのだ。

すごい！　すごすぎる！

しかも、魔王様は部下を引きつれず、一人だったからな！　え？　従者がいた？　いたかもしれんが、前に出て戦ってたわけじゃないんだろ？　魔王様の後ろにいただけのやつだ。いや、横だったかもしれんが。数に入れる必要もない。だから、魔王様は一人だったんだ。

俺は王都のはずれにある安い酒を出す店で、上機嫌に語った。

店は迷惑そうにしつつも、今日は仕方がないと許してくれる。騒いでいるのは俺だけじゃないしな。俺と同じような感想が、ほかのテーブルからも聞こえてくる。

魔王様、すごい。

もちろん、魔王様がすごいのはインフェルノウルフをどうこうしただけじゃない。

あの憎《に》っくき天使族すら、魔王様を見れば矛《ほこ》を向けずに逃げて行った。

ん？　あ、いや、俺は天使族のことはどうとも考えていないぞ。若いからな。天使族を憎むのは年配の連中だ。いわゆる古参《こさん》兵。

連中は、ことあるごとに天使族対策の防御とかを伝授してくるからな。天使族以外に応用が利かないから、あんまり役に立たないけど。

ハーピー族対策？　ああ、あれは天使族と一緒に来るから、天使族対策に含まれてるんだ。今日もそうだったろ？　ハーピー族が下準備したところを、天使族が突っこんでくる形。そういう役割分担。

下っ端兵士の俺にすれば、天使族よりもハーピー族のほうがやっかいだな。

なぜって？　下っ端は天使族に狙われないからだよ。天使族は基本的に指揮官を狙ってくる。

ん？　そりゃ、誰が指揮官かなんて見ればわかるだろう。高そうな服とか鎧を着ているからな。

まあ、そういった服とか鎧がなかったとしても、上から兵の動きを見ていれば指揮官がわかるらしい。俺は天使族じゃないから、詳しくは知らないけどな。


話がそれた。戻そう。

魔王様がすごいってことだ。

パレードの最後、突発的な戦闘になってみんなが混乱してたけど、あれは突発的な軍事演習だった。ここしばらく平和だったから、引き締めるためにやったそうだ。

たしかに、あれがほんとうに敵の襲撃だったら、かなり危なかった。魔王様がすごいのは、そうして引き締めておきながら世界に発信した、【人間の国々に対する戦争勝利宣言】だ。

聞いていないのか？　まあ、軍事演習でバタバタしてたからな。

俺はしっかりと聞いたぞ。魔王様が王城の前で、人間の国々に対して一方的に戦争勝利を宣言したんだ。

相手が聞き入れるわけがない？　そうだろうな。しかし、それがどうした。文句があるなら、かかって来いって話だ。

で、かかって来ると思う？　来ないね。来るなら、とっくに来てる。こっちがなにを言ったところで、相手は黙って聞くしかないのさ。

ん？　【人間の国々に対する戦争勝利宣言】をしたら、なにが変わるんだって？

…………よくわからん。

いや、魔王様がいろいろと言ってたけど大歓声だったから。

聞こえたのは、えーっと……そう、今の魔王様が、最低でも千年は魔王を続けるってことだ。

あれ？　五百年だったかな？　まあ、どっちにしても嬉しいよな。頼れる魔王様の治世が長く続くってのは。

あと、えっと……〝魔王国〟と人間の国のあいだに新しい国を作るとかなんとか言ってたのは聞こえたけど……よくわからないんだよな。

なんで新しい国を作る必要があるんだ？　面倒が増えるだけだと思うんだが？

俺が考えていると、隣の席の見知らぬ男が教えてくれた。

「魔王様は、人間の国々と隣接してても面倒が増えるだけと割り切り、あいだに中立の国を作ることにしたんだ。ようは緩衝《かんしょう》地だ」

緩衝地って、人間の国との戦線を下げて作ったやつだろ？

「そう。広大な領地を人間の国々……いまの場合は、〝フルハルト王国〟と〝ガルバルト王国〟だな。この二つの国との物理的な距離を空けて、その距離を維持する戦いをやっている」

そうだ、それだ。

「その距離を維持するのも面倒だから、そこに国を作ってしまおうって話だ」

へー。

しかし、宣言ならともかく、そんな国を作ったら人間の国々に攻められるんじゃないのか？

「そうならんように手は考えられている。新しく作られる国は、〝魔王国〟との交渉を代理するそうだ」

交渉を代理？

「そうだ。今、国交があるところはそのままだが、新規の国交は全て新しく作る国が担当する。たとえば……捕虜を返してほしいとか、奪われた宝を返してほしいとかの交渉があるとするだろ。そういった交渉を今後の〝魔王国〟はやらない。やるのは新しく作った国だ」

ほー。

しかし、それで攻められなくなるのか？　交渉したくない国は攻めてくるんじゃないのか？

「もちろんそうなるだろう。だが、それは交渉したい国が止める。なにせ唯一の窓口だ。攻めてしまったら、〝魔王国〟とは交渉しないという宣言になる」

いまでも交渉はほとんどないだろ？

「ほとんどないってのは、ないのとは違うぞ。戦争してても、話し合わなきゃいけないことがな」

そうなのか。

「ああ、それこそさっき言った捕虜を返してほしいとか、奪われた宝を返してほしいとかの交渉だな。こういった交渉は人間の国々にもメリットがある。そう簡単には捨てられんさ」

なるほどなー。

「それに、新しい国を作ると言っても、領地は広いがちょっと大きめの街を一つ作るだけだ。そんなところを攻め滅ぼしても、得る物は少ない。それよりも交渉の窓口として維持したほうが得。攻めてきたりはせんよ」

そうか、魔王様はいろいろと考えているんだな。

「そうだな。魔王様はいろいろと考えてらっしゃる。でだ、攻められる心配はないと理解したよな?」

ああ、理解したぞ。

「そこで儲け話があるんだが」

儲け話? おいおい、怪しい勧誘はやめてほしいんだが?

「怪しくない怪しくない。その新しく作る国を守る兵士の募集があるって話だよ」

兵士の募集? いや、俺は〝魔王国〟軍に入っているんだが?

「大丈夫大丈夫。新しく作る国は当然、〝魔王国〟ではないが……実質は〝魔王国〟だ。なにせ新しい国を作るための資金は〝魔王国〟が出すからな。人事も〝魔王国〟主導だ。つまり、兵士も〝魔王国〟軍でそろえられる」

って事は〝魔王国〟軍を辞めて、新しい国の兵士になるって話じゃなく……。

「転属希望者を募《つの》るってことだ。攻められる心配はないが、最前線中の最前線になるから給金は高くなるぞ」

給金が? い、いや、いい話だが……。

「最初は近衛軍が防衛の任務につくから、万が一があっても大丈夫だ。魔王様も、新しく作った国がすぐ潰れたらいろいろと困る。手は尽くしてくれるさ」

た、たしかにな。となると、新しい国を守る兵士になるってのは……。

「儲け話だろ？　明日にでも軍の広報が告知すると思うから、疑うならそっちでも聞いてくれ」

お、おう、わかった。ありがとうな。

「いやいや。感謝してもらって悪いんだけどな、この話をお前さんの同僚とか友人に話してやってくれないか」

ん？　なんでだ？

「最初だから、それなりに兵士を集めたいらしいんだよ。恰好《かっこう》がつかないだろ？」

ああ、なるほど。

「長々と話をしてすまなかったな。よし、酒だ。ここは俺が支払ってやる。乾杯だ乾杯！　今日の魔王様の雄姿に！」

おお、ほんとうに支払ってくれるのか？　助かる！　店員さん、酒を頼むぜ！　でもって、魔王様の雄姿に乾杯！　ははは、今日はいい日だ。

5 王都での夜

王城に用意された俺の部屋で、俺は大きく伸びをする。

今回の村の外のパレード。ティゼルが裏でいろいろと動いていた。

なんでも、俺を目立たせたかったらしい。村の村長ではなく、〝魔王国〟の重鎮《じゅうちん》として活躍してほしいってことかな。

父親としてはその気持ちは嬉しいが、自分の資質を考えても無理で無茶だと思う。

第一、魔王たちに迷惑をかける。よろしくない。

なので、俺はティゼルの企《たくら》みを邪魔することにした。ティゼルに嫌われるかもしれないと三日ほど悩んだが……これも教育。仕方がないと諦めた。

邪魔するのは簡単だった。俺以上に目立つ人物を作ってしまえばいいだけだ。

幸いにして、〝魔王国〟には魔王というこれでもかというぐらい目立っている人物がいる。魔王に頑張ってもらった。

俺は裏方、黒子《くろこ》でいい。ティゼルはそう考える俺に不満なのかもしれないが、これは改善できない部分だな。

俺は村での生活が守れたら、それで十分なのだから。

とりあえず、王都で発生する戦闘が激しくならないように、天使族を抑えた。

次に、ドースたちに王都に入らないように指示。クロの子供たちにも、戦闘になっても王都の住人を倒さないようにお願いした。

あと、ミノタウロス族とケンタウロス族に、戦闘になったら救助活動に参加するように頼んでおいた。

魔王はすごく協力してくれた。とても助かった。

王都での戦闘は軍事演習ということにして収拾を狙い、それなりに上手くいったと思う。ザブトンの子供たちのほかに、ルーやティア、ラミア族、巨人族も自主的に救助活動に動いてくれたしな。

怪我人は出たが、どれも数日で治る軽傷だ。いや、魔法を使えばすぐに治るか。死者が出なくて、ほんとうによかった。

ティゼルもそのあたりは気を使うだろうけど、〝魔王国〟の者たちはイベントごとで死者が出るのを許容する文化があるように思える。文官娘衆たちと各地の祭りの話をしていると、簡単に死者が出てくるしな。

戦争が身近だからかな？　それとも、そういったイベントでの安全管理に問題があるのが常《つね》なのか？

なんにせよ、俺や俺の息子、娘が関わるイベントで死者は出したくない。

裏方で目立たない仕事を押しつけることになるが、プラーダたち古の悪魔族にそのあたりのフォローをお願いした。

プラーダたちは快く引き受けてくれて一安心したけど、彼女らがやったのは王都の住人に殺傷力の低い武器を渡してまわること。攻撃されるこちらはいいのだけど、それで死者が出なくなるだろうか？　出なくなるらしい。

なんでも、その武器を渡すときに住人に防御魔法をかけたらしい。おかげでよほどの不幸がないと死者は出ないと。うーん、魔法は便利だなぁ。

獣人族やハイエルフたちにも協力をお願いしようと思ったのだけど、そちらは好きにさせた。あまり手を回しすぎると、途中でティゼルが気づくからだ。

気づかれて中止になるならかまわないと思うのだけど、今後を考えると、ここでティゼルに失敗を経験させたほうがいい。そう判断した。

なので、結果的に縛《しば》りのない獣人族やハイエルフたちは戦闘を素直に楽しんだようだ。

しかし、まさかアルフレートたちが通う学園の制圧に行くとは思わなかった。

学園側はリアの母親であるリグネが防衛隊を指揮していて、かなり苦戦したらしい。ただ、制圧には成功したので、リアたちハイエルフはかなり喜んでいた。獣人族たちは疲れ果てたようだけど。

ああ、そういえばさっき、学園長である魔王の奥さんから笑顔で苦情を言われてしまった。教育の場を巻き込むなと。もっともだ。あとで、獣人族やハイエルフたちに注意しておこう。

そうそう、軍事演習であることをアピールするため、魔王が王城前で人を集めたとき、急に宣言を始めたのは驚いた。

前々から用意していた……いや、このパレードの真の目的があの宣言だったのかもしれない。

【人間の国々に対する戦争勝利宣言】。

なかなかすごい手を打つ。戦争を一方的に止めるという宣言だからな。

もちろん、人間の国々からの反発はあるだろう。だが、人間の国々は結束してはじめて〝魔王国〟と張り合える。戦争を続けたくない人間の国もあるだろう。結束は無理だと俺は考える。しかし、それでも戦争は続くだろう。

それでは、魔王の宣言がただの言葉で終わってしまう。〝魔王国〟の国政に口を出せる立場ではないが、俺は魔王に一つの提案をした。

人間の国と接している領地に、新しい国を建てることを。

その新しい国に、〝魔王国〟と人間の国々の橋渡しを担わせる。検討してもらえたらありがたいと思ったのだけど、魔王は即断即決で受け入れてくれた。

大きな国をまとめているだけはあるってことか。さすがだ。

そして、パレードと軍事演習は終了となり、夜会となった。

さて。

そう、さてだ。

ここまでの俺の行動。いろいろとおかしい。変だ。

うん、わかっている。俺らしくない。

俺が天使族を抑えるために動いたり、国を建てろなんて言うわけがない。

当然、俺らしくないのには理由がある。俺にアドバイスをくれた存在がいるのだ。

ティゼルがなにか企んでいることを俺に教え、王都での俺の行動を指示した者が。

ルー？　違う。

ティア？　違う。

答え、俺とアンの息子。そう、トライン。


村の外のパレードが始まる少し前、〝大樹の村〟でトラインは俺に伝えてきた。

ティゼルが考えていること。この先、王都で起きることを。

そして聞かれた。〝魔王国〟で活動する気はあるのかと。

質問の意味は広いが、答えを間違えたりはしない。俺には〝大樹の村〟があればそれでいい。〝大樹の村〟の存在が脅かされるなら立ち上がるが、そうではないなら積極的に関わる気はない。

そう返事をした。

トラインは承知しましたと俺に頭を下げ、行動を開始しようとしたので止めた。

トラインにはメットーラの手伝い……いや、言葉を濁さずに言おう。ティゼルを抑えるために王都に行ってもらうが、それはティゼルとトラインを仲違《なかたが》いさせるためじゃない。

トラインがなにをする気かは知らないが、俺のためにティゼルのやろうとしていることを邪魔するのだろう。それは理解した。

だが、いくら俺のためとはいえ、邪魔されたとなればティゼルの怒りの矛先はトラインに向かう。それはよろしくない。当たり前だ。その怒りの矛先の前に立つべきはトラインではなく、親である俺だ。俺であるべきだ。だから俺が頑張ることにした。そう、トラインがやろうとしていることを俺が代わりにやったのだ。

…………。

結果は上手くいったと言えるのかな。

俺がトラインの代わりに動くと言ったら、思いっきり使われたけど。早まったかもしれないと何度も思った。

しかし、姉弟の仲が悪くなるよりはいいだろう。うん、俺は間違っていない。と、思う。

思うんだけど……なあ、トライン。

「なんですか?」

俺は夜会が終わったあと、俺の部屋にトラインを呼んでいた。聞きたいことがあったからだ。

新しく建てる国にティゼルが関わる。俺から魔王に言って承認されたことだが、これはトラインの提案だ。

なぜそんなことを？

「ティゼル姉さまに学んでもらうためです。〝魔王国〟では、ティゼル姉さまに甘い環境がそろっています。これはよろしくありません」

そうか？

「はい。多少、苦労する環境のほうがティゼル姉さまの成長に繋がると思います。それに、〝ガーレット王国〟のことを考えると、新しく建てる国に天使族が関わっているほうがいいでしょう。〝ガーレット王国〟の従順派……たしか〝正統ガーレット王国〟でしたね。そこはティゼル姉さまの国に従属してもらう予定ですし」

ティゼルが関わったほうが、今後のためってのはわかるが……。

「なにか問題が？」

ティゼルが王都から離れた場所に行くのはちょっとな。

「お父さまがティゼル姉さまを心配する気持ちもわかりますが、それは優秀な護衛を派遣することで和《やわ》らげていただければと」

ティゼルの護衛。

トラインからは、ザブトンの子供たちをと希望されている。そのあたりは、ザブトンと相談しないと決められないが……。

「天使族からも数人、護衛を出してもらえれば助かります」

まあ、そうだな。ティアやマルビットに相談しておこう。

夜遅くにすまなかったな。ティゼルのことだから、早く聞いておきたかった。

「いえ。ああ、フラウお母さまと、ユーリさんはどうします？」

ん？　あの二人がどうかしたのか？

「ティゼル姉さまに協力していたようですので」

………………。

フラウとユーリには俺から言っておくから、トラインがなにかする必要はないぞ。

「承知しました」

トラインは一礼して、部屋から出ていった。

廊下ではトラインと仲がいい山エルフが待っているから、夜遅くでも心配はないだろう。まあ、いなくても自室に帰るぐらいは大丈夫なぐらいしっかりしているけど。

はぁ、今回の件、トラインがいて助かったのは事実だが…………俺は息子や娘と、もっとコミュニケーションを取るべきだな。

あと、アンはトラインを厳しく育てすぎだと思う。

トラインとの親子の関係、もう少し解《ほぐ》れたものにならないかが最近の悩みだ。

6 お疲れさま会

村に戻った。落ち着く。

王都でなにかあったわけじゃないけどね。一仕事、終えた気分というやつだ。

アルフレート、ティゼル、ウルザ、トラインらは学園があるので王都に残ったけど、それ以外は全員が戻ってきている。無事でなにより。

とりあえず、今晩はお疲れさま会の名目で宴会をやって、明日からはいつも通りになる予定だ。天使族やドワーフたちは一足先に宴会をやっているようだが……見逃そう。準備の邪魔にならないように、会場予定の広場の隅のほうでやっているしな。

その宴会に参加しているわけではないが、会場予定の広場でグーロンデがオルトロスのオルをあやしている。オルは留守番だったからな。

最初は一緒に行く予定だったのだが、グーロンデのいる竜たちの行進にはどう頑張っても同行できず、クロたちの行進にも体格差で無理。

グーロンデの背中や、俺の馬車に一緒に乗る案もあったのだが、それはオルが拒否した。

なので仕方なくオルは留守番となり、本人もそれで納得したと思ったのだが……やはり不満だったらしい。数日ぶりのグーロンデに甘えまくっている。

うーん、オルは完全にグーロンデの家族だな。だからと言うわけではないのだが、オルはもう少しギラルにも優しくするべきだと思う。

グーロンデたちが帰ってきたとき、先頭にいたギラルを避《よ》けてグーロンデのところに駆け寄ったのは問題だと思うんだ。

ギラル、お前を迎え入れる態勢だったろ？　今後を考えると、ギラルにも愛想よくしてもいいと思うんだ。

なぜ俺がこんなことを考えるかと言うと、俺の目の前でギラルがグーロンデとオルの様子を見ているからだ。

…………どうしよう。留守番をしていたクロの子供たちに取り囲まれている俺としては、声をかけにくい。

あ、見かねたドースがギラルを誘いに来た。助かる。

ドースに連れられて行くギラルを見送り、俺はクロの子供たちとボール遊びを再開する。

留守番をさせていたからな。これぐらいはする。まあ、夜に宴会が始まるまでだけど。

ボールを投げることは問題ない。慣れたからな。

ただ、ボールを持ってきたクロの子供たちを撫でて褒めるのが大変だ。

留守番をしていたクロの子供たちは、クロたちの群れの中では中堅から下に位置する。普段、俺と接触する機会が少ない者たちだ。なので元気いっぱいだ。興奮しすぎて、ちょっと怖い。

しかし、これは普段が寂しいということだろう。俺としては全員を等しく扱いたいのだが、クロたちの群れの序列を崩すのはよくないからな。難しい問題だ。今回みたいに役割で機会を作るのがいいのかな。

おっと、考えごとで撫でる手の動きが悪くなっていた。すまない。考えるのはあとにしよう。

いまはクロの子供たちに集中だ。ほら、次のボール、いくぞー！


ボールを投げ続けたので、肩の疲労がすごい。慣れたと思ったのだけどなぁ。

『万能農具』のボールなら疲れなかったかもしれないが、それだとクロの子供たちが咥える前に手元に戻って来てしまうしなぁ。

いや、『万能農具』はボールにはなれないか。

なれないよな？　うん、無理っぽい。ボールは農具じゃないもんな。

槍？　畑を守る道具なら農具だ。たぶん。


夜、宴会が始まった。

大騒ぎにはならない。小騒ぎぐらいだ。お疲れさまという趣旨だからな。

外のパレードに関しての反省は、村に戻る前に終わらせている。ここでは、参加していない者に外のパレードの様子を語るのがメインになるだろう。

ああ、ザブトンの子供たちが着ぐるみから出た件は、俺からザブトンに報告して許してもらっている。緊急事態だったからな。

だが、それに甘えることなく、今後は注意していきたい。

それと、パレードの最中にアイギスが拾った鯨の骨は、〝五ノ村〟の神社に奉納《ほうのう》してきた。後回しにすると忘れそうだったからな。

変な感じは受け取った以降はしていないから大丈夫だとは思うのだけど、万が一を用心した。今度、様子を見に行こう。

普段の宴会と同じ……ではなく、趣向が凝らされていた。

宴会場の中心に配置された長テーブルの上に並べられた料理は、村の外でのパレードを模した形になっていた。

カットしたキュウリが目立つサラダは、獣人族の一団を表現しているのだろう。ナス料理はハイエルフの一団か。クロの一団は、ダイコン料理だ。少し想像力を働かせる必要はあるが、十分にわかる。

竜たちは飴細工《あめざいく》で作られているので、想像力の必要はない。ただ、飴を十分な量を用意できなかったのか、ドースとギラル、ヒイチロウの三体だけになっているな。いや、向こうでライメイレンを作っている鬼人族メイドたちがいるから、時間がなかっただけかな？

蒸《ふ》かしたジャガイモで模されたのは、ザブトンの子供たちの一団。俺や子供たちが乗っていた馬車は、カボチャ料理で表現されている。サイズ《スケール》は元の食材のせいで多少のばらつきはあるが、気にならない。パレードの雰囲気が出ている。

しかし、この長テーブル以外にも料理があるからか、誰も手を出さないのはどうなのだろう？　最初は見て楽しむだけか？　料理だから食べるべきだと思うのだけど？

一応、料理を用意してくれた鬼人族メイドたちに確認をしてから、俺は自分が表現されているのであろうカボチャ料理に手を伸ばした。

俺が食べるのを待っていたようだ。長テーブルの料理が減っていく。

天使族、山エルフ、ドワーフ、〝一ノ村〟、〝二ノ村〟、〝三ノ村〟、〝四ノ村〟、〝五ノ村〟の一団も料理で表現されているが、フルーツで作られた〝三ノ村〟、〝四ノ村〟が人気だな。あっという間に消えた。

ブロッコリーが中心の〝一ノ村〟は……駄目なのかな？　ブロッコリー、美味しいんだけどな。

妖精女王、飴細工を食べるのはかまわないが本人たちの目の前で砕かないように。変な空気になるだろ。いや、子供たちに配ったら許されるというものではないと思う。飴細工のギラルの頭部をグラルに渡すんじゃない。グラルが困っているだろう。もう少し考えるように。

ライメイレン、飴細工のヒイチロウを守るんじゃない。なにもしてない？　魔法で防壁を張ってるだろ？　わかるぞ。妖精女王や子供たちが飴細工のヒイチロウに近づけてないからな。

手のひらサイズの酒樽で表現されているのはドワーフの一団……この酒樽、中に酒が入っていたりするのか？　入っていない？　どの酒を入れるかで揉めて、入れる前にドワーフたちが飲んだと。

なるほど。飾りだな。

飾りと言えば、長テーブルから少し離れた場所に、鳥を模した氷細工が三つある。白鳥、黒鳥、フェニックスの雛のアイギスだ。

最初、これらもドースたちと同じ飴細工かと思ったけど、氷細工だった。氷なので白鳥と黒鳥はそっくりだが、氷を削る粗《あら》さで表現を変えているのか、見ただけでこっちは白鳥、こっちが黒鳥と断定できる。なかなかの腕だ。

誰が作ったのかと聞いたら、トラインと一緒に学園に行った山エルフだそうだ。村の外のパレードに向かう前に製作してくれていて、今日まで魔法で保存していたらしい。

ふむ、あとで手紙で感想を送るとしよう。

え？　まだ見所がある？　アイギス？　氷でアイギスは表現に無理があるんじゃないか……。

そう思っていたら、氷細工のアイギスが燃えた。

氷細工のアイギスの表面に、燃える薬品を塗ってあったそうだ。へー。

自動で着火する仕掛けとかは、さすが山エルフだ。

ところで、この炎で氷は溶けないのか？　やっぱり、溶けるよな。でもって、溶けた氷に負けない炎。薬品の炎だからな。

……………消火作業！　急いで！

感想の手紙には、クレームも添えておこう。

そう考えながら、俺は村に戻って来たなぁと改めて思ってしまった。

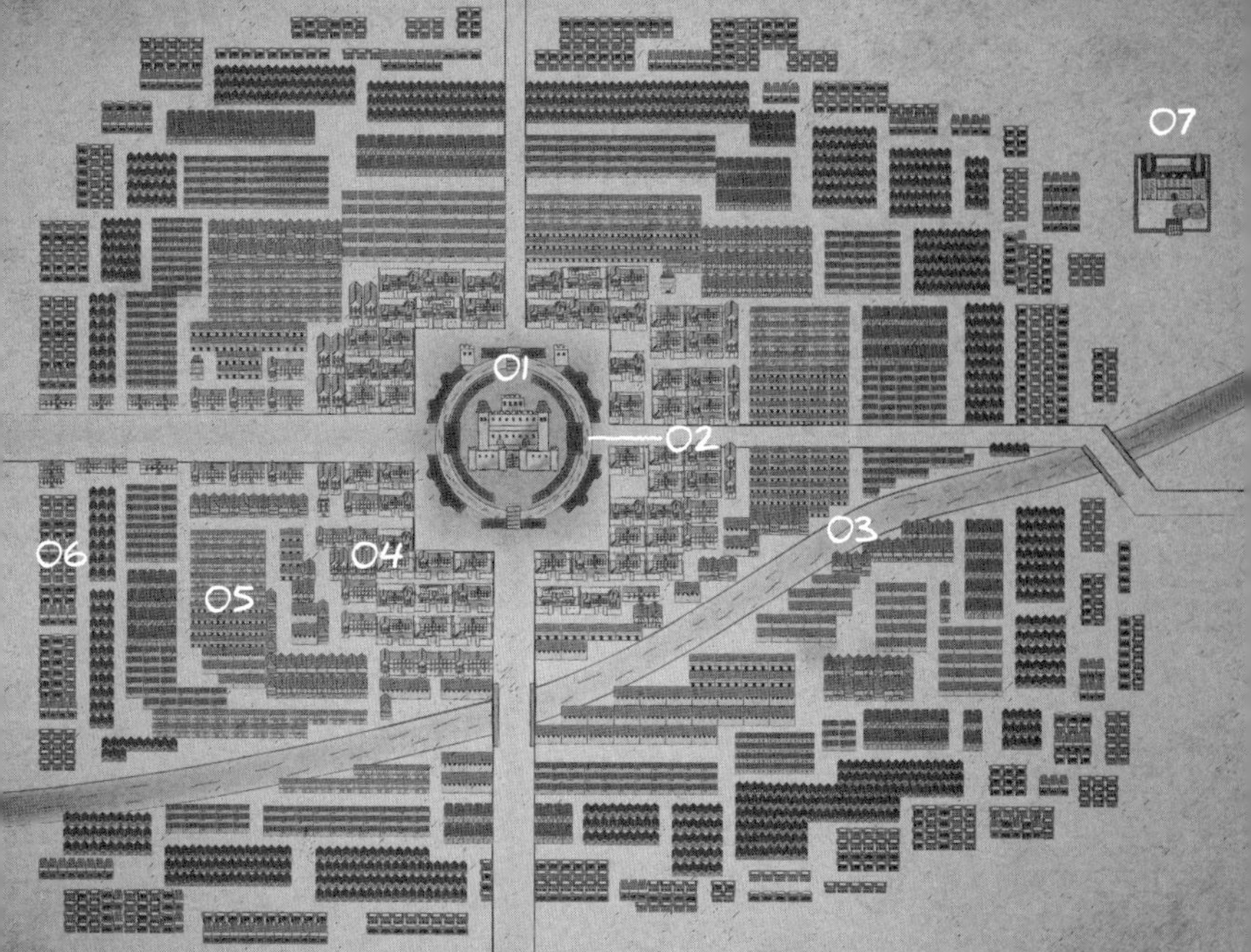

Farming life in another world.

Final chapter

Presented by
Kinosuke Naito
Illustrated by
Yasumo

〔 終章 〕

トラインとベルバーク

01.王城　02.水堀　03.川　04.貴族屋敷　05.住人家屋　06.商店　07.貴族学園

1 秘密基地と難しいパズル

昼。

ため池の畔《ほとり》で、ポンドタートルたちが日光浴をしていた。何頭かのポンドタートルは、甲羅《こうら》を出して、ため池で泳いでいる。

…………。

一頭、変なのがいるな。あれ、甲羅じゃなく腹だよな？　つまり、背泳ぎしているポンドタートルがいるのか？

んん？　よく見れば、バタフライやクロールをしているポンドタートルもいる。

去年の夏、泳いでいる子供たちを見て学んだ？　いや、学ばなくても泳げるだろ？　個性が欲しい？　あー、ポンドタートルも数が増えているからな。そういった者が出てくるのも必然か。

わかった。ただ、無理をして骨を傷めたりしないように。亀の骨格的に、背泳ぎやクロールをしているのは驚きだからな。いや、俺の知っている亀とは根本的に違うのはわかるが、どうしてもな。

俺がため池にやってきたのは、ポンドタートルたちを愛でるためではあるが、それはメインではない。

メインはため池にいるであろう白鳥と黒鳥の様子を見ることなのだが……いないな？　どこだ？

そして、ため池の畔に俺が知らない小屋があるのはなんだ？

小屋のサイズは……十二畳ぐらいの大きさ。見た感じ、ハイエルフたちの手によるものじゃなさそうだ。

小屋からため池に伸びる大きなウッドデッキがある。ウッドデッキに手すりがないのは、ウッドデッキからの景色を邪魔しないためかな。

そんなふうに小屋とウッドデッキを見ていたら、小屋から人の姿をした黒鳥がウッドデッキに出てきた。

黒鳥はウッドデッキの上にビーチチェアとサイドテーブル、パラソルをセットし、ビーチチェアに座った。手には大きな本があるから、それを読むのだろう。休暇を満喫《まんきつ》するスタイルだな。っと、黒鳥が本を読む前に俺に気づいた。

俺は手を振りながら、黒鳥のいるウッドデッキに向かった。

「村長、どうしました？」

いや、屋敷でいつもの喧噪《けんそう》が聞こえないから、ため池にいるだろうと思って様子を見にきたんだが……なにをやっているんだ？

「屋敷で騒ぐと鬼人族メイドが睨んでくるので避難を」

騒がなければ避難する必要もないのだが、まあ白鳥がいるからな。

で、この小屋は？

「今朝、作りました」

白鳥と黒鳥が？

「白鳥《あれ》が面倒なことをするわけがありません。私が作りました。あ、材料はハイエルフのみなさまに分けてもらいました」

そ、そうか。

えーっと、小屋の目的は？　白鳥と黒鳥は、俺の屋敷で寝泊まりしている。こういった小屋は必要ないと思うのだが？

「白鳥を隔離《かくり》する空間を作らないと、迷惑をかけますので」

なるほど、それなら言ってくれれば協力したのに。あと、村の中でなにかを建てたら報告は欲しいな。

「あれ？　連絡が届いていませんか？　白鳥に任せたのですが？」

そこで白鳥に任せるのが、黒鳥の詰めの甘さだな。

「す、すみません」

まあ、いいよ。それで白鳥は？

「小屋の中です」

小屋の中、見てもいいか？

「ええ、もちろんです」

黒鳥は案内してくれそうだったが、それを断って小屋の中を覗《のぞ》いた。

…………。

小屋の中は一段高い板張りになっており、土足厳禁っぽい。

その小屋の中央に毛足の短いカーペットが敷《し》かれ、その上にコタツがあった。春になると鬼人族メイドによって問答無用で回収されるあのコタツが。

そのコタツに腰まで入り、仰向けで寝ている人の姿の白鳥。でもって、そのコタツのテーブルの上にフェニックスの雛のアイギスと鷲がいる。彼らは黒鳥が用意したのだろう小皿に入った煮物《にもの》を突《つつ》いている。

そして、その傍《かたわ》らには酒の入った中樽。

…………お前たち、ズルいぞ。これ、秘密基地だろ！

ほら、酒スライムもやってきた。間違いない。

小屋の片隅を占領させてもらう。俺はここに隠し部屋を作るんだ。

見た感じ、本棚っぽくしておくから。

ん？　この扉は？　あ、トイレね。防音、防臭を考えて二重扉か。やるな。

俺はトイレを邪魔しない場所に、二畳ぐらいの隠し部屋を作った。

作って満足。籠《こも》ったりはしない。白鳥と黒鳥が使ってくれることを願おう。

そして屋敷に戻り、近くにいた鬼人族メイドに聞いた。あの小屋のコタツは見逃すのか？

「白鳥さんが大人しくなるなら、仕方がないと判断しております」

なるほど。なら、俺も気にしないようにしておこう。

「よろしくお願いします」

それで、アンとラムリアスはどこにいる？

「お二人とも、アンさまの自室でのんびりされています」

そうか。

出産はまだ先らしいけど、お腹はかなり大きくなっている。なのに二人はなんだかんだと動くからな。部屋でのんびりしているなら、いいことだ。

俺は二人の様子を見に、アンの部屋に向かう。

二人は妊娠していたために今年のパレードが見学になり、村の外のパレードにも不参加だった。窮屈《きゅうくつ》な思いをさせている。できるだけ、気を使っていきたい。


アンの部屋では、腕相撲をしているアンとラムリアスがいた。たぶん、妊婦がやっちゃいけないことだと思う。

慌てて止めた。いや、腕の力だけで腹には力を入れていないと言われてもだな。

のんびりするというのは、編み物とか読書であってほしい。いや、ほかのことでもかまわないけど、腕相撲だけは違うと思う。

ほら、天使族が暇潰し用にと用意してくれたパズルとかあるんだろ？　それを二人で協力して解くとか……難しくて二人して投げたと。

諦めるのはよくないぞ。俺も協力するから、三人で頑張ってみよう。

どんなパズルなんだ？　この壁にめり込んでいるやつか？　投げたって物理的に投げたのか。壊れて……ないようだ。鉄製でよかった。

えっと、立体パズルか。

立体のどこかを押したり引いたりして、立体の中にある石を取り出すのが目的と。知恵の輪を難しくした感じのやつだな。

見た感じ、ここが動きそうだから、こうして、こうすれば簡単に……。

……………。

こっちを動かすと、ここが引っかかって動かない？　じゃあ、逆は……駄目？　え？　どうすればいいんだ、これ？

アンとラムリアスは二人して三日ほど考えたけど、駄目だったと。なるほど。

俺は一日で諦めた。無理。三人で意見を出しあっても駄目だった。こういったのはできる人に任せよう。

誰ができるかな。

竜たちは簡単にできそうだが、パズルを潰す方向で解くかもしれないから却下。

ルー。意外と気が短いから、こういったのは駄目だと思う。

ティア。このパズルは天使族が用意したから、答えを知っている可能性があるな。答えを知っている者に解いてもらうのは、負けた気がする。

リアとか、ヤーはできるか？　意外とガルフとかダガが得意だったり？

俺は立体パズルを持って村を回った。

立体パズルを解けたのが白鳥だけだったのは、ちょっと納得できなかった。

2 ゴミ箱とオークションのお誘い

ふたのあるゴミ箱。匂いを抑えたり、ゴミが見えなくなる普通のゴミ箱だ。

このゴミ箱。当然ながらふたを開ける必要がある。なので、両手でゴミを持っている場合はふたを開けられず、ちょっと不便。

そこで思い出したのが、ペダルを踏むとふたが開くゴミ箱。

仕組みはそれほど難しくないので、作ってみた。

ペダルを踏むアクションでゴミ箱が動いてはいけないし、仕組みの強度を考えて作ったので、大きくて重いゴミ箱になってしまった。

それを屋敷の空き部屋に設置。ペダルを踏んでふたを開けてみる。ペダルから足を離すと、ふたが閉じる。おお、悪くない。

これは鬼人族メイドたちに喜ばれるだろう。

そう思って鬼人族メイドたちに見せたのだが……甘かった。

この世界には、ビニール製のゴミ袋という物は存在しない。それゆえ、ゴミは直接ゴミ箱に入れられる。

ゴミ箱のゴミは、スライムたちがいるゴミ捨て場にゴミ箱ごと持って行く必要がある。

つまり、ふたが開く仕組みの分だけゴミ箱が重くなり、持ち運びに不便という欠点が発覚した。

鬼人族メイドたちならこの程度の重さは気にしないのだが、ゴミ箱をゴミ捨て場に持っていってゴミを捨てるのは子供たちのするお手伝いの一つ。よって、重いのは駄目。

また、ゴミを捨てたあとには、ゴミ箱は清掃する必要がある。なので、ゴミ箱とふたが一体化していると洗いにくいとの指摘があった。

このゴミ箱の清掃も子供たちのお手伝いの一つ。洗いにくいのは困る。

むう、考えが甘かった。そして、ビニール製のゴミ袋のありがたさがわかる。

ペダルを踏むとふたが開くゴミ箱は失敗か。


いや、ここで諦めてはいけない。諦めないことで、人類は発展したのだ。

ということで、改良。

ふふふ、改良のアイデアはある。なに、そう難しいことではない。

このゴミ箱に収まるように、一回り小さいゴミ箱を用意するだけだ。ビニール製のゴミ袋の代わりに、ゴミ箱を使うだけだ。

これで、ゴミを捨てに行くのも、洗うのも楽になるだろう。これでどうだ！

…………。

ふたがない状態で移動させるのは困ると。匂いが出るもんな。ふた本来の目的を忘れてはいけないな。

よし、一回り小さいゴミ箱用のふたを用意しよう。一回り小さいゴミ箱用のふたは、普段はゴミ箱の後ろにでも置いておけばいいだろう。捨てるときに取り出して使う。これでどうだ？

「足で開けることに少々、抵抗がありますが……たしかに楽ですね」

「これを知っちゃうと、ふたを手で開けるのが面倒に感じます」

「全部のゴミ箱をこれにしてほしいぐらいです」

鬼人族メイドたちの評判はよく、増産を望まれた。

まずは屋敷の台所から設置してほしいそうだ。どうしてもゴミが出るからな。

とりあえず、三つほど作って屋敷の台所に設置した。喜ばれるのはいいことだ。

問題は、ペダルでふたが開くことが珍しいのか、大勢の大人たちがペダルを踏みに台所に来たこと。ゴミ箱の増産が急がれる。

あと、これは問題ではないが……台所で働いている箱《インテリジェンス・ボックス》たちが、ゴミ箱をライバル視した。

鬼人族メイドたちが、最近の箱たちは頑張っていると褒めていた。いいことだ。

ペダルを踏むとふたが開くゴミ箱が〝大樹の村〟に普及し、パカパカと呼ばれるようになったころ。マイケルさんが〝大樹の村〟にやってきた。

用件は、オークションのお誘いだ。

以前、〝五ノ村〟でオークションをやったが、あれはかなり無理なスケジュールのオークションだったと聞いている。そのオークションに参加して、オークションはこのようなものかと考えられては困ると正式《ちゃんとした》なオークションへのお誘いだ。

前々から話はあったから慌てないけど、時期はもう少し先じゃなかったか？

「ええ、本競売は来年の春のなかほど、王都でと予定しています。ただ、競売品の展示は動いていますので」

来年の春のなかほどとなると、一年ぐらい先だな？　そんなに長い期間、展示するものなのか？

「競売品の募集もしますので」

ああ、最初から全部そろっているわけじゃないのか。

「ええ、さらに今回は商隊を組んで各地を回り、競売品を見せて参加者とさらなる競売品を求めます。前回のオークションでは展示は〝五ノ村〟だけでしたが、今回のオークションでは十ほどの街を回る予定です」

へー。

「それで、村長からも何点か競売品を出してもらえればと考えているのですが」

ああ、そこは問題ない。みんなと相談して、出品するよ。手続きはマイケルさんに任せたら大丈夫かな？

「お任せください。夏になるころには展示のための商隊が動きますので、できればそれまでに。まあ、遅くなっても運ぶ手段はありますので、焦る必要はありませんが」

助かる。

「いえいえ。実は出品とは別のお願いがありまして」

お願い？

「はい。できれば商隊が出発する前に、激励に来ていただけないかと」

激励はかまわないが……そういったのって普通はするのか？

「しないこともありません。オークションや商隊の格を上げるためにも、有力者に来ていただけると助かるのです」

それなら、俺じゃなくて魔王とかのほうがいいと思うけど。

「村長がお越しになれば、〝魔王国〟の重鎮の方々がそろいますので。それと、その言いにくいのですが……」

？

「今回のオークション、プラーダさまが〝五ノ村〟の責任者として参加します。それと、商隊には

「ジョロー氏が協力するため、ベトンさんが護衛として同行します。プラーダさまとベトンさん。お二方を信用しないわけではないのですが、村長の目があることを再認識していただければと……」

なるほど。プラーダとベトンさんか。

俺としては二人をトラブルメーカーとは思っていないが、二人とも問題を起こしたからな。マイケルさんが警戒するのも仕方がないのか。

わかった。時間を見つけて、商隊を訪ねよう。

「すみません。お手数をおかけします。このお礼は、海産物で」

期待している。


マイケルさんが帰ると、ルーがやってきた。

「聞いていたけど、激励に行くの？」

ああ、問題ないだろ？　護衛はちゃんと同行してもらうつもりだぞ。

「そっちの心配はしていないわ。王都に行くならアルフレートたちの様子を見てほしいかなって」

ああ、もちろんだ。

アルフレート、ウルザ、ティゼル、トライン。あと、ゴール、シール、ブロンの様子も見ておきたい。

「ティアとアンが心配しているから、ティゼルとトラインを重点的にお願いね」

そうだな。その二人は重点的に見ないといけないだろう。

一応、報告の手紙では問題ないと書いてあったけど……ああ、そういえば例のあれはどうなったんだ？　えーっと、たしか選出議会のトップ。

魔王の親族らしいけど、現体制に不満がある人たちが関わっているらしい。

村の外のパレードのとき、〝シャシャートの街〟のイフルス代官からその話を聞いて注意はしていたのだけど、俺はトラインとのあれこれがあったので、結局はルーとティアに任せてしまった。

「彼、問題ないわ」

そうなの？

「現体制に不満がある人たちにお金を出させて、王都までの旅費を浮かせたかっただけみたいよ。〝五ノ村〟や〝シャシャートの街〟を満喫していたわ」

えーっと。

「〝シャシャートの街〟の住人に交じって、パレードにも参加してたらしいし」

…………。

ま、まあ、パレードに参加したぐらいでは困らないか。

「彼に関しての報告は、もう少し魔王との関係を調べてからするつもりだったのだけど、気になるなら急ぐわよ」

ああ、気にしてない気にしてない。どうなったかなって思っただけだから。のんびりやってくれたらいいよ。

「わかったわ。まあ、近いうちに魔王がこの村に連れてくると思うから、その前に用意するわ」

村に来るのか？　それじゃあ、歓迎しないとな。

「あはは。いつも通り、歓迎してあげましょう」

そうだな。

閑話　王都のトライン

私はトライン。〝大樹の村〟で生まれた鬼人族の男。

生まれてまだ十年ほどの若輩者《じゃくはい》ですが、よろしくお願いします。


さて……疲れました。

学園の敷地内に用意された家に戻った私は、目を閉じて反省します。

そもそも、村の外のパレードの一件。ティゼル姉さまの暴走を止めるためとはいえ、お父さまを巻き込んでしまったのが駄目でした。お父さまが気づくことなく、全てを終わらせなければ。

あ、いや、お父さまは私たちがこっそり動くことを好みません。気づくことなくというのは駄目ですね。しっかりと報告、連絡、相談をすべきです。

そのうえで、お父さまに迷惑をかけずに動く。これが理想です。

なのに、お父さまを巻き込んでしまったというか、お父さまから巻き込まれに来るとは予想できませんでした。

私とティゼル姉さまの仲を心配してというのが理由なのは、嬉しいことなのですが……。

反省点はまだあります。

ティゼル姉さまの暴走を諫《いさ》めるという目的だったのに、今後を考えて余計なことをしてしまったことです。過保護な魔王のおじさんを引き離し、膨大《ぼうだい》な仕事を与えればそれに集中するだろうという読みだったのですが……甘かったです。

いえ、読みは当たっていました。ティゼル姉さまはその仕事に集中しています。ただ、学園では新参者である私を巻き込んでくることは想定外でした。

ティゼル姉さまの性格から、巻き込むならアサさんかアースさんだと思っていたのですが……意外にもアサさん、アースさんは巻き込まず、ダイレクトに私だけを巻き込みに来ました。

………………。

これ、ひょっとして私が裏にいたことがバレているのでしょうか？　いずれバレるとは思っていましたが、予想よりもかなり早いです。対策できませんでした。これも反省点ですね。

私の知っているティゼル姉さまは、村にいたときのティゼル姉さま。村を出て学園に通い、〝魔王国〟の政務に関わることでかなり成長しているようです。

私は目を開け、室内を見ます。

学園の敷地内に用意された家は、四人家族で住んでもまだちょっと広いといった感じでしょうか。もっと小さい家でかまわないと希望を出していたのですが、ウルザ姉さまがこのサイズに決めていました。

ウルザ姉さまが言うには、なにごとも小さいよりは大きいほうがいいらしいです。そうかもしれないと思ったので、受け入れました。

この家に、私と私と一緒に学園にやってきた山エルフのマアが住んでいます。

私にとって山エルフのマアは……なんでしょう。侍女ではありません。

なにせ私は執事になるべく教育を受けているのです。侍女に世話をされる執事などいないのです。

たしかに私の身長が足《た》りない部分を補《おぎな》ってくれてはいますが、侍女ではありません。

彼女は私よりはるかに年上なので、実は乳母《うば》……ではありませんね。彼女から母乳をもらったことはないはずです。

となると、恋人？　私はまだ十年ほどしか生きていないので、そのあたりはわかりませんが違うでしょう。

彼女とは一緒に遊ぶ……遊びませんね。

私と彼女は、機械作りを一緒に……一緒には作っていませんね。作るのはマアだけです。

私は設計というか作る物のアイデアを出して、彼女がそれを形にする。依頼主《クライアント》と供給者《サプライヤー》の関係が無難でしょうか。代金は払ってませんけど。

まあ、友人でいいと思います。私の学園行きについて来てくれたので、親しい友人ということで。私の親しい友人の彼女と、この家で暮らしています。なので、この家で私が見るのは彼女のはずなのですが……なぜかティゼル姉さまがいました。

私が家に戻ってきた直後に目を閉じた理由がわかっていただけますでしょうか？　疲れからくる幻覚だと思いたかったのです。残念ながら、幻覚ではなかったようですが……。

えーっと、ティゼル姉さま？　二つほど質問してもよろしいでしょうか？

「かまわないわよ。ああ、私がここにいるのは、今日の釣果《ちょうか》を聞きたかったから」

ありがとうございます。質問は一つになりました。

「それはなによりね。それで、釣果は？」

先にそちらが質問するのですね。かまいませんが……私の姿を見るだけで逃げて行くようになりました。なので釣果はありません。

「むう。顔を覚えられてしまったのかしら？　あと数日はいけると思ったのだけど……角は隠したのよね？」

もちろんです。服装も何度か変えてみました。ですが、駄目でした。

「学園を出るときに見張られていたとか？　それとも、昨日はやりすぎた？」

やりすぎというほど騒ぎにはなっていないと思いますが……噂にはなっているかもしれません。

「そうなの？　仕方がないわね。別の手を考えるわ」

承知しました。

「姉弟《きょうだい》なんだから、砕けた喋《しゃべ》り方でいいわよ。呼び方だって、昔みたいにティー姉《ねえ》でいいし」

アンお母さまに叱られるので、ご容赦を。

「あはは、厳しいからねー」

まったくです。

ちなみにですが、ここで話題にしていた釣果というのは、私が適当にぶらつき、絡んできたチンピラなどを捕まえることです。ああ、捕まえるのは私ではなく、私を見張る軍の人たちです。

つまり、私は囮ですね。

ティゼル姉さまはこの行為を【釣り】と呼んでおり、捕まえたチンピラの数を釣果としています。

ティゼル姉さまの考えた、労働力確保の方法です。

この【釣り】、ティゼル姉さまがやるとチンピラたちは近寄ってくるどころか全力で逃げるので、顔が知られていない私に回ってきました。

現在までに五日ほどやっていますが、釣果は合計で三十人ほど。十歳の子供が一人で、それなりに治安の悪い場所を歩いてこの釣果。魔王のおじさんたちがやっていた、王都の浄化作戦が成功していると考えるべきでしょうか。いえ、それだと三十人は多いですか。となると、どれだけやっても悪人は減らないということでしょうか。

「そっちの質問は？」

そうでした。いえ、シンプルな質問です。

ティゼル姉さまの横にいるご老人……ええ、その人は誰ですか？　心配になるぐらい、死んだ目をしているのですが？

「彼？　今日の私の釣果」

ティゼル姉さまに絡んできたのですか？

「いやー、なんか王城にこそこそ侵入しようとしていたから、こっちから絡んだの。勘がよくて何度か逃げられたから、びっくりしちゃった。あと、魔力量がすごいのよ。わかるでしょ？」

ええ、わかります。なので、どう考えてもただ者じゃないと思うのですが……。

これ以上の追及は止めておきましょう。面倒ごとは遠慮します。

泥棒であるなら、しかるべきところに突き出したらどうです？　あと、縛っておくとか。

「使えそうな人材だから幹部候補よ。丁重に扱って。とりあえず、しばらくこの家に捕まえ……泊めてあげて」

……………なぜに？

「私の家に連れて行ったら、アル兄やウル姉が怒るじゃない」

怒られることに私を巻き込まないでください！

「部屋は余ってるでしょ？」

残念ながら、余っていた部屋はマアの開発室と物置になっています。

「地下室は？」

ウルザ姉さまが、武器庫にしています。

「しまった、先を越された！」

いや、ティゼル姉さまは王城に自由にできる部屋がいくつもあるでしょ？

「学園の近くにも欲しいのよ。家だとアサやメットーラが厳しいし。あ、アル兄は学園のどこかに秘密基地を作ったみたいなのよ。場所がわかったら教えてね」

アルフレート兄さまとティゼル姉さまなら、私はアルフレート兄さまを選びます。

「酷い！　どうしてそんなことを言うの！　こんなにかわいがっているのに！」

自身の行動を振り返ってください。

ん？　来客のノック？　少し焦ったようなノックですね。誰でしょう？　アルフレート兄さまなら、もっと穏やかなノックです。ウルザ姉さまなら、ノックの前に声をかけます。つまり……。

「すまない。人探しを手伝ってほしい！」

ビーゼルおじさんでした。

村で顔見知りなので、警戒はしませんが……なぜ私に手伝いを？　そういった依頼はアルフレート兄さまか、ウルザ姉さまにすればいいのにと思うのですが？

「君がもっとも騒ぎを大きくしないからだ。なのだが……えーっと、手伝いの必要はなくなった」

あ、じゃあ、探しているのはあそこにいるご老人ですか？

「うむ」

そうですか。

ティゼル姉さまの姿はありません。逃げたようです。ご老人の口から証言されたら、逃げても無駄だと思うのですけどね。

「すまない、助かった。実はこの方は……」

あ、いや、ご老人が何者か知りたくもありません。このご老人がここにいるのは偶然に偶然が重なった結果です。そういうことで、よろしくお願いします。私は無関係です。

……………。

は、放してください！　無関係だと言ってるでしょう！　泣き落としには屈しませんよ！　私を巻き込もうとしないでください！　私を巻き込むのはティゼル姉さまだけで十分なのです！　いや、ティゼル姉さまに巻き込まれるのも遠慮したいぐらいなのです！　同情した視線を向けるぐらいなら、勘弁してくださいよ！

閑話　ベルバークの旅　前編

我が名はベルバーク。ベルバーク＝ルチョイス。〝魔王国〟に住む魔族の老人だ。

そう、老人だ。千歳を超えてからは年齢を気にしなくなったが、たぶん千五百歳はいってないと思う。〝魔王国〟では最年長……は、言いすぎかな。ただ、老人であることは間違いないであろう。

爵位は子爵《ししゃく》を賜《たまわ》っていたが、我が八百歳ぐらいのころに曾孫《ひまご》に譲った。

………。

あれ？　玄孫《やしゃご》だったかな？　まあ、どちらでもいいか。血縁に譲ったとしておいてくれ。

そして、ただの隠居爺《いんきょじじい》として優雅《ゆうが》に暮らしたかったのだが、時世が許してくれずに名誉公爵に据《す》えられて各地で転戦することになってしまった。

なぜ我がと思うが、我は血筋だけはいいからな。なにせ、我が血縁から魔王が数人出ている。数人だ。数は忘れた。詳細も忘れた。

いや、頑張れば思い出せるかもしれないが、昔の話だからな。いろいろと曖昧《あいまい》になるのだ。

そんな我だが、忘れてはいけないことは忘れない。

それは今の魔王が、我の血縁であるということだ。かわいがっていた孫娘の子だったから覚えている。

ちなみに、その子の妻は我の姉の娘の子、つまり我の又姪《姪の子》だったはず。いや、我には兄弟姉妹も多く、子だくさんでな。血縁がややこしくてかなわない。

実際、孫とか曾孫とか玄孫で百人を超えたら、一緒に暮らしているとかでない限り、誰が誰かなんか覚えておらん。年に一回も会わんやつのことなど、覚えておるわけなかろう。だいたい、生まれたばかりの者でも、三十年もすれば子を産むのだ。

さらに、魔力量で何百年も若いままのやつもいれば、普通に老《ふ》ける者もいたり……覚えきれるものではない。爵位とか家名とか、会うたびに変わる者もいたしな。

いや、それに関しては同一の人物ではない可能性もあるが……血縁ゆえに似ているのも悪い。まあ、愛する家族ということで、細かい関係はいいではないか。うんうん。

さて。

選出議会なる組織がある。選出議会の役割は、魔王が不在になったときに次の魔王を決めることだ。一応、魔王が不在時の代行も兼ねる。

その選出議会に所属したというか、強制参加させられたのだが、最初はただの一員であった。だが、いつのまにやら我が選出議会での最年長となり議長《トップ》となってしまっていた。とても面倒だ。しかも魔王が不在になると、我に魔王をやれと言う勢力が一定数いるのもまた面倒だ。我は魔王の器ではない。強さもない。ただ長生きをしているだけの男だ。それをなかなか理解してもらえない。困ったことだ。

だが、ここ数百年は魔王が不在になることもなく、また不在になってもすぐに次の魔王が立つので選出議会が活躍することはなかった。

選出議会はそれなりの権限を持つが、魔王が健在のときは休眠している組織だ。強い魔王は大歓迎。楽でいい。

新しい魔王の就任式には参加しなければいけなかったが、それぐらいは引き受けよう。今の魔王は、我に戦えと言うこともないしな。我は自領で悠々《ゆうゆう》と暮らしていた。

そんな我のところに、今の魔王の政策に不満がある者たちが接触してきた。彼らは口々に言ってくる。

なぜ魔王は戦いの手を弛《ゆる》めるのだ？　人間の国々を滅ぼさないのはなぜだ？　ひょっとして魔王は、人間の国々に懐柔《かいじゅう》されたのではないか？　そんな者が魔王でいいのか？　あなたが魔王になるべきでは？　などと。

まったく、困った連中だ。

ならば我が許可を取ってやるから、魔王に代わって前線に赴き人間の国に攻め込めばよかろうと言ってやったのだが、そういった連中が前線に行くことはない。口だけだ。いや、金は出すか。我が魔王になるならと、それなりの支援金を匂わせてくる。今回もだ。

なので我は考えた。いや、連中のことではなく、自分のことを。

実は先日、王都の魔王より手紙が届いていた。春にパレードをやるので、参加しないかと。嬉しい誘いだ。

だが、旅費が用意できず、断るしかないかと思っていた。貴族だからって、お金を持っていると思うのは間違いだ。貴族は見栄を張る分、出費も大きいのだから。

誘ったのは魔王だから、旅費は魔王が出すだろう？　そうだとしても、その旅費を受け取る場所は王都になる。なので、まずは我が立て替えねばならんのだ。正直、旅費の当てがない。

諦めていたところに、この連中だ。上手く言えば、旅費ぐらいは出してもらえるのではないだろうか？　いや、ここまで我に迷惑をかけるのだ。旅費ぐらいは出すべきだ。出すのが当然と言える。

代わりに、連中の体面ぐらいは保ってやる。

我は言った。

魔王になる気はないが、今の魔王の様子を見に行くぐらいはしてやろう。人間の国々に懐柔されていては一大事だからな。うむ、血縁を心配するのは当然のこと。


我は連中から旅費を巻き上げることに成功した。

気楽な一人旅。そう思ったのだが、見張りが十数人ついて来た。

くっ、そう甘くはないか。

今の魔王に不満を持つ者たちが寄越した見張りだから、変な真似はできん。が、まあ、気にすぎることもないか。我は我の思う通りに動けばいいだけだ。ちゃんと、今の魔王の様子は見るしな。

ああ、見るだけではないぞ。なぜ人間の国々に攻め込まないかぐらいは聞いてきてやろう。実際は大々的に発表していると思うがな。連中は聞きたくないことは耳に入れない。困ったものだ。

ちなみに、大々的に発表しているであろうことを我が知らないのは、興味がないからだ。ははは。

もう少し、興味を持つようにしたほうがいいな。頑張ろう。

閑話　ベルバークの旅　後編

初めて村から出た若者。〝五ノ村〟なる大きな街に到着したときの我の心境だ。

いやー、なかなか壮観な街並みだ。活気もある。ラーメンなる食べ物が美味い！　種類があるのもいい。

地下商店通りではさまざまなファッションを楽しめる！　酒も美味い！　楽しい！

が！　村長代行のヨウコなる妖狐。彼女には近づいちゃ駄目だと思います。

〝シャシャートの街〟の活気もよかった。

カレーなる食べ物が美味い。カツドンなる食べ物もいい。妙に美味いパンを販売する店もあった。

…………。

で、なんで古代王国の王族守護者《マーキューリー》がいるんだ？　イフルス代官って、古代王国の王族だったりするのか？

いや、たしかイフルス代官も我の血縁のはず。遠いけど。

兄……いや、姉の息子の娘の息子の息子……娘の息子だったか？

なんにせよ、王族守護者ってそこらの将軍より強い。見た目が幼女だからと油断してはいかん。

近づいちゃ駄目だな。うん。

そして王都。

………魔王に会ったら、料理関係にもう少し力を入れるように言いたい。

〝五ノ村〟、〝シャシャートの街〟で過ごした我が満足できたのは、メイドが給仕をしている店ぐらいだったぞ。

いや、王城の料理ならば満足できるのかもしれんが……パレードの準備で忙しそうなので、まだ王城には行かない。忙しいときに行っても、迷惑をかけるだけだからな。

王城に行くのはパレードが終わってからだ。パレードには参加するがな。

パレードは〝五ノ村〟から始まるとのことなので、〝五ノ村〟に移動。転移門は便利だな。すぐに移動できる。

昔、稼動している転移門を何度か使ったことがあるので機能に驚いたりはしないが、感心はする。

そして、滅んだ技術とされる転移門を活用している今の魔王。侮《あなど》れんな。我が住んでいる場所まで延ばしてほしいものだ。旅が楽になる。

あと、〝五ノ村〟とか〝シャシャートの街〟にすぐ行けるようになるし。

数日間のパレードを終え、我は魔王に会いに行く。

ああ、我を見張っていた者たちはもういない。

〝五ノ村〟や〝シャシャートの街〟の魅力に誘惑されて少しずつ減っていたのだが、パレードの最後にあった王都での演習で残っていた者は全て倒された。なにせ、チャンスだとばかりに魔王に向かっていったからなぁ。

正面から行ったのは褒めたいが、残念ながらそれができないぐらい実力差があった。なぜ、あの魔王を見て勝てると思ったのだろうか？

いや、そうではないな。

正面から行くのであれば、正式に戦いを申し込めばいいのだ。魔王は挑まれた戦いから逃げたりはせんはずだからな。

なんにせよ、彼らには治療に専念してもらい、我が帰るころには元気になってほしいものだ。旅費を出してもらっているからな。見張りとはいえ、見捨てて帰るのはさすがに気が引ける。


魔王とはすぐに会えた。暇をしていたようには思えないが、無理をさせてしまったかな？

「ベルバークさま。お久しぶりです」

うむ、久しいな。前に会ったのは、魔王になったときだったかな。

「いえ、ユーリが生まれたときにも」

ユーリ？　ああ、お前の娘か。すまん。最近、忘れっぽくて困る。

「いえいえ。それで、パレードはどうでした？　参加されていたのでしょう？」

どうでしたと言われてもな。まあ、なんだ。お前が頑張っているのは伝わってきた。

「私が？」

そうだ。あんな連中を相手によくやっている。

誤魔化《ごまか》すな。お前が従えたかのような演出をしていたが、そうではなかろう。

「えーっと……」

「……演出とは……酷い言い方ですな」

ふん。誇り高い神代竜族の連中が、魔王に従うわけなかろう。

若い個体であれば、お前なら勝てるかもしれんが、それだけだ。若い個体を倒せるからと、神代《エンシェント》竜族《ドラゴン》が従うわけがない。逆に危険な人物として狙われるだけだ。

どういった手を使ったか知らんが、神代竜族が列をなしてパレードに参加していることに驚いた。自分の目を何度疑ったことか。

それに、向こうは覚えていないだろうが、見知った顔が何人かいた。神人族や古の悪魔族だ。策謀を巡らせる神人族はともかく、自由気ままな古の悪魔族がお前に従うとは思えん。

あと、あのインフェルノウルフの群れだ。

あのインフェルノウルフの群れは、お前のことをまったく気にしておらんかった。気にしていたのは後方の馬車。人型に変形した馬車に乗っていた者を気にしておった。あの者がインフェルノウルフを従えているのだろう。

ああ、そうか。神代竜族や神人族も古の悪魔族も、あの者が従えたのか。なるほどなるほど、だからパレードではあのような配置になっていたのだな。

「……さすがですね」

そういったところに目が行かんと、長生きできんかっただけだ。

お前や〝魔王国〟になにがあったかは知らんが、あの者を抑え……いや、すでに〝魔王国〟は屈しているのか？　〝魔王国〟もあの者に従っている。あのパレードは、それを内外に示すためか。大々的にやらんのは、あの者の意思か？　わかる者にだけわかれば、それで十分と。

さらには、パレードの最後にやった人間の国々に対しての勝利宣言。最前線に新しい国を……すでに人間の国々は崩壊《ほうかい》しているのか！　争いにならんほどに！

まさか、人間の国々はそれに気づいていない？　世界の再編と保護を〝魔王国〟が担うのか？

ほんとうに苦労しているのだな。改めて、よく頑張っていると思うぞ。

「……」

ちょ、ど、どうした。急に泣くな。びっくりするだろう。

「い、いえ、わかってもらえて嬉しいだけです」

な、泣くほどか？　いや、まあ、ああいった連中が相手ならそうなるか。

「いえ。村長……その人型に変形する馬車に乗っていた者のことです。村長には、〝魔王国〟や世界をどうこうしようという意思はありません。善性の人物です」

大魔王だという噂も聞いたが？

「大魔王に押し上げようとしたことはありましたが、失敗しました。噂はその名残《なごり》です」

そ、そうか。選出議会としては大魔王の地位を正式に用意すべきかと思ったが、やめておいたほうがよいか。

「ベルバークさま。余計なことかもしれませんが、村長には手を出さないほうがよろしいかと」

ははは、誰が手を出すのだ。あれには近寄らんことだ。関係すら持ちたくない。

「……そこまでですか？」

そこまでだ。

遠くから眺《なが》める……いや、目にするのも毒か。噂を聞くにとどめたいところだな。

「〝魔王国〟でもっとも最善の行動をとると言われたベルバークさまが、そう言うのであればそうなのでしょう。残念ながら私は手遅れですが……」

ほんとうに残念だな。

「まあ、楽しませてもらっている部分も多々ありますので」

あの骨の鯨を楽しめたのか？　あれ、連中が呼び出したのだろう？

「あはは……」

刺激には事欠かんか。

「はい」

楽しめるのは若さだな。羨《うらや》ましいぞ。

「なに、ベルバークさまもまだまだお若いですよ」

ははは、世辞はよせ。我には強すぎる刺激だった。寿命が縮んだわ。

「では、あと千五百年ぐらいですか？」

いや、あと千年ぐらいだ。

「ははは、やはりお若いですよ。村長にお会いになられます？　手配しますよ」

ふっ、興味がないと言えば嘘になる。あの神代竜族やインフェルノウルフの群れを従えているのがどのような人物か、強く気になる。

だが、改めて言うが、あれは駄目だ。活動している火山みたいなものだと思え。近寄ってはいかん。利用しようと考えるのも駄目だ。あれは、噴火せんでくれと願うだけの存在だ。

「……ぜひ、紹介したかったのですが」

勘弁してくれ。

それに、その者の近くには神人族もいるのであろう？　マルビット、ルィンシア、スアルロウ、ラズマリア。それにレギンレイヴ。

我は、神人族の連中とは関わりたくない。苦い記憶が多すぎる。

我は無理なことをせん。無茶もな。〝魔王国〟のことはお前に任せた。頼んだぞ。

「はっ、全力で」

なに、滅んでも昔に戻るだけだ。好きにやれ。

「……ありがとうございます。ベルバークさまは、こちらにはいつまで？」

〝五ノ村〟と〝シャシャートの街〟の食事を楽しみたい。しばらくは滞在するつもりだ。

「承知しました。必要でしたら宿や店を用意しますが？」

ありがたいが、遠慮しよう。なに、今回は金に困らん旅なのでな。迷惑はかけんよ。帰る前に挨拶に寄る。

我はそう言って、魔王との席を立った。


そんなふうに魔王と会話したのは、一ヵ月ほど前のことだったかなぁ。

神人族とは関わりたくないとあれだけ言ったのに、なぜか我は神人族の娘に捕まっていた。しかも聞けば、ルィンシアの孫と言うではないか。

いや、例の神代竜族やインフェルノウルフの群れを従えた村長の娘であることを強調していたか。

…………。

関係すら持ちたくないって言ったのに！　どうしてこうなった？　とりあえず、救援要請は出した。魔王が我を探し出してくれることに期待しよう。

ああ、そこの額に小さな角を生やした少年よ。我のことは気にせずにな。

うん、お構いなく。

閑話　王都のマア

僕の名はマア。マー、とか、マァとか、好きに呼んでくれてかまわないけど、マの一音だけで呼ぶのだけは許さない〝大樹の村〟に住む山エルフの一人。

ああ、そうだった。いまはもう、〝大樹の村〟じゃなくて王都の学園に住んでいるんだった。


僕は鬼人族のトラインちゃんに同行して、王都の学園に居を移すことになった。

なぜ僕が同行したかは……トラインちゃんが、僕の開発に必要なアイデアをくれるからかな。

僕はどうも発想力が弱いらしく、すでにある物を作るのは得意なのだけど、新しい物を作るのは苦手だ。トラインちゃんは、そんな僕にいろいろなアイデアをくれる。そして、トラインちゃんのアイデアを使って作った道具とか仕掛けを、トラインちゃんが喜んでくれる。

それが同行した理由かな。

まあ、トラインちゃんは目を離すと危ないというのも理由の一つ。トラインちゃんにそう言うと、拗《す》ねちゃうけどね。

さて、僕とトラインちゃんはアルフレートさまたちの家に同居させてもらうとの話だったと思うのだけど、なぜかアルフレートさまたちの家の隣に新しい家が用意されていた。それなりに大きい家が。

トラインちゃんは一般的な家庭の家だと言ってるけど、それなりに裕福な家庭の家じゃないかな。一般的な家庭の家に、屋根裏部屋はあっても地下室はないよ。

〝大樹の村〟にある村長の屋敷で生活していたから、感覚がズレたのかな？　適度に王都を散策して、トラインちゃんの感覚を修正するようにしよう。

そう思いながらも、大きい家なのはありがたい。開発室と寝室を別にできるし、材料とか完成品を置く場所も欲しいからね。

とりあえず、一番使いやすい部屋をトラインちゃんの寝室にし、その横の部屋を僕の寝室に。トラインちゃんの寝室から遠い場所にある部屋を、開発室として使わせてもらうことにした。開発室はなんだかんだで音を出すし、夜も作業することを考えてだ。地下室を開発室にする案もあったのだけど、扱う材料によっては通気の悪い地下だと危ないからね。地下室は倉庫として使わせてもらおう。

家に台所はあるけど、僕やトラインちゃんは隣のアルフレートさまの家で食事することになっている。

一応、僕もトラインちゃんもそれなりに料理はできるのだけど、トラインちゃんが学園に来た目的はメットーラさんのお手伝い。メットーラさんの仕事は、もちろんアルフレートさま、ウルザさま、ティゼルさまのお世話。

メットーラさんにはアサさん、アースさんという同僚もいるのだけど、アサさんは王城に行くティゼルさまの専属のようなポジションになり、アースさんは王都で店をやりながらの情報収集という仕事を持っている。人手が足りないということね。

トラインちゃんでそれを補えるのか疑問だけど、僕が手伝うことも計算に入っているのかな？まあ、手伝うけどね。

それで、メットーラさんのお手伝いをしなきゃいけないから、食事は一緒にしたほうがいろいろとやりやすいってこと。大事な情報交換の場でもある。

で、その食事で驚いたのは、魔王やその奥さんが同席することがあること。ビーゼルさんとかグラッツさん、ランダンさんが同席することもある。

前々から、こんな感じだったのかな？　あと、食事中の会話が〝魔王国〟の政治の話なんだけど、いいのかな？　ときどき、機密っぽい話もしてるようなんだけど。

〝大樹の村〟に報告しても大丈夫なのかな？　聞いちゃったからには報告するけど。

トラインちゃんは学園に通うけど、生徒としてじゃない。アルフレートさま、ウルザさまの執事として同行していくスタイル。

そう聞いていたのに、いつのまにか生徒として入学していた。アルフレートさまが手を回したみたい。生徒となることで、学べることもあるらしい。トラインちゃんも納得して、生徒になった。

まあ、数日で卒業の証は集めたらしいので、いつでも卒業できるそうだ。

ちなみに、僕は生徒になるかならないかを選択させてもらえた。

もちろん、断った。一般的な学園になら興味はあったけど、貴族学園だからねぇ。礼儀作法とかマナーとか、入学前に最低限覚えないといけないことが多すぎて、僕には難しい。


そうしてトラインちゃんが生徒としてアルフレートさま、ウルザさまと行動する日々を過ごしていると、ティゼルさまが家にやってきた。学園ではなく王城に通うティゼルさまも、トラインちゃんをかまいたいらしい。

トラインちゃんはティゼルさまに釣りに誘われた。

…………。

治安の悪い場所を歩いて、チンピラを捕まえるのは釣りとは言わないと思う。

ティゼルさまが手がけている国作りの一環らしいけど、大丈夫なのかな？　一応、絡んできたチンピラを捕まえるのは軍の人たちで、新しい国で働くなら罰を減らすという形で誘っているから誘拐じゃないけど……。

魔王が許可を出しているそうなので、気にしないことにするけど……魔王、ティゼルさまに甘すぎじゃないかな。

心配なのは、この方法で捕まえたチンピラが役に立つか怪しいこと。単純な労働力として期待するにしても、子供に絡むような人たちだよ？　真面目に働くのだろうか？

まあ、そこをどうにかするのはティゼルさまの仕事だけど。僕は、トラインちゃんが釣りで怪我しないように、後ろから見守っておこう。

…………。

なぜチンピラが僕に絡んでくる？　女だからかな？　チンピラは軍の人たちが捕まえたけど、トラインちゃんの釣果にはならず、ちょっと反省。

ある日、〝大樹の村〟のヤーさまたちから、足踏み式開閉機構付《パカパカ》ゴミ箱が送られてきた。

村長が作ったオリジナルではなく、ヤーさまたちが量産したタイプだけど……なるほど、このシンプルさ。素晴らしい。

僕もさっそく模倣《もほう》して三つほど作ってみた。

一つはこの家の台所に設置。あまり使わないけど、気分転換に踏んでいる。

一つはアルフレートさまの家の台所に設置。メットーラさんが喜んでいた。

もう一つは……魔王とその奥さんがクジを引いて……奥さんが勝ったようだ。夫婦だから、どっちが勝っても同じ場所に設置するのではないだろうか？

あ、王城か学園のどちらに設置するかで争っていたのね。では、学園のほうに。

模倣品ではなく、送ってきてもらったのが余るけど……これは貴重なサンプルとして地下室の倉庫に保管。

……………。

地下室が、ウルザさまの武器庫になっていた。

いや、ウルザさまに物を置いてもいいですよとトラインちゃんは言ってたけど。この量は予想外。

仕方なく、屋根裏に……屋根裏にはキアービットさんの家具が置かれていた。

キアービットさんが、トラインちゃんの奥さんになりたがっているのは知っている。アンさまやマルビットさんからいろいろと聞いたから。

だから、キアービットさんもトラインちゃんに同行して学園にやってきた。キアービットさんには、僕たちと同じように学園の敷地内に家が用意されているはず。なのに、なぜここに家具が？

……………。

よくわからないけど、もやっとしたのでキアービットさんの家に家具を送り返した。軍の人たち、手伝ってくれてありがとう。


トラインちゃんが学園に行っているときの僕は、開発室にいる。

進めているのは、トラインちゃんのアイデアで始まった農業に使えるゴーレム研究。構想を無理やりまとめた模型を作ったら、それをみた村長はコンバインと呟いていた。むう、村長の手の平の上だったか。

だが、せっかくのトラインちゃんのアイデア。実働まで持っていきたい。

あと、進めているのはゴーレムを使わない動力の研究。

これもトラインちゃんのアイデアだけど、蒸気《じょうき》を使ってなんとかできないかと考えている。ただ、試作するための部品の大半を〝大樹の村〟に注文しないといけないので、こちらはあまり進んでいない。

〝大樹の村〟にいたときは、ガットさんたちに口で伝えれば作ってもらえたのに、注文書を書かないといけないのはちょっと面倒。ビーゼルさんの転移魔法が羨ましいなぁ。


おっと、そろそろお昼ご飯の時間だ。アルフレートさまの家に行こう。

昼食後の僕の行動は、トラインちゃん次第。まあ、いつも通りアルフレートさまかウルザさま、もしくはティゼルさまの執事として行動するのだろうけど……今日もティゼルさまに頼まれて釣りね。噂になっているから、そろそろ厳しいと思う。

でも、僕はトラインちゃんのすることを止めたりはしない。トラインちゃんが怪我しないように、後ろから見守るだけ。

…………。

チンピラが僕のほうに来るから、もう少し後ろ？　そうだったね、了解。

ちなみにだけど、トラインちゃんはそれなりに強い。絡んでくるチンピラ程度では相手にならない。それがわかっているから、ティゼルさまもトラインちゃんを釣りに誘っているのだろう。さすがのティゼルさまも、弟を危険な目には遭わせたりしないと信じている。

僕と比べて？　僕がトラインちゃんと戦うことはないけど、戦ったら…………どうだろう？　経験の差で僕が勝つ……と思いたい。

トラインちゃんが釣りを終えて家に帰ったら、ティゼルさまが見知らぬ老人を僕たちの家に連れ込んでいた。

…………。

迷惑だと言ったほうがいいだろうか？　僕が言っても聞いてもらえないと思うので、アルフレートさまやウルザさまに言っておこう。それでも聞いてもらえないときは、村長に報告だ。

3 出張屋台

親として、嬉しいのはどういうときだろう？

親ごとにその答えはあるだろうけど、俺としては息子や娘に頼られたときだ。

昨日、〝魔王国〟の王都にいるアルフレートから手紙をもらった。俺が〝五ノ村〟でやっている屋台のラーメンを振舞《ふるま》ってもてなしたい相手がいるので、王都の学園に来てもらえないかと。

珍しい。アルフレートから、俺にどうこうしてほしいという要求が来るとは。

しかし、自分で言うのもなんだが、手紙一枚でほいほいと村から出ていけるほど俺は気軽な立場ではない。春の収穫が近いし、〝四ノ村〟の拡張計画もある。

転移門があるのですぐに行けると言われても、屋台を持っていかないといけないだろうからそれなりに大変だ。村長としては、行けない。

…………。

まあ、親として行くけどね。

めったに頼らない息子に頼られたら、行くしかないだろう。マイケルさんから、オークションの商隊を激励してほしいと言われてたしな。

しかし、行くにしても村のみんなに報告をしてからだ。勝手に行くほど無責任ではない。

夕食のときに報告したら、アルフレートから手紙をもらったのが俺だけではないことが判明した。

手紙を受け取っていたのは、ドノバン、ヨウコ、ミヨの三人。ドノバンは酒を。ヨウコは、《クロトユキ》と《甘味堂コーリン》の甘味を。ミヨは、《マルーラ》のカレーを求められたらしい。

なんだろう？　学園祭でもやるのかな？　食事を外部委託みたいな感じで？

いや、それはないか。場所は学園だしな。

前の世界の常識が通用しないのはわかっているが、さすがに学園で酒を出したりはしないだろう。しないよな？

とりあえず、俺が行くことは了承された。

同行者は選定中だが、ドノバンは決まり。ヨウコとミヨには、それぞれ店から従業員を派遣してもらう形になる。

ここで問題になったのは、何人分用意するか。手紙の感じから数人分で大丈夫だと思うけど、確認しておいたほうがいいだろう。日程も詰めないといけないしな。

行くと返事した手紙で聞いておいた。

戻ってきた手紙には、「ごめんなさい。可能な限りたくさん。できるだけ早く」と書かれていた。

五日後の早朝。

俺はアルフレートたちが通うガルガルド貴族学園に到着した。

もう少し早く移動したかったが、ラーメンには仕込みが必要だ。それに、大勢に提供するなら、それ以外の準備もある。

たとえばラーメンを作る者。俺一人で提供できる人数など限られている。なので、手伝ってくれる者が必要だ。

鬼人族メイドたちが同行できれば問題はないのだが、鬼人族メイドたちのリーダーであるアンとナンバーツーのラムリアスが妊娠中で働けない現状。それでも、いつも通りの生活を守ってくれている鬼人族メイドたちを連れて行くのは躊躇《ためら》われる。無理はさせられない。

だから、〝五ノ村〟でやっているラーメン屋の《麺屋ブリトア》から、従業員を何人か借りることにした。

借りる話はすぐにまとまったのだが、借りた従業員たちに俺のやり方を教えなければいけない。《麺屋ブリトア》のラーメンを出すわけではないからな。

こんな感じで準備が必要だった。

さて、今回の俺の同行者は、ドノバンを代表としたドワーフ数人。〝五ノ村〟で合流した、《クロトユキ》と《甘味堂コーリン》の従業員数人。俺の屋台を手伝ってくれる《麺屋ブリトア》の従業員数人。〝シャシャートの街〟で合流した、《マルーラ》の従業員数人。あと、全体のウェイトレスとして頑張ってくれるマルビット、ルィンシアなど天使族が三十人ぐらい。

マルビットたちは俺が頼んだのではなく、本人たちからの志願。〝魔王国〟との融和《ゆうわ》政策の一環と言っていた。

この前のパレードで、このままではまずいかなと思っているらしい。〝ガーレット王国〟の件もあるしな。

それと、俺たちの護衛としてガルフとダガ、ハイエルフが十人ぐらい。マルビットたちがいるから大丈夫だと思うのだけど、ルーが護衛は護衛で必要だと同行させた。心配してもらえるのは素直に嬉しいので受け入れた。

ただ、マルビットたちを信用していない……わけではないよな？　だよな。ははは。

とりあえず、返事をするときは俺の目を見てするように。


予定外の同行者として、〝五ノ村〟で合流したユーリとラーメン女王。二人とも、アルフレートから誘われていたらしい。

魔王の娘であるユーリはわかるが、ラーメン女王はどういう意図で誘ったのだろう？　まあ、俺が気にすることではないので一緒に来た。


学園に到着した俺は、アルフレートとティゼルに出迎えられ、屋台を設置する場所に案内してもらった。

場所は……学園の敷地内だけど、校舎などの建物からは離れた場所。学園に通う生徒が家を建てるエリアで、空いている場所だそうだ。かなり広い。

そして、そこにはいくつかの天幕が張られていたり、なにやら展示物があったりする。改めて、学園祭みたいな感じだが……そこにいるのは、どうみても大人たちばかり。グラッツが指揮している場所もあり、そこには明らかに軍関係者らしき人もいる。なにをしているのだろうか？

「お父さま、このあたりでお願いします」

アルフレートの横にいたティゼルが、屋台を設置する場所を示してくれた。

今回、俺たちが持ってきたのは、ラーメンを提供する屋台が三台。酒を提供する屋台が二台。《クロトユキ》のお茶とケーキを提供する屋台が一台。《甘味堂コーリン》の饅頭と煎餅を提供する屋台が一台。《マルーラ》のカレーを提供する屋台が二台。あと、後方支援としてキャンピング馬車を持ってきた。従業員たちが使うトイレとか、自前で用意したほうがいいからな。

それらをお客や従業員の動線を考えて配置し、それぞれの準備を開始する。

振舞う相手のことをお客と表現したが、今回の代金は全て〝魔王国〟が支払うことで話がついている。話をつけたのはアルフレートだけど。とにかく、お金のやりとりはなしだ。

そして、その振舞う相手だが……準備する俺たちの周囲に、少しずつ集まってきている。やっぱり大人が多いな。

この集まった人たちに振舞えばいいんだよな？　俺の質問に、アルフレートではなくティゼルが答えた。

「はい。よろしくお願いします」

わかった。

ところでなのだが……。

「なんですか？」

あれはなんだ？

ここから少し離れた場所で……膝をつき頭を抱える年配の方を、天使族が取り囲んで踊っている。マイムマイムっぽいけど……いや、動きはかごめかごめかな？

「えーっと、もてなしの舞《まい》です」

そうなのか？

「ええ、あの真ん中にいる方が、今回のもてなしたい者たちの代表……代表でいいのかな？ まあ、代表のような方で、お婆さまたちと知り合いだったようです」

それであんな感じになっているのか。なるほど。

しかし、ほんとうにもてなしているのか？ 真ん中にいる年配の方、すごい絶望の闇を溢れさせていないか？

「泣いていないから、まだ大丈夫です。お婆さまたちも、さすがに泣く前には止めるでしょうから」

…………。

なぜ、もてなしで相手を泣かせることがあるのだろうか？

ま、まあ、なぜか俺の屋台の待機列の先頭にいる魔王やビーゼルがなにも言わないから、大丈夫か。あ、魔王の奥さんもいるな。挨拶しておかないと。

閑話　交渉上手のベルバーク

我が名はベルバーク。ベルバーク＝ルチョイス。〝魔王国〟に住む魔族の老人だ。

現在、ピンチを迎えている。誰か、助けてほしい。


我の反省点は一つ。

素直に領地に帰る報告をすればよかったのに、魔王を驚かせようと正体を隠して王城に忍び込んだことだ。怪しい行動をとってしまった。

だが、わかってほしい。これは愛情表現なのだ。

我は次のような展開を期待していた。

魔王城に忍び込み、正体を隠して執務中の魔王の背後から肩を叩く我。驚く魔王。我が攻撃ではなく、肩を叩いたことから敵意はないと魔王は判断して、攻撃はしてこぬであろう。たぶん「何者だ」とか言ってくる。そこで我が正体を明かしつつ、一言。

「まだまだ甘いな……」

「……おお、ベルバークさまでしたか。驚かさないでください」

「いやぁ、すまんすまん。だが、王城にいるとはいえ、油断は禁物だぞ」

「そ、そうですね。弛んでいたかもしれません」

「うむ。それと、このように正体を隠した我が、この部屋に来るまで誰にも咎められなかった」

「……警備を見直します」

「そうするがよい。では、我は領地に戻る。達者でな」

そう言って、魔王の返事を聞かずにさっそうと消える我。


我の見立てでは、魔王城には弛みがあった。警戒が甘い。いつ、攻撃を仕掛けられても対処できるようにせねばならんのに、その心構えがない。

原因は二つ。

一つは戦から離れすぎていること。パレードで模擬戦はしたが、あれは魔王のアピールの側面が強い。魔王城の気を引き締める役にはあまり立っておらん。

もう一つは、魔王が強いこと。強い魔王がいるのだから、その指示に従えばいいという意識が働いている。

これはよろしくない。誰かが指摘してやらねばならん。

だが、〝魔王国〟の最高権力者である魔王に「お前のせいで油断している」と指摘できる者などそういないであろう。魔王が強いなら、なおさら。

その強い魔王を従えたであろう例の男やその周囲にいる者は、魔王になにかを言うタイプではない。なにかを言うタイプであれば、魔王城にここまでの弛みはないはずだ。

それゆえ、年長者である我が指摘する。これこそ、愛情であろう。


しかし、現実は甘くなかった。

王城に忍び込んだ瞬間、神人族の娘に見つかって追いかけまわされた。

神人族の娘は若い。戦えば勝てる。だが、神人族の娘の背後にいる親たちが怖い。それゆえに逃げた。

王城から抜け出し、王都の街並みに。我は王都に不慣れなれど、時間はあったので逃走ルートをいくつか用意できていた。逃げきれる。そう判断した。

が、駄目。王都は神人族の娘の縄張りだった。王都の民を使い、我を追い詰めてきた。〝魔王国〟軍も神人族の娘に協力した。

包囲網は酷くないかな？　我、犯罪者ではないぞ？　いや、まあ、王城に忍び込もうとしたから犯罪者なのかもしれないが。

あと、我を追いかける兵たちよ。王城にいる兵よりも気合が入っているのはなぜだ？　学園勤め？　ブリトア家の軍師……グラッツ将軍の直属か。

あやつの噂は聞いておる。後方にいれば優秀と。なるほど、ひるがえせば前方を任せるに足る指揮官と兵がいるということか。

つまり、我を追う軍を指揮しているゴール、シール、ブロンなる獣人族の男たちが優秀と。若いのに、やりおる。

あ、投網《とあみ》はやめて。トラウマがあるから。

結局、捕まってしまった。

くっ、あの山羊頭の山羊使い、やるではないか。あそこまで山羊を巧《たく》みに操り、我を追い詰めて捕らえるとは。

しかし、見事な山羊への擬態だった。びっくりした我が思わず飛びあがってしまったぐらいに。

ぬう……あの見事な山羊の頭部。ひょっとして、バフォメットのダセキの血縁か？

ダセキ。懐かしい。あやつは、野外で肉を焼くのが好きだった。毎日のように焼いておった。

それが原因でよく火事を起こし、〝魔王国〟だけでなく人間の国々からも手配されてしまったのはいい思い出だ。ダセキは元気でいるだろうか？

…………。

いや、あやつの葬式に出たな我。うっかりうっかり。

現実逃避はやめよう。

我はいま、貴族学園にある家の一室で神人族の娘の説得を受けている。

魔王の指導で行われる国興し。それに参加せよと。

「国興しじゃなくて、国作り、もしくは街作りよ」

神人族の娘がその主導者なのだが、女王になるわけではないので国興しではないとのこと。国の体裁を整えるための街作りが正確な表現なのだそうだ。そして、この我にその街作りに参加しろとのこと。

もちろん、我に肉体労働を求めてのことではない。我に求められているのは、知恵と人脈。報酬は出る。この話に嘘はないだろう。なにせ、この説得の場には魔王もいるしな。

…………。

魔王、我を助ける気は？

「諦めてください。手遅れです」

神人族の娘が例の男の娘だというのは聞いている。だからか？

「いえ、ベルバークさまの協力があると嬉しいからです」

ぐぬぬ。

「ですが、私は強制しません。ティゼル嬢を諦めさせることができるなら、領地に帰る手伝いをしましょう」

言ったたな。

たしかに我は神人族に苦手意識がある。だが、目の前の娘はまだまだ小娘よ。

狡猾《こうかつ》さが足りん。魔力が足りん。そしてなにより、武が足りん。

騒ぎを大きくするわけにはいかんと遠慮しておったが、魔王が手出しせんのであれば、なんとでもなる。約束通り、領地に帰る手伝いをしてもらうぞ。

「あ、暴力は駄目ですからね。できるだけ対話でお願いします」

魔王はそう言いながら天井を見た。我もそれにならって天井を見た。

…………。

デーモンスパイダーの子がいた。それも複数。

「パレードには参加していませんでしたが、ティゼル嬢の実家にはイリーガルデーモンスパイダーがいますよ」

あれって伝説の存在じゃないのか？

「ティゼル嬢の着ている服、イリーガルデーモンスパイダー製です」

…………。

暴力はよくないな、うん。話し合わねば。

な、なに。これでも我は無駄に長生きしておらん。神人族の娘を手玉に取ることぐらい、やってみせようではないか。

娘よ、我の話を聞け。

「手伝ってくれる気になったの？」

ああ、そうだ。だが、それは貴様が我の出す試練をクリアできたらだ！

「試練？」

そう、試練だ。神人族お得意のな。

我の口元がニヤリと弛む。神人族は試練と称して無理難題をふっかけ、無理を通すことを得意としている。これで交渉上手を名乗るのだから、呆《あき》れたものだ。

だが、それゆえに試練を持ちかけられると断れん。いや、断らん！　神人族には、こう対処するのが正しいのだ！

「試練はいいけど、さすがに実現不可能な試練は駄目よ。若返れとか、千年待てとか」

もちろんだ。我は神人族ではない。そのような試練は出さん。

「範囲も……ある程度絞ってほしいかな。世界の反対まで行かないと駄目とか厳しいから」

そうだな。では、王都と転移門で繋がっている場所で可能なことに絞ろう。

「試練の数もしっかり決めてよ。あとで増やしたりするのは駄目だからね」

ふっ、我の出す試練は五つ！　我の求める五つの品を、この場に持ってくることだ！

「重すぎて運べないとかはなしよ」

そんなことを言うのは神人族だけだ！

我は言わん！　そこらの者でも持てる！

「わかったわ。聞きましょう」

うむ、この試練は前々から考えていたわけではない。即興だ。だが、我が王都に来てから、手に入らぬ物、自由にならぬ物がいくつかあった。

その数が五つ！　ゆえに、五つの試練！　心して聞け！

一つ、我がどれだけ探しても遭遇できなかった、〝五ノ村〟に出現する幻の屋台のラーメン！

一つ、人気すぎて朝から並ばぬと入店すらできぬ、《クロトユキ》なる店の甘味！

一つ、受注生産など聞いておらぬ、《甘味堂コーリン》なる店の饅頭！

一つ、出前はしてくれるも持ち帰りは不可な、《マルーラ》なる店のカレー！　これは辛口の大盛で頼む！

一つ、我が王都で唯一認めた、メイドが給仕をしている店のコーヒーなる飲み物！　これらを十五日以内にこの場に持ってきてもらおう。

ふっ、さりげなく期限を決める我、頭脳派。期限がなければ、達成できる可能性があるからな。

だが、十五日では無理だ。幻の屋台は、出ないときには出ない。さらに、《甘味堂コーリン》の受注タイミングは不定期。やらぬときはやらぬ。

そして、この場に持ってこいという無茶振り。

《クロトユキ》や《マルーラ》は、どれだけ頼んでも持ち帰りは許してもらえなかった。メイドが給仕をしている店も同じ。店の外への持ち出しは許してもらえなかった。

しかし、不可能ではない。

見ていた感じ、《クロトユキ》は常連には持ち帰りを許している。《マルーラ》は、ビッグルーフ・シャシャートという施設内や近くの学園や宿であれば持ち出せる。

だが、基本はその場で食べることを推奨している。持ち帰った先で管理が悪く、腹を壊されては困るからだ。だから信頼のおける者のみに許している。

メイドが給仕をしている店は……持ち帰られたら、メイドが給仕しているという特徴がなくなるからかの。貴族の屋敷には配達しているという噂を聞いたことがあるから、メイドがいれば持ち帰らせてくれるのかもしれん。

なんにせよ、幻の屋台はわからんが、ほかの四つの店は金では動かん。我がなけなしの金を積んで駄目だったからな。

つまり、説得して協力してもらうしかないのだが、十五日という期間では……ふふふ。

「あのベルバークさま……」

おっと、魔王。お主は手助けするなよ。魔王の権力を使えば造作もないことであるからな。

だが、そうでなければ無理だ！　不可能！　ふははははははははは！

十日後。

五つの品が目の前にそろえられた。神人族の娘の親たちと一緒に。

閑話　相談に乗るトライン

私の名はトライン。〝大樹の村〟で生まれた鬼人族の男です。

〝魔王国〟の王都にある学園で、メットーラさんのお手伝いをし始めてしばらく経ちました。アルフレート兄さま、ウルザ姉さま、ティゼル姉さまの行動も、ある程度は把握できるようになったと思います。

そこで意外だったのは、ティゼル姉さまです。

なんでもかんでも即断即決かと思っていたのですが、〝大樹の村〟が関わるときは、しっかりとほかの人に相談するのです。相談相手はアルフレート兄さま、ウルザ姉さま、メットーラさん、アサさん、アースさん。一緒に住んでいる人たちですね。最近はそれに私、マア、キアービットさんも加わっています。

ティゼル姉さまの気遣いの側面もあるのでしょうが、相談されたからにはしっかりと応じます。

タイミングがあえば、ゴール兄さん、シール兄さん、ブロン兄さん、それに魔王のおじさんや学園長、ビーゼルのおじさん、グラッツのおじさんとも相談しています。

ティゼル姉さまは、私が思うよりも〝大樹の村〟の扱いは慎重なようです。

そして今回も、ティゼル姉さまから相談を持ち込まれました。

この場にいるのは私、アルフレート兄さま、ウルザ姉さま、キアービットさん。メットーラさんとマアもいますが、彼女たちは夕食の用意をしています。

私も夕食の手伝いをと思ったのですが、メットーラさんに言われてティゼル姉さまの相談の場にいます。大丈夫だと思いますが、夕食の手伝いとして戦力外通告されたわけではないと信じたいです。それなりに料理できますから。

さて。ティゼル姉さまの相談の内容は、国作りに引き込みたいベルバーク殿から試練を出されたとのこと。その試練に、私たちのお父さまが経営している店が絡むので対策を相談したいそうです。

…………。

お父さまに事情を素直に伝えれば済む話ではないでしょうか？　お父さまは断らないでしょう。

私はそう思ったのですが、試練の一つにお父さまが営業している屋台の品があることが問題でした。お父さまが許可を出して済む内容であるなら、ティゼル姉さまも悩まずに事情を伝えたでしょう。ですが、お父さまが営業している屋台が必要となると、お父さまに来てほしいと願うことになります。

そこに、ティゼル姉さまはすごく抵抗があるようです。私の予想以上に、ティゼル姉さまはお父さまに甘えるのが苦手なようです。

なんとかお父さまを呼ばずに済む方策はないかと悩むティゼル姉さまを見かねたアルフレート兄

さまが、とりあえず軽い感じでお願いする手紙を出すことになりました。

「そうだ。思い出したけど、ベルバークって母さんがマークしてた人だろ？」

アルフレート兄さまが、ティゼル姉さまに聞きます。

「そうよ。ルー母さまからは問題なしって手紙が届いているけど……誘うのはやめたほうがいい？」

「いや、そうじゃなくてな。母さんからの情報だと、お酒が好きってあっただろ？」

「〝五ノ村〟の《酒肉ニーズ》でよく飲んでたってあったわね」

「そうそれ。食べるより飲むのを優先してたって。なのに、今回の試練にお酒は入れなかったからさ。なにかあるのかなって」

「そう言えばそうね」

アルフレート兄さまの疑問にティゼル姉さまが考えたところで、キアービットさんが答えます。

「子供にお酒を持って来いとはさすがに言えなかったんじゃないかな」

あー、なるほど。

「それじゃあ、ドノバンさんにお願いしてお酒を手配してもらいましょう」

「試練にないのに用意するのか？」

「言われたことだけやっても、相手は折れにくいでしょ？　言われた以上をやらないと」

「……それもそうか」

ティゼル姉さまはアルフレート兄さまが納得したのを見て、ドノバンさんに手紙を書き始めました。ついでに、《クロトユキ》や《甘味堂コーリン》がある〝五ノ村〟のヨウコさんと、《マルーラ》

がある〝シャシャートの街〟のミヨさんにも。

お父さま以外なら、甘えるのは得意なようです。アルフレート兄さまはそんなティゼル姉さまの横で、ウルザ姉さまとキアービットさんに相談しながらお父さまに向けての手紙を書き始めました。


夕食になりました。

主菜《メイン》は魚料理です。正確に言えば、焼き魚です。

…………。

私は自分の前にある焼き魚の載った皿を、そっとマアに寄せます。

おっと、勘違いしないでください。私は焼き魚が苦手なわけではありません。どちらかと言えば、好きな部類です。

ただ、焼き魚の小さな骨を取るのがどうも苦手で。ええ、駄目なのです。イライラしてしまうのです。

小さな骨など気にせず食べてしまってもいいのですが、一度、それで喉に骨が刺さってしまったことがあって……フローラさんの魔法で事なきを得ましたが、それ以降はできるだけ小さい骨でも食べないようにしているのです。

そして、幸いなことにマアは焼き魚の骨を取るのが得意なのです。だからマアに頼るのです。

お父さまも言ってました。苦手を無理してやるより、得意な者に任せたほうがいいと。だから、これは恥ずかしい行為ではないのです。

ウルザ姉さまからまだまだ子供だと言われますが、気にしません。苦手を克服《こくふく》するための努力は必要ですが、それは一人での食事のときに頑張らせてもらいます。大勢での食事のときは、周りを不愉快にさせないことのほうが大事ですので。

家族だから気にするな？　そうですよね。なので、マアに頼むことも気にしないでください。

ん？　キアービットさん、なんですか？　その微笑ましい視線は？　なにか言いたいことがあるなら、はっきりどうぞ。

翌日の早朝。

ゴロウン商会にお父さまたちへの手紙の配達をお願いしました。転移門があるので自分たちで持っていけますし、なんだったら手紙でなく直接会えるのですが……母さまたちから、緊急でない場合はできるだけ他者を介入させた連絡手段を使いなさいと言われています。

要は手紙連絡の練習ですね。転移門がどこにでもあるわけではないのですから。

なので、しっかりと出します。

ゴロウン商会にお願いしたあとは、ダルフォン商会にお父さまたちへの手紙の配達をお願いします。ええ、同じ手紙です。

事故対策で、同じ手紙を複数のルートで送るのが正しいのです。内容が内容なので、どちらも宛先は〝五ノ村〟のヨウコさんのお屋敷ですけど。

大手であるゴロウン商会とダルフォン商会に任せれば、ほぼ確実だとは思いますが、用心のためにもう一つのルートでも手紙を送ります。小型ワイバーン便です。

魔王のおじさんの娘であるユーリさんが王城で生活していたときに用意されたもので、ユーリさんが王城を出てからも魔王のおじさんが活用しています。それに便乗させてもらいました。

転移門を使うであろうゴロウン商会やダルフォン商会に比べると、小型ワイバーン便がもっとも遅く届くことになるとは思うのですが、時間差が出るのもトラブル対策として悪いことではないと思います。

え？　小型ワイバーンも転移門を使っている？　一度、教えたら使いこなした？　転移門って、利用者が列を作ってるよね？　列に並んでいるの？　並んでいるんだ。へ、へー。

ま、まあ、手紙が届くなら問題ありません。

小型ワイバーンで思い出したのが、パレードに参加してくれた大きなワイバーンたちのこと。

パレードが終わったあと、大きなワイバーンたちの半数ぐらいは自分たちの縄張りに戻ったのですが、半数は残っています。ティゼル姉さまの国作りに協力するためです。

なんでも、パレードの最中にあった鯨の白骨騒動で役に立てなかったことを気にしての申し出だそうです。

あれはドースのおじさんたちが暴れたから、手を出す隙がなかったと考えればいいと思うのですが……協力してくれるならとティゼル姉さまは、国を作る予定の場所の偵察と確保を頼みました。

なので残った大きなワイバーンたちは、〝魔王国〟と人間の国々のあいだに巣を作っています。巣を作るほど長期間の滞在にはならないと思うのですが、なんでもそろそろ繁殖の時期だそうで。

…………。

縄張りに帰ったほうがよかったのではないかと思うのですが、言いませんでした。

ちなみに、〝魔王国〟と人間の国々のあいだに大きなワイバーンたちを派遣することは、人間の国々への敵対行為や挑発行為になるのではとの意見がありましたが、魔王のおじさんが気にしなくていいと言ってくれたので気にしていません。後々《のちのち》、その場所に街を作るわけですから、たしかに気にする必要はありませんね。


手紙を送った日の昼。

ティゼル姉さまの国作りを手伝うスタッフから、こういった質問がありました。

「国作りの協力を得るため、美味しい料理を用意すると聞きました。私たちも、ご相伴《しょうばん》にあずかれるのでしょうか？」

どこからその情報を？　魔王のおじさんでしょうか？

なんにせよ、私に聞かれても困ります。ティゼル姉さまに聞いてください。

まあ、そこらの店を使っての宴会であるならティゼル姉さまは断らないと思いますが、お父さまが絡みますからね。

しかも、現段階で協力してくれるスタッフは…………百人以上。お父さまに迷惑をかけないため、ティゼル姉さまは断るでしょう。

そう思ったのですが、断りませんでした。

そうですね。スタッフはすでに身内。ティゼル姉さま、身内には甘いですから。

困ったとアルフレート兄さまに泣きつくティゼル姉さまという珍しい姿をみられたので、よしとしましょう。

あれ？　アルフレート兄さま？　どうしました？　様子が変ですが？　え？　学園長から屋台を設置する場所の提供があった？　さらに、教師や食堂の職員から、全面協力の申し出？　ユーリさんから、誘うようにとの催促《さいそく》のお言葉？

話が大きくなっていませんか？　いや、大きくなっていますよね、これ。

しかもその流れだと、なんだかんだと理由をつけて生徒も来ますよね？　お父さまにお願いしようとした数では、どうあっても足りないのではないですか？　ええ、なにもかも足りませんよ？

どうするのです？　案を出せ？　え？　私が？

こ、こういった場合は、経験の少ない私ではなく逆境に強いウルザ姉さまでしょう。

ウルザ姉さま、なにか案はありますか？

「難しく考えないことよ。お父さまにできるだけの数をお願いして、ベルバークって人の試練の品を確保したら、あとは早い者勝ちでいいんじゃない」

ですが、それだと料理にありつけない人から不満が……。

「不足分の料理はゴロウン商会とかダルフォン商会に頼めばいいわ。なんだったらグラッツのおじさんに頼んで、軍で作ってもらえばいいじゃない？　ちょっとしたお祭りみたいな感じにしちゃいましょう」

な、なるほど。

「ついでに、ティゼルの仕事の結成式とか方針説明会もやっちゃえばいいんじゃない。お祭りの見世物というかメインにちょうどいいと思うのよね」

おお。それなら、お祭りの名目もできる。お祭りの資金も、ティゼル姉さまの国作りの予算から確保できる。さすがですウルザ姉さま。私もウルザ姉さまのように案を出せるようになりたいです。

「ふふふ。尊敬の眼差しで見てくれているトラインに、仕事を一つ」

なんでしょう。

「お祭りの企画書、用意してほしいの」

え？

「あと、学園長にお祭りの許可をもらって、参加者たちに説明して、スケジュール調整」

待って、待ってくださいウルザ姉さま。仕事が一つじゃなくなってます。

「キアービットさんに手伝ってもらっていいから。よろしくね」

あ、ウルザ姉さま、どこに？

「森！　なんか大物がいるって狩りに誘われてたの！　お祭りに出す料理の材料になると思うから頑張るわ！」

ウルザ姉さまは自身の身長よりも大きな武器を持って、行ってしまいました。残ったのはアルフレート兄さまとティゼル姉さまと私。

あ、お父さまからの返事を持ってキアービットさんが来ました。

とりあえず、私はアルフレート兄さま、ティゼル姉さまと協力して、キアービットさんを静かに確保しました。いや、言えば手伝ってくれると思うのですけどね。万が一を考えて。

閑話　クラウデンの挫折《ざせつ》

俺の名はクラウデン。心の中にラーメンを持つ男だ。

生まれた国を出奔《しゅっぽん》したのだが、即座に追っ手を向けられて捕まった哀れな男でもある。

俺は縛られたまま、父である王の執務室に連れて行かれた。

出迎えてくれたのは、不機嫌な顔の父。

「なぜ逃げた？」

ちゃんと手紙を置いておきましたよね？　読んでないのですか？

「読んだうえで、理解ができなかった」

説明が不足していましたか？

「ラーメンが食べたいから出奔します。これで理解する者がいると思うのか？」

いますよ。絶対にいます。断言できます！

「そ、そうか。だが、この国には理解できる者はいないのだ。残念ながらな」

ほんとうに残念です。俺の力が足りないばかりに……。

「いやいや、お前の指導でラーメン店ができただろうが？　三店舗ほど」

ええ、よくやってくれていると思います。ただ、味がまだまだというか……未熟。模造品でしかありません。

「私も食べたが……悪い味とは思わなかったぞ」

本物はもっとすごいのです！

「そ、そうか。そして、その本物を味わうために出奔したと」

そうです。なぜ追っ手を差し向けたのですか？　いや、追っ手を差し向けたことはこの際、無視しましょう。問題はなぜ追っ手が例の部隊だったのです？　まさか彼らが追ってくるとは思わず、油断して捕まってしまいましたよ。

いいのですか？　俺を捕まえるときに騒ぎを起こしたから、周辺諸国に例の部隊の存在が露見しましたよ？　あの部隊、見つかると周辺諸国との関係が危なくなるから隠していたんでしょ？

「あの部隊でなければお前を捕まえられん」

そこまで俺を？　兄や弟では頼りになりませんか？

「この先を考えるとな。貴族の操り人形では困る」

……………なにかあったのですか？

「〝ガーレット王国〟が割れた」

……は？

「〝魔王国〟に従属したい勢力と、敵対する勢力に分裂した」

は？　え？　あそこには天使族がいるでしょう？　天使族はどうしたのです？

「天使族の大半が、〝魔王国〟に移住したそうだ」

…………………………………まさか？　嘘でしょ？

「五回、調べ直させた。向こうの王族とも連絡を取った。間違いない」

えええええええっ、ちょっ、えええええええええっ！

「この先の動き、軽く想像してみろ」

想像って……　〝ガーレット王国〟は、〝魔王国〟との最前線を支えてきた大国の一つ。

そこが〝魔王国〟側になれば、戦線が大きく下がるどころか崩壊します。勢力図が激変しますよ。

かなり危険な状態です。

「そんな状態なのに、お前の兄や弟に国を任せることが可能だと思うか？」

絶対無理。

「であろう。こうなっては議論の余地はない。お前の兄と弟はこちらで処理する。貴族の取りまとめはハイドン公に任せる。お前が王となれ」

待って待って待って！

「なにを待つのだ？」

〝ガーレット王国〟が分裂したということは、まだ〝魔王国〟と敵対する勢力も残っているわけですよね？　ならばその勢力に援軍を送ればなんとか現状維持できるのでは？

「天使族がいない〝ガーレット王国〟に、まだ価値があると？」

…………………………。

「諦めて王になれ」

父が続行するのは？

「そうしたいが、私は今年で七十だぞ」

むう。

「すまんな。自由にさせてやりたかったが……」

い、いえ、我がままばかりで申し訳ありません。

「では……」

はい。

ですが、兄と弟は幽閉《ゆうへい》でお願いします。

「よいのか？　禍根《かこん》を残すことになるぞ」

かまいません。それに……兄弟ですので。

「すまん」

父よ。長生きしてください。

「……うむ。できる限り、養生しよう」

兄、弟の件、ハイドン公の手腕を考え……俺が王に就任するのは来年の春ということで。それまでに俺も身辺を整理します。

「わかった。頼んだぞ」

はっ。


その日の夜。

全力で国から脱出するクラウデンの姿があった。

王などやってられるか！　私はラーメンを食べるのだ！

ラーメン、ラーメン、ラーメン！

あの父なら、あと十年は王ができる！　兄と弟を幽閉して、ハイドン公が協力するなら、さらに倍は可能だ！　俺が王になる必要などない！

俺はラーメンを食べるぞー！　目指せ〝魔王国〟！　待っていてください師匠、大師匠！　このクラウデン、いま行きます！


次の日の昼。

捕まったクラウデンの姿があった。

「逃げるのはわかっておった。あの程度で説得できるならすでにお前が王になっておる。ゆえに例の部隊に見張らせておった」

ぐぬぬっ！

「さあ、諦めて王になる準備をしてもらおう。はははははは」


後日。

〝魔王国〟で大々的なパレードが行われたと報告を受けた。

〝魔王国〟では珍しいが、パレードぐらいどこの国でもやる。それがどうしたと思ったが、驚いたのは最後。

パレードの終わりに、〝魔王国〟は人間の国々との戦争に勝利したと宣言したらしい。

戦争での勝利を約束したわけでなく、勝利を宣言と。

……………………王よ。

「明日にでもお前が王だぞ」

その件はまた話し合いましょう。いまは〝魔王国〟の話です。この先、どうなると思います？

「……勝利宣言か。もう、戦争すらしてくれんというわけか」

俺は王と目を合わせる。

〝魔王国〟という敵がいたから、人間の国々は団結していた。その敵である〝魔王国〟が戦争をしないとなると、どうなる？　一気に〝魔王国〟に攻め込むか？　そんな余力はない。〝魔王国〟に戦う気がないならそれでいいじゃないかと思う国がでる。つまり、団結が崩れる。

数年は様子見だから大丈夫か？　いや、〝ガーレット王国〟の分裂がある。

「〝魔王国〟が本気で動かんようになるなら、人間の国同士での戦いになるな……」

王よ。

「明日にでもお前が王だが、なんだ？」

俺は〝魔王国〟に伝手《つて》があります。ここは〝魔王国〟の後ろ盾を得るために俺が〝魔王国〟に行くのはどうでしょう？

「却下だ。そのまま帰ってこない可能性が高い」

さすがにこのような状況で、ふざけたことはしませんよ。

「真面目にラーメンを食べているとか言うのであろう？」

…………心の中が読まれている？

「お前がわかりやすいだけだ」

そうですか。

……わかりました。では、こうしましょう。

「どうするのだ？」

俺と王、一緒に〝魔王国〟に逃げるというのはどうです？

「……すごく魅力的だが、私はこの歳までこの国の民と共に生きてきた。見捨てるわけにはいかん」

やはり、あなたがそのまま王を続けるほうが国のためだと思うのですけどね。

「歳を重ねた王は他国から恐れられるが、いつ死ぬかわからんから重要な約束をしてくれんのだ」

むう。

「お前が王になったあとは、自由にしてよいから」

〝魔王国〟に降伏しても？

「かまわん。ただ、周辺諸国に攻め込む口実を与えることになるぞ」

事前に手を打つ……いえ、周辺諸国をまとめて〝魔王国〟に寝返るのが一番でしょうか。

「まとめられるのならな」

うーん、周辺諸国の代表を連れて〝魔王国〟を見せれば可能だと思うのですけどねぇ。

「……そんなに〝魔王国〟は進んでいるのか？」

ええ、とくに〝五ノ村〟はすごいですよ。ラーメンが素晴らしい。

「ラーメン以外もすごいということでいいな？」

ええ、ですが一番はラーメンです。

「わかったわかった。王をお前に譲ったら、行ってみるとしよう」

お供します。

「ははは。殴るぞ」

王にされてしまった。

師匠と大師匠に、しばらく戻れないと謝罪の手紙を送っておかねば。

あ、可能ならラーメン店をこちらの国に誘致《ゆうち》してもらえないかな？　師匠と大師匠なら可能な気がする。すごく頼んでおこう。

閑話　鎮《しず》まる魂《たましい》

我は鯨王。

現在、骨の欠片《かけら》になってしまい、神殿に納められ祭られている。

この神殿は神社と呼ばれ、銀狐族なる獣たちによって管理されている。

見聞きして理解したが、この神殿……いや、神社は動物の神たちを祭っているらしい。珍しい。

しかし、そういったところだからこそ、我も納められたのだろう。

あれ？　そうすると、ここで祭られている我って神扱い？

悪い気がしない。いや、むしろ気分がいい。だからなのか、我の心の中にあったささくれた部分がなんとなく丸くなり、世界とかどうでもよくなってくる。以前の我なら考えられなかったことだ。爺ちゃんが引退したときって、こんな感じだったのかなぁ。若い獣たちの活力が眩《まぶ》しい。

…………。

いいのか？　これで？　我は鯨王、世界を飲み込む鯨の王ではなかったのか？

ちょっと祭られただけで、浮かれているんじゃない！　気合を入れんか！

そう思うのだが、怒りが持続しない。さらに、いまの我は無力。まったく力がない。いや、少しぐらいはあるが、全盛期の力を考えたら無も同然。つまり、怒ってもどうしようもない。だから、怒ってなにかしようなんて考えない。考えてはいけない。我は無力で無害な存在。存在できるだけでありがたいというもの。生きているだけで丸儲け。そういうことで見逃してもらえませんかね？

目の前にやってきた恐ろしい蜘蛛に、我はそう提案する。

その蜘蛛の姿は小さいが、その蜘蛛が見聞きしたことは全て後ろにいる大物の蜘蛛に伝わる。我と同じく長い時を生きた蜘蛛に。

竜や魔神と戦い、かなり力を落としたらしいが……負けたとの話は聞いておらん。となれば、いまの我よりは力を持っているであろう。そんな存在と争う気はない。蜘蛛は敵ではないしな。どちらかと言えば味方ではなかろうか？

そう微笑んだら、調子に乗るなと小さい蜘蛛に叩かれた。むう、つれない。

しかし、蜘蛛は見逃してくれるようだ。ありがたい。大物の蜘蛛よ、壮健《そうけん》でな。歳をとると話が通じる相手が減る。長生きしてもらいたいものだ。

さて。

蜘蛛に見逃してもらったので、あとはここで寝ていればなにも問題はないのだろうけど……環境が激変したからな。なかなか寝れん。いや、眠ることはできるのだが、睡眠が浅い。半日も眠れん。我も知らなかったが、思ったよりも繊細だったようだ。環境に慣れたらなんとかなるのだろうけど……それはいつになるのだ？

ひょっとして、我はしばらくここで神社の様子を見守っておかねばならんのか？

それは、どうなのだ？　悪いことをする気はないが、世界を飲み込む鯨の王としては似合わないことではなかろうか？　いやいや、待て待て。下々の者たちの働きを見守るのも上に立つ者の役目。銀狐族たちを見て暇を潰すのは悪いことではない。うむ、悪いことではない。

そういうことで、のんびりと銀狐族たちを見ていようではないか。

見ていたら、一ヵ月ほど経過した。時の流れは早いな。

そして、いろいろと発見があった。

まず、銀狐族のほか、赤狐族、黒狐族、丸顔狐族なる獣がいること。よく見れば違いがわかる。

いや、我ぐらいにならんと見分けがつかんかもしれんな。ははは。

すまぬ。嘘を吐《つ》いた。やつらが喋っていて気づいただけだ。見分けなどつかん。ええい、もっとこう個性を出さんか個性を！　個性がなければ生き残れんぞ！

そして、銀狐族たちは我が想像していたよりも規則正しい行動をしていた。獣だから本能のままに行動すると思っていたのだが、思い込みであった。

しかし！　そう、しかし！　獣ならもう少しルーズでもいいと思うのだ。獣だぞ。飼い慣らされたかのような従順さは不要だと思うのだ。毎日毎日、きっちり掃除してもらってありがたいとは思うが。

最後に！　神の使いが時々、顔を出しておる。狐の神の使いと蛇の神の使い。二人は我をすごく警戒しておったが……蜘蛛の仲介で警戒を弛めてもらえた。危ない危ない。悪いことをする気はないが、神の使いと敵対するのは避けたいところ。

なにせ獣の神とはいえ、神に繋がりを持つわけだからな。

神は地上に手を出さぬが、手を出すときはめちゃくちゃする。戦ったことはないが、地上に降りた魔神もかなり派手にやったらしい。世界が歪む、壊れるという言葉が比喩《ひゆ》ではなく事実になったらしいからな。そのときの我は眠っていたので詳細は知らんが。

なんにせよ、神を敵に回すのは最終段階。我が世界を飲み込んだあと。そう、あと。それまでは友好的にやっていきたい。いまはご近所だしな。いや、小部屋で分けられているだけだから、一つ屋根の下で家族も同然。こちらが変なことをしなければ敵にはならんだろう。逆に我に万が一のことがあれば、守ってくれるかもしれん。

……甘いか？　ははは。

おっと、今日も銀狐族の一人が我や我の周囲を丁寧に掃除してくれる。すまんな。

ん？　供物《くもつ》？　ほう、信者……いや、〝五ノ村〟の住人が神々にと差し入れてくれたと。我にも供《そな》えてもらえるのか。ふむふむ。悪い気はせんな。

それで、この供物はなんなのだ？　我の声が届いたりはせぬはずだが、銀狐族が丁寧に説明してくれた。

供物は豆腐《とうふ》なるものと？　よくわからんが……真っ白なのはいいな。今の我の姿に似ている。気に入ったぞ。しばらく、そこに置いておくがよい。追加を持ってきてもかまわんぞ。ははは。


結構な頻度で供物が来るな。驚きだ。

そして、供物の種類も多い。なかなか楽しませてくれる。〝五ノ村〟の住人はかなり裕福なようだ。

いや、信心深いのか？　悪いことでは……ないと思う。我の前で舞を見せてくれることもあるしな。

ありがたいことだ。

しかし、困ったこともある。

刺激が多くてなかなか眠れんのだ。

ま、まあ、飽きたら眠ることができると思うが……こう言ってはなんだが、我は一人遊びがそれなりに得意でな。

たとえば供物の豆腐。あれを思い出すだけで百年は起きていられる。それなのに、こうも多種多様な供物があると……うーむ。眠れん。眠らなければ力を取り戻せんのに。困った。困った。

とりあえず、我をここに納めてくれたあの男に感謝しておこう。退屈はせんですむのだから。あ、フェニックスは別だ。あやつは我を「ぺっ」てしたからな。許さん。

まあ、だからと言ってなにかするわけではないがな。


我は鯨王。

いまはただの骨だが、万年後には世界を飲み込む……飲み込むかな？　飲み込まなくてもいいかなと思い始めている鯨の王だ。

閑話　アシュラの悪夢

少し前までは名がなかったが、今は名乗れる。

我の名はアシュラ。

うん、しっくりくる。よい名だ。さすが村長。

とりあえず、我の近況報告。

パレードを終えたあと、我は温泉地に戻った。

温泉地は我の安住の場所。そこを守るのが我の仕事である。

我や骨の騎士たち、ライオンの家族がいるのに、この地に近づく魔獣や魔物が思ったより多い。

まあ、だからと言って苦戦したことはない。

我が思うより、我は強いらしい。素手の状態で負けなしだったのに、村長が用意してくれた武器や防具があるのだから当然とも言える。

しかし、調子に乗ると酷い目に遭うのは知っているので、気を引き締める。油断はよくない。温泉に入って、身体を休めよう。


温泉地は意外に客が多い。

〝大樹の村〟からやってくる牛や馬、山羊たち。転移門のあるダンジョンで生活しているアラクネやダンジョンウォーカー。いつも疲れた様子の、シソサンと呼ばれる男の吸血鬼。あ、シソサンではなく始祖さんね。覚えておきます。

もちろん〝大樹の村〟の住人もよくやってくる。多いのはハイエルフとエルダードワーフかな。

神人族……違った、天使族もそれなりに来ている。

なにが言いたいかというと、それなりに賑やかだということだ。

温泉地には、我のほかに骨の騎士たち、ライオンの家族、それと死霊魔導師《デスウィザード》と喋る剣、あと、温泉地にある転移門の管理人のヨルがいるが、喋れる者が少ないからな。

骨の騎士たちは魔法の土で肉をつけると、喋ることも可能らしい。ちょっと羨ましい。そう思っていたら、骨の騎士たちは我にも魔法の土をつけてくれた。

我の体が大きいので、骨の騎士たちの三十人分ぐらいの土が必要だったが…………なぜ、こんなに怖い見た目に？　トゲトゲ多くない？　もっと穏やかな感じがいいのだが？　温泉地にやってきた山羊が、全て気絶してしまったぞ。ほら、牛もなにか覚悟を決めた顔をしている。我、我だから。安全無害！

騒動が酷かったので、肉をつけていたのは半日ほどだった。

そして、その肉をつけていたのがきっかけだったのか……夢見が悪くなった。

夢の話をすると笑われそうだが、意外と夢は馬鹿にできない。自身の意識していない内面がなにか訴えかけているのかもしれない。

覚えている限りをまとめると……。

〝大樹の村〟で出会ったザブトンと呼ばれていた蜘蛛、それとスライム、猫。さらにはパレードで会った村長の娘であるウルザ。それらが我の体内に入り、我の肉体となるという……？　なぜ中に入って肉体になるのだろう？　冷静に考えるとおかしいな。まあ、夢だから整合性とか考えなくてもいいのだろうけど。

そして、我が我の意思で動く……のなら、まだよかったのだが、我の意思では体は動かず、猫の意思によって動く。なぜ猫？　どうせならウルザがよかった。いや、それも駄目か。自分は自分でありたい。

あとは猫が我の体を使い、世界を炎に包むという流れなのだが……改めて、酷いな。

我には世界を壊したいという願いでもあるのだろうか？　こう言ってはなんだが、我は花を愛《め》でることが似合うタイプだと思うのだが？　うむ。森の中をぐるぐると回っていた反省から、花を見分ける力をつけようと思い、花を愛でるようになったのだ。

まあ、この森では花を見ることはあまりないが、村長のところには綺麗に咲いていた。いくつか鉢《はち》に植えてもらってきている。今度、珍しい花が育ったら譲ってもらえる約束だってしたんだ。そんな我が、世界を炎で包むことを望んだりはせん！

なのに見るあの夢は肉をつけた影響だと思うのだが……ひょっとして、何者かの攻撃！

そうだ、そうに違いない！　そう考えればいろいろとすっきりするし！　うん、間違いない！

………………。


で、どうしたらいいんだろう？


困ったときは、村長だ。

村長に相談してみた。

村長は少し困った顔をしたけど、我の話を真面目に聞いてくれた。聞いてくれたのだよな？　我、ジェスチャーだったけど。

あ、夢見が悪くて困っていると伝わっているようだ。よかった。

それで、その対策は……寝る前になにか少し食べる？　でもって規則正しい生活。

そのようなことで夢見がよくなるのだろうか？　疑っているわけではないが……村長の妻の一人の経験談？　なるほど。実績があるわけですね。

では、今日から試してみます。

あと、ストレスのない生活？　別段、ストレスを抱えてはいませんが……ええ、骨の騎士たちやライオンの家族もよくしてくれますから。えへへ、新入りなんで。

あー、環境が変わったというか、環境が落ち着いてきたから、逆に落ち着かなくなって夢見が悪くなったのかもしれない。

祈っておけ？　はい、もちろんです。え？　村長にではなく、神に？　そ、そうですね。失礼しました。えっと、あの大きな木の根本にあるのが社《やしろ》ですね。祈らせてもらいます。


我の名はアシュラ。

なにやら、嫌な夢を見ることが多かったが、村長に相談したあとは改善した。

最近の習慣は、寝る前に牛乳を飲むことだ。

閑話　とある村の村長の息子

僕の名はゴウデ。魔族の男。今年で十七歳になる。

僕は人口三百人ほどの村に住んでいる。幸いと言っていいのか、僕の父はその村の村長。そして僕はその父の一人息子。つまり、次の村長予定。

だから、しっかりと勉強をする環境を用意してもらったし、武術も鍛えてもらった。ありがたいことだ。

だが、なぜか父は僕に一つだけ用意しなかったものがある。

妻だ。

村の将来を考えるなら、次の村長である僕に妻を用意するのは至極当然のことだと思うのだが？僕、そろそろ結婚してもおかしくない年齢。

まさか結納金《ゆいのうきん》が払えない？

この辺りの習慣では、男側の家が結納金を女側の家に払い、女側の家はその結納金で家財道具をそろえて嫁いでくるのが一般的。男女が逆の場合もある。

結納金をたくさん払うのが見栄の張りどころではあるのだが……はっ！　そうか、自分の結納金ぐらい自分で稼げということか！　なるほど！　さすが父だ！

「違う」

父に否定された。悲しい。

「結納金は用意してやる。妻となる女性は自分で見つけよ」

ええっ、この辺りでは父親が結婚相手を決めるのが普通でしょ？

父親同士が話しあって、息子や娘の結婚相手を決める。僕はそう教えられてきたけど？

「古いっ！」

古いって、考え方が？

「時代は自由恋愛だっ！」

父は娯楽本にでも影響されたのだろうか？

ま、まあ、わかった。気の合わない結婚相手だったら困るしね。なんとか自分で相手を探してみるよ。


そう思って探したのだけど、村には僕の結婚相手として相応しい年齢の者がいなかった。

いや、いるにはいたけど、すでに結婚していたり、許嫁がいた。略奪婚とかは……さすがに気が引ける。村の住人は全員、顔見知りだしな。

仕方なく、僕は近隣の村に目を向けた。

近隣の村は僕の住む村よりは小さく、似たような状況だろうからあまり期待はできないけど……

最近は人の出入りも多くなっているらしく、まだ相手が見つかっていない人がいるかもしれない。

それぐらいの気持ちで、隣村を訪ねた。

そこで僕は運命の相手と出会った。


エカテリーゼさん。

魔族ではないらしいけど、気にしない。

その強さ。そして美しさ。素晴らしい。

そして独身！　許嫁もなし！　ぜひ、僕の妻になってほしい！


告白したら、地面にめり込むぐらいふっ飛ばされた。

…………。


急すぎたかな？

エカテリーゼさんの侍女長を名乗る人に確認したけど、急すぎたらしい。もう少し手順を踏んだほうがいいとアドバイスをもらった。ありがとう！

しかし、手順とは？　なにをどうすればいいのだろう？


とりあえず、近くの森に入って獲物を狩ってみた。自己紹介にはこれが一番だろう。そう思ってエカテリーゼさんに獲物を見せに行ったら、彼女は僕の獲物より大きい獲物を狩っていた。

うーん、改めて素晴らしい。妻になってほしい。

しかし、現状では無理。相手にされていない。

これは全て僕の力不足。上には上がいると知っていたのに、現状で満足してしまっていた。欲しいと思ったものを手に入れるには、力が。そう、圧倒的な力が必要だった。

反省だ。そして、修業だ。待っていてくださいエカテリーゼさん！　必ず、そう必ず貴女より強くなって戻ってまいります！


修業に出ようとしたら、父に止められた。

村は村で仕事がある。村長の息子として、勝手は許さないそうだ。

そう言われても、自分の仕事はこなしているつもりだけど？　パレード？　なんでまた急に？

「知らんが、上からの指示だ。パレードが終わればしばらくは自由にしていい」

約束だよ。


仕方なくパレードの準備をしていたら、村の顔役の数人が捕まった。

急になぜ？　〝魔王国〟に害をなそうとしていた？　そうなの？　全然、気づかなかった。

父は…………関係してないのね。よかった。だけど管理不足を理由に引退？　僕が村長？　え？

待って待って待って。修業に出るのは？　駄目？　そんなぁっ！

「自由恋愛とか言っている場合じゃなくなった。こっちでお前の妻を用意する」

それは許さない。

「……ちょ、こ、怖い顔をするな」

許さない。僕の妻は、隣村のエカテリーゼさんだ。

「わ、わかった。それじゃあ、その娘を嫁にくれと話をしてみる」

それも駄目だ。妻は自分の力でもらう。

「だ、だが、自分で言って駄目だったのだろう？　村長として妻がいないのは……」

自由恋愛、その言葉の撤回は許さない。

「しかしだな……」

後継者が未熟ということで、父がもう少しだけ村長をすればいい。引退も上から言われたのではなく、上に睨まれないように自主的に考えてでしょ。

とりあえず、今はパレードの準備。そして、それが終わったら僕は修業に出る。わかったね。

「し、しかしだな……」

わかったね？

「…………わ、わかったから、構えを解け」

ん？　いつの間にか戦闘態勢だったようだ。いけないいけない。

「俺の村長続行、修業に行くのは認めるが……いつ帰って来るのだ？　百年、二百年先では困るぞ」

エカテリーゼさんは人間。そんなに長く生きられない。

修業は数年……長くても五年と考えている。

「そうか。わかった」

修業先は〝死の森〟を考えている。

「考え直せ」

でも、短期間で強くなるにはそこぐらいしかない。

「さすがに無茶だ。死ぬだけだぞ」

じゃあ、どこか最適な修業場があるの？

「あー、〝五ノ村〟の警備隊はどうだ？　伝手というには弱いが、あそこの警備隊の隊長と話したことはある。紹介はできる」

〝五ノ村〟の警備隊は強いことで有名だけど、剣術がメインでしょ？　僕としては格闘術のほうがいいんだけど。

「格闘術もやっている。大丈夫だ。そこにしてくれ」

むう。


僕の名はゴウデ。

パレードが終わったあと、〝五ノ村〟の警備隊に所属し、厳しい修業を受ける魔族の男。

少し未来で、エカテリーゼさんが〝魔王国〟の王都に移動したことを知り、追いかける魔族の男でもある。

Farming life
in another world.
Presented by Kinosuke Naito
Illustrated by Yasumo

17

登場人物辞典

Characters
Isekai Nonbiri Nouka

◉人間

【街尾火楽】
転移者であり"大樹の村"の村長。夢だった農作業を異世界で頑張っている。

【ピリカ＝ウィンアップ】
若くして剣聖の道場に入門。才覚をみせるも、道場のトラブルで道場主に。剣聖の称号に相応しい強さが欲しいため、現在は剣の修行中。

【ナーシィ】
ガットの奥さんで、ナートの母親。

【イースリー】
学園でウルザたちと知り合った暗殺者？

【ジョロー】
魔王国を調べる一団をなぜか率いることになった旅商人。常識的な苦労人。

【エカテリーゼ】NEW
人間の国の公爵家の娘。ぽんこつ王子との政略結婚を避けるべく、国を捨て魔王国に逃亡中。

【ヘンリエッタ＝アーガソン】NEW
エカテリーゼを陰で支える侍女長。

◉インフェルノウルフ族

【クロ】
村のインフェルノウルフの代表者であり、群れのボス。トマトが好き。

【ユキ】
クロのパートナー。トマト、イチゴ、サトウキビが好き。

【クロイチ　クロニ／クロサン／クロヨン　他】
クロとユキの子供たち。クロハチまでいる。

【アリス】
クロイチのパートナー。おしとやか。

【イリス】
クロニのパートナー。活発。

【ウノ】
クロサンのパートナー。強いはず。

【エリス】
クロヨンのパートナー。タマネギが好き。凶暴？

【フブキ】
クロヨンとエリスの子供。変異種であるコキュートスウルフ。全身、真っ白。

【マサユキ】
クロニとイリスの子供。パートナーが多い、ハーレム狼。

【新入り】
ヒラクに拾われ〝大樹の村〟に。四匹の雌をパートナーにした。

◉デーモンスパイダー族

【ザブトン】
村のデーモンスパイダーの代表者であり、衣装制作担当。ジャガイモが好き。

【子ザブトン】
ザブトンの子供たち。春に一部が旅立ち、残りがザブトンのそばに残る。

【マクラ】
ザブトンの子供。第一回、〝大樹の村〟武闘会の優勝者。

◉グノーシスビー種

【蜂】
村の被養蜂者。子ザブトンと共生(？)している。ハチミツを提供してくれる。

◉吸血鬼

【ルールーシー＝ルー】
村の吸血鬼の代表者。別名、「吸血姫」。魔法が得意。トマトが好き。

【フローラ＝サクトゥ】
ルーの従兄妹。薬学に通じる。味噌と醤油の研究を頑張っている。

【始祖さん】
ルーとフローラのおじいちゃん。コーリン教のトップ。「宗主」と呼ばれている。

【アルフレート】
火楽と吸血鬼ルーの息子。

【ルプミリナ】
火楽と吸血鬼ルーの娘。

◉鬼人族

【アン】
村の鬼人族の代表者でありメイド長。村の家事を担当している。

【ラムリアス】
鬼人族のメイドの一人。主に獣人族の世話係をしている。

◉天使族

【ティア】
村の天使族の代表者。別名、「殲滅天使」。魔法が得意。キュウリが好き。

【グランマリア／クーデル／コローネ】
ティアの部下。「皆殺し天使」として有名。村長を抱えて移動する。

【キアービット】
天使族の長の娘。

【スアルリウ／スアルコウ】
双子天使。

【マルビット】
キアービットの母親。天使族の長。

【ルィンシア】
ティアの母親。

【ティゼル】
火楽と天使族ティアの娘。

【オーロラ】
火楽と天使族ティアの娘。

【スアルロウ】
スアルリウ、スアルコウの母親。

◉リザードマン

【ダガ】
村のリザードマンの代表者。右腕にスカーフをしている。力持ち。

【ナーフ】
リザードマンの一人。二ノ村にいるミノタウロス族の世話係をしている。

◉ハイエルフ

【リア】
村のハイエルフの代表者。二百年の旅で培った知識で村の建築関係を担当（？）。

【リグネ】
リアの母親。かなり強い。

【リース／リリ／リーフ／リコット／リゼ／リタ】
リアの血族。

【ラファ／ラーサ／ララーシャ／ラル／ラミ】
リアたちに合流したハイエルフ。

◉ガルガルド魔王国

【魔王ガルガルド】
魔王。超強いはず。

【ビーゼル＝クライム＝クローム】
魔王国の四天王、外交担当、伯爵。苦労人。転移魔法の使い手。

【グラッツ＝ブリトア】
魔王国の四天王、軍事担当、侯爵。軍略の天才だが前線に出たがる。種族はミノタウロス族。

【フラウレム＝クローム】
村の魔族、文官娘衆の代表者。愛称、フラウ。ビーゼルの娘。

【ユーリ】
魔王の娘。世間知らずな一面がある。村に数ヵ月滞在していた。

【文官娘衆】
ユーリ、フラウの学友または知り合いたち。村ではフラウの部下として活躍。

【ラッシャーシ＝ドロワ】
文官娘衆の一人。伯爵家令嬢。三ノ村にいるケンタウロス族の世話係をしている。

【ホウ＝レグ】
魔王国の四天王、財務担当。愛称、ホウ。

【アネ＝ロシュール】
魔王の妻。貴族学園の学園長。

【アレイシャ】
貴族学園に商人枠で入学。卒業後、学園の事務員として就職。

【エンデリ】
プギャル伯爵の七女。
貴族学園でゴールたちと知り合う。

【キリサーナ】
グリッチ伯爵の五女。貴族学園でゴールたちと知り合う。

NEW
【ギギベル＝ラーベルラ】
魔王国諜報部の一員。父は諜報部の長、母は参謀の諜報部一家の長男。

【ワトガング＝プギャル】
魔王国のプギャル伯爵家当主。
格闘術はかなりの腕で、魔王すらも一目を置くほどの実力者。

◉竜

【ドライム】
南の山に巣を作った竜。別名、「門番竜」。リンゴが好き。

【グラッファルーン】
ドライムの妻。別名、「白竜姫」。

【ラスティスムーン】
村の竜の代表者。別名、「狂竜」。ドライム、グラッファルーンの娘。干柿が好き。

【ドース】
ドライムたちの父。別名、「竜王」。

【ライメイレン】
ドライムたちの母。別名、「台風竜」。

【ハクレン】
ドライムの姉（長女）。別名、「真竜」。

【スイレン】
ドライムの姉（次女）。別名、「魔竜」。

【マークスベルガーク】
スイレンの夫。別名、「悪竜」。

【ヘルゼルナーク】
スイレン、マークスベルガークの娘。別名、「暴竜」。

【セキレン】
ドライムの妹（三女）。別名、「火炎竜」。

【ドマイム】
ドライムの弟。

【クォン】
ドマイムの妻。父親がライメイレンの弟。

【クォルン】
セキレンの夫。クォンの弟。

【グラル】
暗黒竜ギラルの娘。

【ヒイチロウ】
火楽とハクレンの息子。人間と竜族のハーフ。

【ギラル】
暗黒竜。

【グーロンデ】
多頭（八つ）首の竜。ギラルの奥さん。グラルの母。

【メットーラ】
混代竜族。学園生活を送る子供たちの世話係。別名、「ダンダジィ」。

【トーシーラ】
混代竜族。ライメイレンのもとで働いている。メットーラの妹。

【ククルカン】
火楽とラスティの息子。ラナノーンの弟。

【オージェス】
混代竜族。炎竜族。魔王国の王都で働いている。ハイフリーグータ、キハトロイと三人組で扱われることが多い。

【ハイフリーグータ】
混代竜族。風竜族。野球で光る才能があった。

【キハトロイ】
混代竜族。大地竜族。魔王国の王都での生活を楽しんでいる。

◉古悪魔族

【グッチ】
ドライムの従者であり知恵袋的な存在。

【ブルガ／スティファノ】
グッチの部下。現在はラスティスムーンの使用人をしている。

【プラーダ】
ドライムの巣で働く悪魔族メイドの一人。趣味は美術品収集。

【ヴェルサ】
始祖さんの妻。

【ベトン＝グリ＝アノン】
ジョローが率いる商隊の一人。病魔の異名を持つ。

◉悪魔族

【クズデン】
四ノ村の代表。村の悪魔族の代表。

◉獣人族

【ガルフ】
ハウリン村から移住してきた戦士。村長の護衛を任務としている。

【セナ】
村の獣人族の代表者。ハウリン村から移住してきた。

【マム】
獣人移住者の一人。一ノ村のニュニュダフネたちの世話係をしている。

【ゴール】
幼少期に大樹の村に移住した三人の男の子の一人。真面目。

【シール】
幼少期に大樹の村に移住した三人の男の子の一人。喧嘩っ早い。

【ブロン】
幼少期に大樹の村に移住した三人の男の子の一人。しっかり者。

【ガット】
ハウリン村村長の息子で、セナの兄。村の鍛冶屋さん。

【ナート】
ガットとナーシィの娘。父方の種族である獣人族として生まれた。

◉エルダードワーフ

【ドノバン】
村のドワーフの代表者。最初に村に来たドワーフ。酒造りの達人。

【ウィルコックス／クロッス】
ドノバンの次に村に来たドワーフ。酒造りの達人。

◉シャシャートの街

【マイケル＝ゴロウン】
人間。シャシャートの街の商人。ゴロウン商会の会頭。常識人。

【マーロン】
マイケルさんの息子。次期会頭。

【ティト】
マーロンの従兄弟。ゴロウン商会の会計担当。

【ランディ】
マーロンの従兄弟。ゴロウン商会の仕入れ担当。

【ミルフォード】
ゴロウン商会の戦隊隊長。

◉山エルフ

【ヤー】
村の山エルフの代表者。ハイエルフの亜種（？）で、工作が得意。

◉ラミア

【ジュネア】
南のダンジョンの主。下半身が蛇の種族。

【スーネア】
南のダンジョンの戦士長。

◉ミノタウロス

【ゴードン】
村のミノタウロスの代表者。大きな身体に、頭に牛のような角を持つ種族。

【ロナーナ】
駐在員。魔王国の四天王の一人であるグラッツに惚れられている。

◉ケンタウロス

【グルーワルド＝ラビー＝コール】
村のケンタウロスの代表者。下半身が馬の種族。速く走ることができる。

【フカ＝ポロ】
男爵だけど女の子。

◉ニーズダフネ

【イグ】
村のニュニュダフネの代表者。切り株や人間の姿に変化できる種族。

◉大英雄

【ウルブラーザ】
愛称、ウルザ。元死霊王。

◉巨人族

【ウオ】
毛むくじゃらの巨人。性格は温厚。

◉マーキュリー種（人工生命体）

【ゴウ＝フォーグマ】
太陽城城主補佐。初老。

【ベル＝フォーグマ】
種族代表。太陽城城主補佐筆頭。メイド。

【アサ＝フォーグマ】
太陽城の城主の執事。

【フタ＝フォーグマ】
太陽城の航海長。

【ミヨ＝フォーグマ】
太陽城の会計士。

◉九尾狐

【ヨウコ】
何百年も生きた大妖狐。
竜並の戦闘力を有すると言われる。

【ヒトエ】
ヨウコの娘。
生後百年以上だけど、まだ幼い。

◉妖精

【妖精】
光る球（ピンポン球サイズ）に羽根がある。
甘いものが好き。五十匹ほどが村にいる。

【人型の妖精】
小さな人型の妖精。十人ぐらい村にいる。

【妖精女王】
人間の姿をした妖精の女王。大人の女性で背は高め。人間の子供の守護者として、人間界ではそれなりに崇められている。ただし、ドラゴンは妖精女王を苦手としている。

◉フェニックス

【アイギス】
丸い雛。飛ぶよりも走るほうが速い。

◉蛇神族

【ニーズ】
人の身を得た蛇。蛇の神の使徒でもあり、蛇と会話をすることができる。

◉オルトロス

【オル】
頭部が二つある犬。クロたちと比べると弱い。

◉虎

【ソウゲツ】
聖獣サンゲツの子孫。

◉魔法生物

【インテリジェンス・ボックス】
箱型の魔法生物。村長にたくさん拾われ、各地で頑張る。

【フライング・カーペット】
空飛ぶ魔法の絨毯。村長は大好きだが、ルーは苦手。

◉猿神族

【セイテン】
猿の聖獣と猿の神の使いを兼任している。

◉銀狐族

【コン】
暗殺を生業としていた一族の長。
今は五ノ村に移住して、神社の仕事に励んでいる。

◉赤狐族

【セキ】
銀狐族とともに五ノ村へ移住。オレンジ色の毛並みをした狐。

◉黒狐族

【ノワール】
銀狐族とともに五ノ村へ移住。真っ黒な毛で、細身の尻尾をした狐。

◉丸顔狐族

【ポン】
狐の一族と思っていたが、実はタヌキだった。

◉その他

【スライム】
村で日々数と種を増やしている。

【牛】
牛乳を出す。しかしながら、元の世界の牛ほどは出さない。

【鶏】
卵を産む。しかしながら、元の世界の鶏ほどは産まない。

【山羊】
山羊乳を出す。当初はヤンチャだったが、おとなしくなった。

【馬】
村長の移動用にと購入された。グルーワルドに対抗心を抱いている。

【酒スライム】
村の癒し担当。

【死霊騎士】
鎧姿の骸骨で、良い剣を持っている。剣の達人。

【土人形】
ウルザの従士。ウルザの部屋の掃除を頑張っている。

【猫】
火楽に拾われた猫。謎多き存在。

NEW
【アシュラ】
三面六臂で足は四本。魔神の関係者？

NEW
【鯨王】
万年の時を生きる巨大な鯨の王。

Farming life
in another world.
Presented by Kinosuke Naito
Illustrated by Yasumo

異世界のんびり農家

あとがき

みなさん、ジグソーパズルはご存じですか？　私はそれほど詳しくはありません。凸と凹を組み合わせ、絵を完成させるということぐらいです。ジグソーパズルの歴史も知らなければ、ジグソーパズルを販売しているメーカーも数社しか知らない。ジグソーパズルに関する著名人は全然知らないという程度です。

そんなジグソーパズルですが、最近になってするようになりました。いえ、ジグソーパズルは以前からちょこちょこやる習慣があったのですが、買ったのにやらない積みジグソーをしておりまして。それらを崩しつつ、買い足している状態です。

やっているのはノーマルサイズの千ピース。スモールサイズは目が疲れるので厳しく、ノーマルサイズの二千ピースは並べる場所がないので無理なのです。

ただ、ネット購入よりも店舗で購入したい派なので店舗を回って探しているのですが、なかなか気に入るジグソーパズルと出会えません。そこで最近はノーマルサイズの五百ピースを許容範囲に入れました。そうしたら、アニメ系のジグソーパズルが入ってきまして……ええ、買うわけです。そしてやり始めたと。

五百ピースはいいですね。数時間でほどよい達成感が得られます。さらに、アニメ系は絵がわかりやすい。あまり悩まない。ストレスにならない。素晴らしい。

そして、私はジグソーパズルを完成させたあと、飾る場所がないので崩《くず》しているのですが、五百ピースだと遠慮なく崩せます。千ピースだと苦労した記憶が崩すのを躊躇《ちゅうちょ》させて、数日は残してますからね。五百ピースはその日に崩せる。すごくいい。

あ、そうそうアニメ系のジグソーパズルにも、ノーマルサイズの千ピースのものもありますよ。ただ種類が少ない。店舗での取り扱いが弱い。ネット購入も許容範囲に入れるべきか……悩みます。

さて、十七巻です。ここまで続いているのも、読者さまのおかげです。ありがとうございます。引き続き、頑張っていきたいと思います。よろしくお願いします。

などと終わりの挨拶みたいなことを書いてしまいましたが、空間があるのでもう少しだらだらと。

十七巻では、村の外のパレードが中心の話題でした。主人公以外の視点が多く、主人公の活躍を期待された読者さまには申し訳ありません。

途中にある『超高速～』というタイトルの意味は、普段なら長々とやる村のパレードの様子をあっさり終わらせたので超高速としただけです。あっさり終わらせたのにはちゃんと理由がありますよ。このあとで村の外のパレードを長々とやる構成でしたから。仕方がありませんね。

十七巻は主人公の活躍が薄かったので、次の巻ではさらなる活躍を……活躍？　ま、まあ、普段通りのんびりやると思います。

おっと、そろそろ空間が！　次の巻もよろしくお願いします！

内藤騎之介

著 内藤騎之介
Kinosuke Naito

こんにちは、内藤騎之介です。
エロゲ畑で収穫された丸々と太った芋野郎です。
誤字脱字の多い人生を送っています。
よろしくお願いします。

イラスト やすも
Yasumo

ゲームやったり絵描いたりしてる
イラストレーターです。
色々描けるようになっていきたいです。

異世界のんびり農家

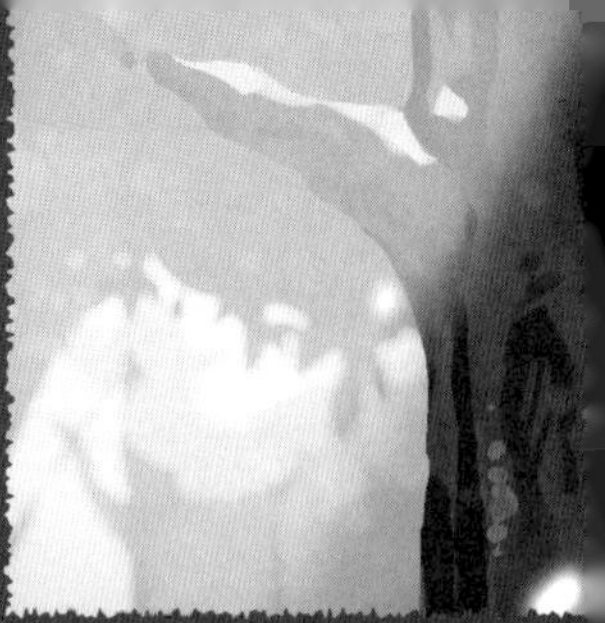

17

2024年6月28日　初版発行

著　内藤騎之介
イラスト　やすも

発行者　山下直久
編集長　藤田明子
担当　山口真孝　森本息吹

装丁　荒木恵里加　稲田佳菜子（BALCOLONY.）

編集　ホビー書籍編集部

発行　株式会社KADOKAWA
〒102-8177
東京都千代田区富士見2-13-3
電話：0570-002-301（ナビダイヤル）

印刷・製本　図書印刷株式会社

ISBN 978-4-04-738029-5　C0093　Printed in Japan

コン＆ヒトエの次号予告ト〜ク

こ、こ、こ、こんにちは、銀狐族のコンです。

我はヒトエなり！

じ、じ、じ、次回よ、よ、予告をします！

なにを緊張しておる！　堂々とせい、堂々と！

そう言われましても、新顔でいきなりの表紙登場、そして次回予告なんて……。

巻数が進んでおるから、新しい風が必要なのだ。

ヒトエさまは、ハキハキと喋られてますね。

もう少し幼女キャラとして話さねばならぬのだが、そうすると話が進まんからの。

お手数をおかけします。で、では、次回予告をしましょう！

うむ！　次の巻は〝五ノ村〟の話が中心じゃな。

2024年12月発売予定!!

Next
Farming life
in another world.

白鳥レースが新しい娯楽として整えられますね。

あとは……普段通り？

普段通りですね。のんびり発展していくお話になるかと。

つまり、次の巻も期待ということだ！

はい、期待していてください。よろしくお願いします！

よろしく！　と、これで役目が終わった。食事にしようではないか。

食事？　急にまたなぜ？

うむ。表紙で美味そうな鶏がおったであろう。

あー、設定では神社の鶏なので、食べるのは駄目です。卵で許してください。

むう。では、卵焼きを所望する！　甘いやつでな！

承知しました。では、また次の巻でお会いしましょう！

DRAGON COMICS AGE
異世界のんびり農家
⑫
[原作]内藤騎之介
[作画]剣康之
[キャラクター原案]やすも

チートスキルと
理系頭脳を使って
魔法、モンスター退治、
経験値を
全て実験・検証！

これぞ
インテリ式
ダンジョン攻略！！

D GENESIS
ジェネシス
ダンジョンが出来て3年

It has been three years since the dungeon had been made.
I decided to quit job and enjoy laid-back lifestyle.
since I've ranked of monster one in the world all of a sudden.

著 **之貫紀**
WRITTEN BY Kono Tsuranori

イラスト **ttl**
ILLUSTRATION BY **ttl**

既刊 **8**巻好評発売中 **!!**